青春火车

2023
我们都爱短故事

"我们都爱短故事"编辑小组 ▫ 选编

秦俑 ▫ 主编

QING
CHUN
HUO
CHE

漓江出版社
·桂林·

选编前言

"我们都爱短故事"编辑小组

人生很短，故事很长。

2017年初，微信公众号"我们都爱短故事"正式上线，由《小小说选刊》主编秦俑与他的七位朋友周洁茹、海飞、陈毓、邓洪卫、非鱼、夏阳、王溱共同发起创作，致力于打造最好的短篇叙事类文学公众号。运营七年来，这个文学公众号共推出百余位作者的优质原创作品逾千篇。2019年初，漓江出版社打破惯例，为一个小众的微信公众号出版年选本，而且将之纳入"漓江年选"系列图书，这是传统出版与新媒体、自媒体出版融合创新的一次有益尝试，也让"短故事"从手机搬上书架，由虚拟进入现实，完成了一次"逆潮流"的神奇嬗变。

《2023我们都爱短故事》选编沿用之前体例，共分八辑：第一辑《时光代理人》，在时光流变中，感悟形形色色的人生故事；第二辑《目睹一个校园黄昏》，以观察者的立场，着力展现每个人眼里心中截然不同的外部世界；第三辑《找不到北》有喜剧元素；第五辑《单程票》彰显想象力；第四辑《生活需要仪式感》、第七辑《青春火车》主题词分别为"爱情"与"亲情"，突出类型化创作特色；第六辑《星星落在我头上》带有"实验"色彩，是我们长期倡导"创意写作"的重要收获；第八辑是一组"闪小说"，为精短写作树立新的标杆。本书是《2023中国年度小小说》的"姊妹篇"，相较而言，本书在选稿上更注重故事性、创新性与可读性，主要体现文学的想象力与艺术特质。

经过多年时间的沉淀与打磨，"我们都爱短故事"的定位越来越清晰，我们就是一群"讲故事的人"。就像我们在海报里说的："我们小众而不另类，精致而不做作。我们希望每一篇文字都青春焕发个性盎然，每一个故事都有温度有质感。"我们从不孤独，我们还在坚持。因为，我们知道，不管是刻在木牍上，印在书页里，还是发布到网络、手机上，只要还有人保持幻想与好奇，只要还有人相信真爱与善良，故事就永远不会消失，文学的阅读也永远不会过时。

天黑了，故事才刚刚开始。

亲爱的，如果你愿意，请闭上眼睛，跟随我进入下一段故事。

目 录
Contents

第一辑
时光代理人

第二辑
目睹一个校园黄昏

第三辑
找不到北

第四辑
生活需要仪式感

第五辑
单程票

第六辑
星星落在我头上

第七辑
青春火车

第八辑
乐园一种

第一辑

时光代理人

午休的父亲

梁晓声

8月的北京，与全国许多省市一样，无可奈何地处于近年少有的高温时节。月末那几天，官方预报达到三十二三度；人们说实际气温还要高一两度。特别是中午，一丝风也没有，每一片树叶都静止着，看上去皱巴巴的，水分被大量蒸发必然如此。人若置身户外，如在桑拿房中，片刻便会出汗，会感到缺氧似的，仿佛空气中的氧分也被蒸发了。医生们频频出现在电视节目中，提醒民众做好防暑降温的自我防护。

我住的小区从6月份就开始进行老旧小区的楼房改造了，过程挺复杂——搭脚手架、罩防尘网、刮墙皮、抹水泥、固定保温的泡沫块；一幢楼改造结束，差不多要十几道工序。

我家住的那幢楼刚搭完脚手架。我因颈椎病，不敢享受空调，所以不但开着窗，而且连入户门也开着，那样会使空气最大限度地对流，感觉能稍微凉快点儿——起码心理上会觉得凉快点儿。

"嗨，吃了没？我也吃过了！大中午的还能干啥？歇着呗！好好好，小声点儿……住户屋里开着电视呢，我不是怕我说话声小你听不清嘛……"

一天中午，我在家边吃饭边看电视。今年我有点儿耳背了，不知不觉便将电视声调得挺大。不过楼上楼下都是三口之家，白天大人上班，孩子上学，两家亦无老人，不至于扰邻。

然而我竟听到门外一个男人大声所说的话，遂将电视声调小。受好奇心驱使，起身走到门口，探头向外看了一眼——但见一个裸着上身的四十余岁的男人仰躺在二楼和三楼之间的拐角那儿，身下垫着一片由废旧纸箱拆成的纸板，纸板上铺着脏兮兮的工作服。他头枕一块塑料泡沫，一手拿着手机，一手扇风凉，一小片扇形的纸板，分明是从身下那块大纸板上撕下来的。他那同样脏兮兮的裤子的裤筒卷到了膝部，小腿布满褐红色的墙漆点子。他支起他的膝，双脚放胶鞋上。他躺着的地方原本是有窗户的，窗扇已被连框拆去，窗口赫然。在那日，在那个中午，那儿的确是稍微凉快点儿的地方。或者，更准确的说法是——能使他躲避一下溽热的地方。而他周围，遍地碎墙渣子。上午有工人钻过孔，工作尚未结束，下午还得接着干，没有清扫的必要。他一个额角贴着创可贴，不是那种窄窄的小长条形的，而是有三四个那么宽的方形的。

我缩回头，关了电视，继续吃饭。

"老婆，那什么，我那摩托，你要推到棚子里，以防下雨淋了它。不会下雨？这什么话？老天爷听你的？万一半夜下场大雨呢？再旧不是还能骑吗？不也是钱买的吗？钱是大风刮来的？别啰唆了！我也想家行了吧？想家不包括想你吗？多大人了，还撒娇，有意思吗？我又不是第一次外出打工！闺女在旁边？快让她跟我通话！……"

走廊拢音，那男人的话声，我听得更清楚了。

"好闺女，每次听到你的声音，老爸的心情都是幸福的！（他学小品演员的口吻，将'的'说出搞怪的腔调）还不能返校？那就更要把网课上好。学习这事，靠的就是自觉。不是为老师学的，也别当成是为我和你妈学的。我们的人生反正就这样了，一切为你着想我们心甘情愿。可你刚高一，人生还长呢，文凭含金量高点儿将来找工作不是容易些吗？知道这个道理就好。钱不是问题！爸还是那句话，你将来能考到什么份儿上，爸妈就有能力供你到什么份儿上。不行！可别改视频！又不是几年没见了，视什么频呢！你非视频我可关机了啊！聊会儿就行。认真听着，老爸得嘱咐你几句。你妈也在上班，你要心疼她，有空儿，屋里屋外的活儿多干点儿，就当替老爸干了。我这儿一切都好，别牵挂我。热！北京也热。老爸这会儿正在午休呗。我们有临时工棚嘛。怎么可能每人一张床，你想得太美了，没那么好的条件。但是有通铺，铺的新凉席，每人都有睡的地方。还有大风扇，凉快得很，特解乏……"

我想我再听下去似乎是一个偷听者了，顿觉害臊，便去关门，却不料见到了这样一幕——楼上的姗姗正与她妈上楼。姗姗才上小学二年级，她妈需每天中午将她接回家。她看着那男人的样子吃惊不小，呆立在一级台阶上。姗姗妈也不由得"呀"了一声，却立刻对女儿说："上楼啊，叔叔是热的。"

那男人旋即坐起，慌忙往身上披工作服，连说："见笑见笑。"

姗姗妈说："理解，有什么可见笑的呀。"她边说边牵着姗姗的手上楼去了。

而那男人站起也不是，再躺下仍不是，样子恓惶极了。

我关上门正漱口，听到有人敲门。开门一看，见是那男人。

我问："有事儿？"

他语无伦次地说："没事儿，可也有事儿。就是拜托您替我向楼上那位女同志表示一下歉意，刚才我那样子是违反纪律的，求她千万别向施工办公室举报我，举报了会扣我工资的……"

我笑道："彻底放心，她不会的，我也不会。"

"多谢多谢，这天真是的，热得人没处躲没处藏的，水泥地不是凉快些嘛。"他窘窘地退下了楼梯。

我就又敞着门洗起餐具来。洗罢一转身，见小姗姗拎着塑料袋在门外看我。

我刚要开口，小姗姗将手指压在自己唇上，接着指指塑料袋。我走到门口，她小声说，里边的东西是她妈让她送给"午休的叔叔"的。

我也小声说："那你送过去呀。"

她细声细气地说："叔叔睡着了，爷爷过会儿替我送给他吧。"

我扭头看去，见那位午休的父亲，背朝楼梯，卷着双腿，已睡着了。他的工作服也不垫在身下了，不知怎么被他弄成一团搂在怀里。想必，起初是盖在身上的。

我接过塑料袋一看，装的是两瓶矿泉水、一瓶可乐，还有一个很水灵的刚洗过的大桃子。

"爷爷您轻点儿关门。"小姗姗说完，踮起脚尖，悄没声儿地往楼上迈。在楼梯上她往下看了一眼，竟又连退两段台阶，蹑手蹑脚走到"午休的叔叔"身前——原来他装饮水的大可乐瓶子倒了。她替他扶了起来，放在他碰不到的地方。

她再次踮起脚尖上楼时，冲我一脸灿烂的笑。

一棵生香的树

陈 毓

老郝在一次来得猛烈、去得莫名的头疼之后有了一个强烈的冲动，发誓要寻找能解放人于疼痛中的香气。

那次头疼像一则启事，一块竖在老郝人生路上的醒目路标。这之前，老郝经营着"老郝羊肉泡馍庄"。取"庄"，而非"馆"，老郝的道理是要取"庄"之庄重、郑重。心里的道理没法跟人说，倒不是担心别人误解笑话他，要是老郝那么在意别人的说法那他就不是老郝了。很简单，老郝最见不得人不郑重。

郑重的老郝郑重地经营着他的"老郝羊肉泡馍庄"。"老郝羊肉泡馍庄"的生意从开张第一天起到更换新主人那天止都门庭若市。

好端端的生意现在不做了。就因为那次头疼。

好端端的老郝、从不头疼的老郝那天突然晴天霹雳般地头疼起来。身材比老郝娇小一半的丁一笑使出吃奶的劲儿试图搬动老郝胖大的身子送他去医院，疼得咬牙切齿的老郝感到他像一块铁板的神经猛然松动了，因疼痛而扭结的眉展开了，老郝停下挣扎，对丁　笑说："我猛然闻见一股香气，头就不疼了。"

老郝摇了摇脑袋，脖子果然是柔软的轻盈的。

"真的不疼了。"老郝说。

老郝捧着丁一笑的脸，在她的脖颈、肩窝嗅了又嗅，他闻出了兰蔻香水在丁一笑耳边挥发出的暖暖的香味儿，雅诗兰黛精华液在她眉目间传递出的琥珀的味道，但那缕分明的却又幽隐的香气，老郝却没找到香源。

老郝以前自学过几天中医，对中医的药草有些认知，于是就查香味与疼痛的关系，虽然结果不明，但一个异常大胆的又十分美好的假设在老郝心中茁壮生长。他要经营香气，把香气卖给那些像自己一样需要香气拯救的人。在充满假设和玄想的日子里，老郝甚至希望那次猛烈的头疼再次降临，为此，他在门前的草坪上种了两大缸荷花恭候。但这之后，老郝胸闷过，胃疼过，鼻炎发作过，但头却没有再疼。在胸闷、胃疼、鼻炎发作时，老郝固执地选择去寻找某种对症的香，毫不奇怪，他都一一找到了。胸闷的时候他莫名想念小学校园里那棵苍郁的老柏树，凭着记忆找到小学所在的位置，但现在那里纪念碑似的耸立着一家五星级酒店，柏树的魂都没有了。胸闷催逼着他的双脚，也引领着他，他在植物园门口停下脚步，看见那里有一棵柏树，像一个久违的老朋友那样在等候他。老郝差不多是扑过去的，他站在树下贪婪地呼吸着，奇迹般地，他的胸像有一扇看不见的窗户向外界打开了。

这之后，老郝身体别的部位出过这样那样的痛。胃疼的时候他想闻五味子的气味儿，打嗝儿的时候他想念在火锅里烫过的薄荷叶的味道，有次左眼皮狂跳不止，他也没有"要发财"的欢喜，却深不可测地怀念中学最后一次春游半坡时，自己举着一朵蓬勃的蒲公英让丁一笑嘟着嘴唇吹的情景。奇怪地，想到蒲公英淡如秋露的味道时，他的眼皮不跳了。

嗨，奇迹都被我遇上了。老郝想。

"老郝羊肉泡馍庄"为老郝带来的滚滚钱财现在铺设了一条条或宽或窄、或远或近的道路，条条道路通往广阔的原野，终端在某一棵树下，或是某一株藤萝边。有时是波涛连天的浩瀚大海，有时是一条铺满青荇的小溪。现在老郝知道大海的气息能使他目明，阔叶的灌木林畅快的香气利尿，而针叶灌木林的香却使他有饥饿感。除了自己闻那些他能够抵达的香源外，老郝还收集那些香气，把不同的香气装进各种各样大大小小的瓶子，再把一个个瓶子插入架子，把架子镶进专门的箱子，箱子放在车上。老郝驾车上路，听见瓶子里的香气们或打瞌睡，或轻声交谈，偶尔争辩，甚是美好。老郝就那么宽慰那么舒服地笑了。

老郝寻找香气的脚步停在一棵巨大的桦树前，那棵桦树的后面是一片绵延的枫树林。那是一面向南的山坡。老郝到达那里的时候正是下午三点钟，太阳那么温暖地照耀着桦树枫树，中秋刚过，桦叶深黄枫叶深红，衬托着梦幻一般的白色树干，美得让老郝伤心。老郝远远停车，蹚过眼前大片没膝的茅草。他闻到了他认为至高的、他唯一想要的终极香气。他幸福到不想赞叹，满意到不能形容。他走到那棵桦树跟前，躺下。开始，他听见不知是什么树的果子落进草皮的声息，一只松鼠跑过去的声息。没有一丝风，世界真安静真温暖啊，多么像一只舒服的摇篮。老郝最后尽情地向外部世界伸展他的身体。老郝的全部意识最后完全沉陷进他不想赞叹也不能形容的境界里去了。他装在口袋里的车钥匙，像得到密令似的，探出口袋，纵身一跃，完全是一副向主人学习的样子。

　　世界归于安静。依然无风。

时光代理人

非　鱼

把我交给你。

把你交给我。

我们两个就这样达成了协议。

每天早上七点，她准时来喊我起床。她的脚步声很轻，声音也很轻，但态度很坚决。很多时候，我其实早已经醒了，但我还是要等她。我睁开眼睛，一眼就能看到她细细的眉毛和弯弯的眼睛。她给我测量体温、血压，把药放在桌子上。等我洗漱完毕，她已经把早餐端来，吃完饭接着吃药。

八点半，她陪我下楼。我喜欢楼后的那些花和野草，但她不喜欢。野蛮生长的月季、丁香、黄杨、紫薇、夹竹桃枝枝杈杈纠缠在一起，又引来各种蜂蝶爬虫。我慢慢辨认着那些叶子、花苞、花朵、果子、飞虫、爬虫，她则找个角落看手机。

我一直想问她，手机里到底有什么，她可以一动不动地看一两个小时？但我还是忍住了，她可能也理解不了，这些破花破虫子有什么好看的，我可以看一两个小时？

十点钟，她会喊我回去，该做运动了。我实在不想运动，但不行，她说，要做够四十分钟。我在各种器械上来回折腾，一把老骨头了，还需要练什么？可她盯着我，我就不得不象征性地晃一晃胳膊腿，证明它们还没断。

四十分钟后，她说可以回去休息了。我躺在床上，她打开电视，我让她声音小一点儿。我只想听戏，豫剧、蒲剧、秦腔、曲剧、越调，都行，但电视上经常没有。她偶尔用手机给我放一段申凤梅，除了这个，她就不会帮我找了。我盯着头顶的一片白，脑子里空空荡荡，什么也想不起来。明明昨天她还告诉我她叫什么，今天我就忘了。

十一点半，她端来中午饭。还是老样子，没有一点儿胃口。但不吃不行，吃完饭还要吃药的。这些饭好像只是为了药不在胃里闹腾才准备的。而药，是为了各种疼痛不闹腾才准备的，都有它们存在的必要。可我，到底还有什么存在的必要呢？我问她，她笑，说，别多想。多想？这就叫多想吗？如果不想，我还能做什么？

十二点二十分，我的饭和药都吃完了。她又让我在屋里转两圈，别着急睡觉。我就想睡觉，再转两圈瞌睡就转没了，她说不行。我在床边跺脚，撇嘴，她装没听见没看见。

终于可以睡午觉了，可我那点儿可怜的瞌睡已经无影无踪。她帮我盖好被子，关上门出去了。我把被子拉到头上，把自己整个蒙起来，两脚并拢，手臂放在身体两边。终究有一天，我会以这样的方式躺着。屋子里很静，我的呼吸声在被子里变得很大，很吓人。我一把扯下被子。

我做了一个梦。梦里我遇到一个女人，很面熟，她背着一个灰色的布包，一直跟着我。有时候我走得很快，她跟不上，还要小跑几步。我问她干吗跟着我，她说怕我丢了。我冲她冷笑，我是谁，多少年风风雨雨都过来了，还能丢了？别跟着我了。她不听，还一直跟着。前面是老铁路桥，我盯着红绿灯，绿灯开始闪的时候，我快步跑了过去。火车来了，她被甩开了。在黑灰色的车厢与车厢之间，我能看到她着急地冲我挥手，喊叫，我大笑着转身走开。

到点了，该起床了。是她在喊我。

老夫聊发少年狂。我甩开那个女人后，跑了起来，跑着跑着，我居然飞起来了，飞到一个山坡上。山坡上满是青色的和白色的石头，像卧了一群牛和羊，我赶着这些牛和羊向山上走，我要回家。我家就在山上，我爹养牛和羊，但没有这么多，也没有这么肥。我在山坡上走走飞飞，像一只氢气球。

别拉我。我说。

已经两点四十了，再不起床要迟到了，下午有集体活动的。

我醒了，要起来。她却说，慢一点儿慢一点儿。我的腿和腰跟不上了，既不能跑也不能飞，连走都要一点儿一点儿地挪，出门就要靠轮椅。

下午三点的活动是唱歌。她给我一个哗啦哗啦响的拍手板，房间里二三十个和我差不多的男男女女每人都有。她在前面教我们唱"挖呀挖呀挖"，我学不会，只能跟着晃那个拍手板。

我讨厌每天下午的这个活动，不是唱歌就是跳舞，或者做游戏，弄得跟幼儿园一样，真是可笑。

四点半，活动终于结束了。我耳朵里还在哗啦哗啦响，还是她不停地挖呀挖呀的声音。

我说要下楼。她说不行，这个点应该是阅读时间。我就要下楼，我耳朵里太满太吵，快炸了。她看我真生气了，就说，那行，先下楼，回来再阅读。

一到楼下，我就独自去了后面的园子。尽管太阳还很晒，但我乐意。她远远地站在楼拐角的阴凉地方，玩她的手机。那天，我在楼下一直待到要吃饭了才肯上去，她脸色很不好看，我也生气。

晚上七点，吃完饭和药，我看新闻联播、天气预报。她不知道跑哪儿了，一直到九点才回来。她说又挨批了，扣不扣钱还不知道。我说要扣钱我出。她笑了，开始给我量血压。

十点了。她说。

我知道，该睡觉了。一天终于要结束了。

我老了。可我还活着。时间还那么多，我只能交给这个康养中心，交给她。

她是谁？我还是没想起来。算了，反正她们也是经常换班的。

隐 身

孙在旭

我睡得迷迷糊糊的，张横进来了。

我问："咦？你是怎么进来的？"

张横说："从门进来的呗。"

"我什么时候给你开门了？"

他往前跨了一步，伸手打了我一巴掌："我看你是睡糊涂了吧。"

我揉了揉眼，心想可能是吧，于是问他："这么晚你怎么来了？"

"这不是没地方睡嘛，咱俩就在你这儿将就一宿。"张横说着，把帆布包往沙发上一扔，"我就说大旭够意思，无论多晚，他都会接待咱俩的。"

怎么回事？他在对着空气说话，我当然不能由着他："喂，你在跟谁说话？"

"晨明啊。"

屋里除了张横哪还有别人，这小子是不是喝多了？我凑近他闻了闻，没有酒味儿，于是呵斥道："你真当我没睡醒啊？说什么胡话？晨明在哪儿呢？"

张横低着头说："他隐身了。"

我伸手给了他一巴掌，说："你清醒点儿，再说一遍，晨明在哪儿呢？"

他伸手一指："就在你身后。"

我被他这句话吓得一激灵，汗毛都竖起来了。我回头，身后当然什么也没有。

张横摊了摊手，说："那你就当他不存在吧，反正他也不会占你多大地方。"

确实，他这么说也有道理，我们上大学时，晨明就瘦得像竹竿似的。他有一双马一样忧郁的眼睛，偏偏发型又前卫，给人一种诗人和摇滚歌手结合的感觉。

现在想来，真怀念那些日子啊。那时候我们住一个寝室，在班里是铁三角，在校园里是小团体。虽然晨明喜欢奇装异服，但我们活动时都喜欢穿同样的衣服：冬天是黑色的长款羽绒服，上面有红色云朵的刺绣图案；夏天则是后面印着白色骷髅的黑色背心。我们乐意向别人展示我们并不那么发达的肌肉，还有捏得咔咔作响的拳头。

在操场上闲逛时，我们会在好看的女生面前突然停下，然后各自摆出酷酷的造型，一动不动，直到女生们嫌弃地离开，留下我们仨在原地继续装雕像，最后谁若忍不住扑哧一声笑出来，谁就认输去买烟。

还记得我们毕业后没地方住，又偷偷潜回学校，在学弟的寝室弄了三张床住了几个月，后来被老师发现，才不得不出去租房子。张横人如其名，个头不高，说话油嘴滑舌，是个圆滑的胖子。我俩是同事，走得挺近。晨明一毕业就去了南方，这些年虽然偶有联系，但他不怎么回来，不知道他现在是不是还是那么瘦呢。

"晨明早就回来了。"

我自然不相信张横的话，心想他又要搞什么恶作剧了吧。于是我不再理他，自顾自地走进卧室看起书来。他来我家很随便，根本不用我招待他。

"晨明，你钉那边，我钉这边。"

"晨明，把绳子给我。"

我在卧室里听见张横在自言自语，然后就是凿墙的声音，我出去时他已经把晾衣绳系好了，上面挂着好多衣服，看型号有大有小，真像是两个人的。

这小子还真不把自己当外人啊，我装作生气的样子说："喂，谁让你在客厅里弄晾衣绳的？"

"不然在哪弄？谁让你房子这么小的。"

你看，他就是这么揭我伤疤的，还要在伤口上撒一把盐。我不好意思再让他把钉子起出来："死胖子，那你就睡沙发上吧。"

"那晨明呢？"

我愣了一下，客厅的灯泡坏了还没来得及换，此刻看不出他说话的表情，我懒得理他的胡闹，只好顺着他说："你把沙发放开，地方会大一些，你俩将就吧。"

第二天我醒来时，张横已经走了。晾衣绳上只剩下几件小号的 T 恤。我往沙发上看了一眼，被子没叠。我也不着急叠。

我又想起了晨明，上学时他最爱睡懒觉，闹钟不响十次八次他绝不会起来。

我从晾衣绳上拽下一件 T 恤套在身上，还挺合身，然后下楼去买菜。当我回来时，外面的阳光已经透过阳台的窗户照进客厅，房间一下子变大了似的。我对着空气说："喂，兄弟，你还好吗？"

没有人回答我。这一瞬间，我感觉自己隐身了。

谁没年轻过

于心亮

我刚参加工作那会儿，单位挺偏僻，属于城乡结合部，什么人都有。

一大把时间闲得没处花，没事我就乱转悠，这里瞧瞧，那里望望，理发的马燕、放录像的小勤快、修自行车的大老张、卖小百货的罗锅腰……慢慢就熟识了，都能聊一通。

我经常去小勤快那里蹭录像看，当然也不能总蹭，时常也要买上张票，要不有点说不过去。慢慢看得多了，也就琢磨出门道来了，比如过了十点半，小勤快就会清清场，要都是熟脸儿，就会放点"带色"的，但门外的喇叭里，还是打打杀杀武打片的声音……

我一连看了好几天"带色"的录像，小勤快就暧昧地说，兄弟，你回去受得了？我脸肯定是红了。小勤快就笑起来，偷偷瞄瞄四周说，哥哥我帮你找个消火的地方吧？我狐疑地看着小勤快。小勤快指指马燕理发的小铁棚子说，去那儿，保管你舒服……

马燕见着我，瞧瞧我的头发，说不长啊？

我嗫嚅着不知说什么好。马燕狡黠地说，我明白了，是不是要去看对象啊？来，姐给你把头发再捯饬捯饬……说完一抖围布，让我坐好，喊里咔嚓一阵剪刀响，然后说，成了，看看咋样？我看着镜子里的自己，说好，好，就再也不敢说什么，赶紧跑了。

大老张那里我也常去，据说他会两手，我曾亲眼看到他一掌劈断两块砖。

我让他教我两手，并喊他师父。大老张让我去练沙袋。

我在宿舍的房梁上吊了沙袋，夜深人静的时候，关掉电灯，点上蜡烛，照着录像里的武林高手那样嘿嘿哈哈练武……练了一些日子，我觉得拳头硬了些，找来砖使劲一砍，砖应声没断，我的手肿胀了好几天。大老张说，练功，欲速则不达，要循序渐进，慢慢练！

我去罗锅腰那里买药酒，泡手，顺便还帮他搬了两个箱子。付款时，他给抹了零头。

回去的路上，我遇上了小勤快，他的脸横一道竖一道全是抓痕。我问这是怎么了？小勤快支支吾吾，说是跟老婆打架了。我说给大老张听。大老张"嗤——"地一笑说，听他满嘴胡呲，那是让马燕给抓的！我问马燕为什么抓小勤快？大老张又一笑说，自个琢磨去吧。

我琢磨不出来，我去找马燕理发。门在里面锁着，我砰砰拍门。门也不开。

后来门开了，走出个男的，我接着就钻进铁棚子。马燕若无其事把个东西踢进旮旯里，我瞅见那是个刚用过的避孕套，脑袋"轰——"的一声，差点儿没晕过去。我起身就走，没让马燕给我理发，我觉得留个长头发，捆成一束撅在脑袋后，也是蛮飒的。

我狠练拳头，还练飞脚。我心里充满了愤怒，因为单位领导扣我钱了。

我抓起砖，一拳上去，砖断了。我想武功练成了，可以去砸领导家的玻璃了。我知道领导住哪里，已经踩好点了。到了夜晚，我行走在去领导家的路上，我想着领导家的玻璃噼里啪啦响彻夜晚，那该是多么美好的事情。半道上，一个人拦住我，借点钱花花吧？

我吃了一惊，但看到那人把手伸进怀里，我感觉那里藏着一把刀子。我就把钱掏出来给了他。那是一块三毛钱，能够在罗锅腰那里买两包麻辣锅巴，白天都走到了罗锅腰的小店，犹豫老半天，还是没舍得花。现在掏给打劫的了，我心里着实疼了一下子。

我继续走在去砸领导家玻璃的路上，越走越觉得窝囊。我就转回去。

我看到那个打劫的又拦住一个小伙子，那个小伙子喊，你干什么，干什么！

我冲过去，那个小伙子跑了，打劫的威胁我，你想找事吗？

我说，不找事。

打劫的推我一把说，不找事，你想干什么？

这一瞬间，我感觉浑身的血"腾"地一下涌上了脑袋，紧接着我的拳头就挥了出去。那人倒地了，我扑过去，从地上摸起一块砖头，没头没脑就朝那人身上砸……那人求饶说，大哥大哥，别打了，我给你钱行吗？我不管不顾地说，不要钱，我要你的命！

打完那人，我就跑了。在路上，我碰到大老张，让他帮我回头继续收拾那小子。大老张吃惊地看着我，借口说家里有事扭头就溜了。我气哼哼回到宿舍，在镜子里看到一个血人，我脱掉衣服浑身查看，发现除了拳头肿胀起来，身上一点伤口也没有。

第二天，我去买药酒。看到马燕铁棚子那里乱哄哄的，我要过去看，罗锅腰却让我帮忙搬箱子。等忙完跑过去，我瞧见马燕、小勤快、大老张还有另外一些人都得意扬扬的，一问才知道是几个外地人来理发，不知为什么惹马燕不高兴了，就喊他们收拾人家，勒索了人家 600 块钱……马燕他们拿着钱去喝酒了，也没人叫我。我心里挺郁闷的。

过了没几天，小勤快、马燕、大老张他们几个就被抓了，店铺也被查封了。

据说那几个外地人有点来头，一反映情况，警察们就行动了。我很幸运躲了过去，我很感激罗锅腰。罗锅腰却很平静地警告我，以后晚上少出门，小心有人报复你。

我吃了一惊。更让我吃惊的事在后头，一次听人讲，罗锅腰年轻的时候手底下有好几十个弟兄，在一次帮派的火拼中，他腰上狠狠挨了一铁棍，打那儿就再也没站直过。

这事儿，不知真假。只能说说。

鸟与羊

何君华

鸟

我遇见那只鸟的时候它应该刚刚出生。它的妈妈已经不知去向，只有它独自在北风中瑟瑟发抖。我决定把它带回家，然后给它建一个新的家。

那时家里养着许多花，在一盆吊兰的旁边我又吊起一个空花盆，这里便是那只鸟的新家。爸爸回家后，很快便发现家里来了新成员，他什么话也没说，转身出了门。等他再次回来的时候，我发现了他手中的马莲草、薰衣草和松针。很显然，爸爸认为我建的鸟窝太过简陋，他亲自弥补了我年幼的笨拙和天真。

"这个时候出生的鸟活不过冬天。"尽管爸爸亲手为鸟窝添枝加叶，但他还是为这只鸟的未来下了悲观的断语。我不理会爸爸的话，和姐姐一道去山上捉蚂蚱，这成了我每天必做的工作，比对待我的家庭作业还要认真得多。

很快我便发现诺诺身上长出了羽毛。那是一种极为纤细的毛发，如果不仔细看，肯定不会发现。但还是被我发现了，因为我每天都捧着它看。是的，它已经有了自己的名字诺诺，是爸爸给取的。爸爸可能已经意识到他此前的断语过于武断。瞧，他已经开始训练诺诺走路了。

如你所知，诺诺的家是一只铺满马莲草、薰衣草和松针的花盆，而不是一只笼子或别的什么。没事的时候，诺诺就在它的小家里踱来踱去。诺诺也有调皮的时候，会跳到我们的餐桌上来。或许是我高看它了——诺诺根本就不是跳下来的，而是掉下来的。它太过自信了，自以为可以完成站在盆沿上保持平衡的高难度动作。

诺诺显然还没有意识到自己是一只鸟，它是不是以为自己也是我们家里的一口人？你瞧它走路的姿势，昂头挺胸，大摇大摆，显得威武、骄傲，甚至是自满。但一只鸟不是光走路就可以的，它还必须会飞。很快爸爸便开始让它尝试这项新的技能，但这并不是一件容易的事情，因为我们家里每一口人都还没有掌握飞翔的技能，甚至连翅膀也没有，我们如何能要求诺诺去做一件我们根本没有办法做到的事？

但飞翔训练还是要继续的。爸爸拼命挥动着双臂从椅子上跳下来，试图以此诱导诺诺扇动翅膀。不可思议的是，这笨拙的动作居然起了作用。诺诺果真吭哧吭哧振动着翅膀飞了起来，但不幸的是，它很快便掉了下来，摔了个大屁墩儿。这实在太令人沮丧了。

万事开头难。既然已经开了头，就没有不飞下去的道理。起初是在屋子里，后来到了院子里。终于，爸爸决定带它去见更广阔的天地。爸爸打一声呼哨，领着诺诺上街了。

诺诺当然成了明星。所有人都只见过装在笼子里的鸟，从没见过站在人肩膀上的。人们大惊失色，啧啧称奇，纷纷表示诺诺真是一只特立独行的鸟。但诺诺完全搞不明白究竟发生了什么，一副茫然不解的样子。大家都是一样的"人"，它只是个头比较小而已（或许连这个它也没有意识到），有什么好大惊小怪的呢？爸爸还领着诺诺去了北山上的小树林。在这里，诺诺第一次见到了自己真正的同类，它反倒有些怯生生——这些家伙怎么跟我长得这么像呢？爸爸示意诺诺站到它们中间去。诺诺徘徊不敢近前，但最后还是飞了过去。更出乎我们意料的是，诺诺竟然很快跟它们熟络起来。

爸爸打一声呼哨，诺诺"嗖"的一声飞了回来。爸爸给诺诺一个积极的眼色，诺诺又"嗖"的一声飞了回去。很显然，诺诺还是喜欢跟那些跟它长得比较像的家伙在一起。

回家的时候，爸爸意味深长地说："诺诺留不住了。"

第二天，爸爸并没有带诺诺上街，而是径直去了小树林。不等爸爸示意，诺诺便欢快地加入了它的族群之中。

过了很久，我试图打一声呼哨，提醒诺诺我们该回家了，但爸爸轻轻地制止了我。爸爸牵起我的手，拍了拍我的肩膀。我相信直到我们转身离开，诺诺都一直站在树林里看着我们，但诺诺并没有追上来，直到我们消失在它的视野里。

但我们怎么可能消失在诺诺的视野里呢？因为诺诺始终游荡在天空，它的视野便是整个世界。别人可能觉得奇怪，一只鸟不关在笼子里怎么养得住，但我丝毫不会奇怪，因为我知道，一只鸟本来是什么样子。

羊

辛宽甸营子总共有 3651 只羊，只有我是黑羊，其他 3650 只都是白羊，而且是纯种的白羊。

所以注定我是头羊——我是 3650 只白羊的王，当之无愧的王。

现在，我正领着 99 只白羊向辛宽甸营子东头走去。我的神情木然而凄伤，我缓慢地向前挪动着步子，像是拖着镣铐一样，脚步沉重而吃力。

我是白羊的王，我走到哪里，它们就会跟到哪里，哪怕是悬崖，它们也会跳下去。

到了营子东头那间气氛有些压抑的黑屋子，我的任务就结束了。那个满脸络腮胡子的壮汉特勒根就会把我一把抱在怀里，穿过三十几步宽的大灶房，把我从黑屋子的北门放出来。

我和我的白羊兄弟们（虽然我是它们的王，在我心里我却更愿意把它们当作我的亲兄弟）都是从南门进去的，可是从北门出来的时候，就只剩下我一个了。这间黑屋子是辛宽甸营子唯一的屠宰场。

如果你在秋风中看见了第一片枯黄的落叶，你一定也看见了我的哀伤。

每到这个时候，我都会带着我的白羊兄弟们穿越整个辛宽甸营子。从营子西头水草丰美的拉索噶伦牧场到营子东头的黑屋子总共是3.5千米，我在这条路上走了一次又一次，而我的白羊兄弟们，一生只能走一次。

一旦走上这条路，它们就再也不会回来了。

我的兄弟们一次次浩荡地奔赴死亡，而我则一次次苟活下来，孤独地等待下一次屠宰的开始。

在草原上，我是寂寞的王。

我无力去改变什么，唯一可以改变的，就是在上路的前一天，我会带着即将赴死的兄弟们（当然，我的兄弟们此刻浑然不知它们已经时日无多），绕过阿伦河右岸的群山，到白力尕山的最西边美美地吃上一顿牧草。要知道，那里的牧草可是整个营子里最肥美的，嚼在嘴里都会流出青翠的汁液来。

当我的兄弟们张开大嘴囫囵大嚼的时候，我却一点儿胃口都没有。每当听到它们美滋滋的咀嚼声时，我总是无比难过。这个时候，我会默然地望着屹立在白力尕山麓的那棵歪脖子柳树，这棵树面临阿伦河的那一面枝叶繁茂身姿绰约，背水的那一面则光秃无枝毫无美感。记得我第一次带着白羊兄弟们来吃草时，这棵柳树还不足两米，如今，三年过去了，它已经繁茂如盖。我转过身，兀自朝东哀咩了一声，以不让埋头吃草的兄弟们发现我不合时宜的哀戚。

那一次，我是真的流泪了。

那一天，营子里来了大主顾，乌沁噶命令我带去127只白羊，而不是通常的99只。踏上征程的那一刻我就感到了蹊跷，西边天上布满黑压压的乌云，雷声隆隆却不见一滴雨水落下。后来，果然出事了。当杀完第99只白羊时，屠夫乌沁噶用尽各种方法也无法使第100只白羊咽气，当他无奈地试图杀死第101只、102只白羊时，情况和杀第100只白羊时毫无二致。

白羊躺在地上大口大口地喘着粗气，嘴里同时发出类似小孩哭泣的声音，

"呜呜"地嘤咛不停，阴森而恐怖。这个时候屠夫乌沁噶吓坏了，他以为自己遭到了可怕的天谴，赶紧扔掉手中的屠刀，额心直冒冷汗地下令把剩下的白羊关起来择日再杀。

乌沁噶嘴里嘟囔着什么甩门而去，而那三只已经被割断喉咙的白羊兄弟则可怜地躺在阴冷的地上挣扎了整整一个晚上。

拉索噶伦牧场上的白羊越来越少了。

后来，辛宽甸营子水土流失，拉索噶伦牧场上的牧草全部缩到泥土里去了。当连一棵草根都找不到时，这里就不再饲养白羊了。

理所当然地，这里也不再需要什么头羊了。

我领着仅剩的几十只白羊兄弟（它们是辛宽甸营子最后的一批白羊）向营子东头走去。黑屋子到了，那个满脸络腮胡子的壮汉特勒根再也没有把我抱在怀里——我的头羊生涯结束了。

奇怪的是，我一点儿恐惧感也没有，心里反倒充满了极大的喜悦，安心地闭上了眼睛。

虫 子

莫小谈

我刚到这座城市时没工作，寄住在七里营村。房东是位大姐，也许是受到彼时"格子铺"的启发，她把自家楼搭建成一个大通间，然后隔成数间小屋，还分别为它们取上好听的名字：格言、格训、格物、格调等等不一，陡然提升了整栋楼的品位。

我的邻居叫山柴，一见面就热情地和我打招呼，说："嗨，哥们儿，欢迎入住'格楼'。"一句话拉近了彼此之间的距离。

当时，因为工作没着落，我曾过了一段无头苍蝇般的生活。最后，还是在山柴的举荐下，我才在一家生物科研公司谋了份兼职。面试的路上，我说上大学时我读的是计算机专业，压根与生物毫无瓜葛。山柴笑道："记住，社会才是大学，工作与专业无关。"

当我们走进新纽大厦1103室时，却发现里面早已来了三四位兼职者。经理过来为我们做岗前培训，他着重介绍了公司攻克的"黄粉虫养殖技术"和他们的远景发展规划，随后一人发一套白大褂，再分配一个工位，就算正式上岗了。

我心虚，说："经理，我不会。"

经理看了看我，又扭头望着山柴，冷冷地问："山柴，他不会？"

"会，会，经理，他会。"山柴忙跑过来打圆场。

"我真不会。"经理走后，我小声对山柴说。

"你会。"山柴一副恨铁不成钢的样子，"穿上白大褂你不会？坐在工位上你不会？闭上一只眼睛看显微镜你不会？聚精会神地观察器皿中的溶液你不会？你会，你全都会。"

我恍然大悟，原来所谓的兼职就是演戏，我们的戏份是扮演工作中的技术员，供一拨儿又一拨儿的加盟商观看。为了将戏演好，我还专门跑到网吧去查资料，如《黄粉虫大肚病的病理特性与预防》《幼虫的黄金72小时护理刍议》等。但最终，这些知识没有一次派上用场——压根儿就没人问过我任何问题。

我未免有些失望。

直至找到新工作，我一共在那里做过13次兼职，收入780块钱。这些钱一部分流向房东大姐的腰包，另一部分则换成我与山柴的食物。山柴应该是那里的常客，我曾一度认为他会以此为业。"算是一门营生吧，不能称为职业。"山柴为自己开脱。

没办法。山柴说，每次结完工资后他都会发誓再也不来这个鬼地方了，但肚子一饿，他就又不自觉地走进新纽大厦，甚至期盼着更多的加盟商前来参观。

有一次，我和山柴在夜市喝啤酒，他第一次向我讲起了他的家庭。山柴说他的父亲是一位养蜂人，成年累月过着漂泊的生活。"养蜂人是另一群吉卜赛人，他们追逐春天，一生只有行走与停泊，以花而行，以花而栖，漂泊四海。"

"总得有一个家吧？"我说。

"漂泊的人到了哪里，哪里就是家。"山柴仰脖灌下一大杯啤酒，接着又说，"好像到了哪里，哪里又不是家。"山柴的情绪被酒精浇得异常低落。

接下来山柴给我讲了一个故事，他说，一个养蜂人的儿子，在读大学时第一次请假的理由居然是回家搬家，教务处主任当然不批准，说你搬个家还要请假，那张红牛家的床调个方向要不要请假？王红梅家装个水龙头要不要请假？真是莫名其妙。

"老师认为我请假的理由莫名其妙，莫名……其……妙……"山柴喝醉了，呜呜噜噜地说了一大堆难懂的话。他说那时通信不发达，他那年历尽千辛万苦才找到父亲的新居点。沿途,他问过跑运输的车夫,问过走街串户的货郎,问过从异乡返家的打工仔,总之见人就问:"你看见过一个佝偻着腰的养蜂人吗?走路跛脚但声如洪钟。"最终,等找到父亲时暑假已不剩几天了。

"恨不恨那位主任?"我问。

"现在不恨了。"他答。

山柴说,在寻找父亲的途中,他看到过一群蚂蚁啃食了一只垂死的蜈蚣,还看到过一条长虫活吞了一条幼蛇,也看到过螳螂捕杀黄雀、蛆虫分解山鸡。他将这些讲给父亲听,父亲不以为意,说万物各有各的命数,不足为奇,有的虫子天生是猎手,有的虫子天生是食物,有的虫子天生就是工具,比如蜜蜂,它就是人类的工具,一生不停地采蜜传粉,但最终只是寄宿人间,随养蜂人一起奔波。

"蜜蜂寄生在蜂箱,蜂蛹寄生在蜂巢。"山柴说,这是父亲的原话。父亲还说,人也一样,百年之后都会像虫子一样归于大地。

"其实,父亲的认知也有局限。"山柴说,"何必等到百年以后,'格楼'里的你我,都是蜗居在巢穴里的虫子。"山柴烂醉如泥。

第二天酒醒后,山柴依旧到新纽大厦上班,而我再也没有回到那里做过兼职。后来,我公考上岸,返回原籍上班,慢慢地就与山柴失去了联系。

前些时,我出差来到这座城市,路过新纽大厦时还特意去了一趟1103室,那里却早已人去楼空。我又鬼使神差地赶到七里营,不出所料,这里也已高楼林立,旧貌换新颜。

在"七里·新居"小区门口,我巧遇了房东大姐,叙旧中向她打听山柴的下落,她紧蹙眉头苦想半晌,问:"山柴?他住过我家?"

"你的老租客,怎么忘了?"

"没印象,真的没有一丁点儿印象。"房东大姐说。

春天斜坡上

刘兆亮

苏北的农村男娃，念到初三或高三，若考不上去，一般是先去建筑工地干些粗活儿。

所谓建筑工地，起步是村邻起房子的场所。高三"下来"那段时间，天灯就在这样的工地上，从当年夏天一直干到来年春天。

春天活儿最多，农人起房子多挑在春天，村头斜坡上的野花开放前后。那时，人都穿单衫做活儿，膀子甩得开，也不用腾出手来抹汗，一天的活儿能干出冬夏一天半的量。

但也有短处，那就是做活儿的泥瓦人，吃完午饭后，也会犯一点儿春困，又都是爬高上低的活儿，带工的人，就让大家像城里人一样午休，时间控制在一个小时以内。

天灯等几个年轻的小泥瓦工，很看重这个时辰，他们一定要在村头找个安静的斜坡，坡度要不高不低，土松草软，直躺上去，胳膊抱住眼睛，迷迷瞪瞪就能打发掉一些春困。

刚开始，他们会真睡，后来花开得盛了，躺下去花香四溢，随手摘一朵，搓着花梗，看着前方被坡度拉低的天空，你一言我一语起来。

瘦瘦的、一对眯缝眼的小勇挑起一个大话题，许多个午休再没停下来过。

他说他邻居在上海卖菜卖发了，冬天回家，不穿棉袄，穿羽绒衣，又轻又软又贵，听说是几窝白鸭的毛卸下来，才能装够一件羽绒衣，冬天全上海的人都在穿羽绒衣。

而头发卷曲、说话很直溜的大广，指着远方的棉田说，一件棉袄也得一分的棉花地，但鸭毛弄到上海就值了大钱，又有了身份。棉花就是去了北京也没听说怎么变，反正不如羽绒衣听上去那样风光。

"羽绒衣真轻啊，邻居脱下来让天灯试穿过，你们说怎么样，穿上后整个人好像轻了十几斤。"小勇岔过大广的话头说，"怪不得长羽毛的鸟都能飞，轻啊。"正说着呢，恰好有几只鸟儿掠过斜坡，飞过他们头顶，停向另一侧斜坡。

大广又说，看来小勇以后想要跟邻居去上海卖菜了。他呢，才不想去那么大的城市，等他再盖几个村的房子，手艺攒得差不多了，到县城这个级别的城市去，贴着地干，干什么呢，建花园，腾出一些棉花田，把十里八乡见过的花，集中到田里，正儿八经地让它们长起来，等县城里帮人建好花园了，花也顺势供过去，多头赚钱。

文壮的嘴很大，嘴大吃猪羊，平时想法也很大。他续上小勇的话题说，他想等小勇那个村的邻居回来，跟他一起去见一见，问一问他在哪家店买的羽绒衣，他是不是可以养一些鸭子，顺着那家店的线索，找到做羽绒衣的厂家，把鸭子羽毛卖给他们，他们来收也行，自己送过去也行，反正羽毛轻，比做泥瓦工省劲儿多了。

天灯是少有的戴着眼镜做泥瓦小工的人。力气被念书用掉一部分，道行更比他们都浅，平时话虽不多，但很会总结，他们都习惯用"大学生"来称呼天灯。天灯帮他们三个人分析，无论是上海、北京还是县城，那里好的东西，看来都能在村子里找到底子，面包是小麦做的，北京全聚德的鸭子，可能是小勇他娘养的，浦东机场的瓷砖就咱这个带工的头儿，年轻时闯上海时给贴上的。

话说到这里，大家的脸上显得很庄严，眼神里头都有了些劲儿，"对对对"之后，大家估摸一下时间，嚷着"睡一会儿，睡一会儿"，然后侧过身子避光，睡上十分八分钟。

天灯侧躺睡不着，有一个中午，就看到天上有飞机经过，也主动挑起话题。

说起了村里一名真的大学生，叫桂香，他考上北京大学，或者是北京的大学，反正很厉害，研究飞机的轱辘。他把听来的桂香如何研究飞机轱辘的事，在斜坡上说起来。手大、脚宽、心细的海峰，隔着两个人大声说，研究飞机翅膀才厉害，飞机在天上又不用轱辘跑。天灯辩解，飞机起落时全靠轱辘啊，鸟没有脚也不会是鸟了。海峰就笑笑说，闹着玩的，就是他在北京研究一根针，也是厉害的，但话也要说回来，他一只手能抓四块红砖，那个研究飞机轱辘的，保准不会有他这个指力，不同人不同用，比如说你，戴着眼镜，迟早要做回大学生的。

整个春天的午间，大家说的话，跟斜坡上的草与花一样，一天盛一天。天灯在泥瓦队，是跟海峰一起做抬红砖、运水泥、掺沙子等活儿。手大脚宽的海峰，两人抬的扁担尺寸上，一直心细地让天灯四五指的距离。海峰总是说，让大学生一点儿，以后念大学可别忘了咱啊！实际上，天灯戴着眼镜到工地上后，挣点儿钱，能不能再去复读也是个未知数，毕竟他是爷爷奶奶带大的，爷爷奶奶老了，他觉得这样一直干下去，也挺好。

一个春日将尽的午间，他们又躺上了斜坡，身下的草已经有些像仰面承接的阳光一样扎人，野花的香气，也寡淡起来。那天，一户人家的房子完工，主家中午管了几两酒，地面上再收拾收拾，就该换工地了。他们几个照例去斜坡上午休，海峰这个工友，突然站在斜坡顶，摆动双手，发表演讲似的说，咱们这些人，谁最有可能先去上海，谁？告诉你们——大学生。不能再等了，让大学生先去上海！为什么？我看到他的手上叠着水泡，他的肩膀午休都不敢侧着躺，他不是这块料儿，他是去上海读大学的料儿。那他怎么不去复读了，想挣钱去读。他挣什么钱？！我们来，咱们暂时都用不着那么多钱，这座房子盖完了，咱们合起来，送他去县城复读！

小勇、大广、文壮，从斜坡上站起来，齐声说，好！

这四个躺在斜坡上的工友，真的在那年春天过后，"架"着天灯去县城复读了。小勇说，都是躺到斜坡上说的话，站起来，走起来，就发现没那么长的腿了，哪里还去得了上海呢；大广说，等我娶媳妇了，天灯要是大学还没毕业，我媳妇要是同意，就继续供下去；文壮说，我的名字带着"文"字，但后面有一个"壮"字，压过"文"字，本身就是出壮力的命，"文"就靠你了。

海峰则说，我们四个早就说好了，别有压力，时间过去一段了，考不上也不是你的错，还有下一年，下一年复读的钱，在下一个村的工地上等着你。

天灯在第二年考上了上海附近一座城市的大学，毕业后，又在上海一家有名的钢铁公司上了班，一路冲上了区域营销总经理的位置。此后，每一年春节回苏北老家，他都会带一批当年最新款的羽绒衣，有大人的，有小孩的，给小勇、大广、文壮、海峰几家人备齐。他们都还在老家做工，有时在周边小城，有时就在镇上，泥瓦工这条道走到黑了。他们的日子还算过得去，不缺衣不少吃，但天灯从上海带回的羽绒衣，就像穿在了脸上，让他们觉得很有光。

天灯是我们的主管领导，也是在一个春日的微醺午后，他跟我们讲述了自己的成长故事。末了，他还感慨地说："你说我怎么会不努力工作，怎么会不努力工作呢！"

我一边把他的故事以及四个工友往心里记，一边带头点头，跟大家一起回了两个字：明白！

我在人民广场吃炸鸡

金晓磊

　　我在人民广场吃着炸鸡的时候，突然想起了赵小乐。

　　秋日的暖阳正穿过一排银杏树，斜斜地射下来，在广场的西南角，铺了一张金黄色的条纹地毯。2018 年秋天的某个下午，我就是在这张地毯上第一次见到赵小乐的。

　　这么多年过去了，那天的情景就像发生在昨日一样清晰。如果你有足够的耐心，我就给你重现一下：扎了很多根棕色小辫的赵小乐，怀抱一把电吉他，抻着脖子，站在音响边，抬头仰望着。古城高邈的天空里阳光铺天盖地照下来，在赵小乐这只高傲的天鹅面前，纷纷被折断，落地有声。电吉他的轰鸣声骤然响起，人群倏地安静下来。赵小乐伸出左脚，打着拍子，身子开始有节奏地晃动起来。一长串让人听不懂的英文歌词，排着队，环绕所有人的耳朵奔跑起来。后来，我才知道那首歌叫《我在人民广场吃炸鸡》。可惜，那会儿我心情不好，对炸鸡一点儿兴趣也没有，尽管我平时是那么爱吃。赵小乐倒是"吃"得很投入，她时不时闭上眼睛，仿佛沉浸在炸鸡的香味里不肯出来。

　　我一度有些怨恨赵小乐——就是她，把很多人的目光都吸引过去，还把空气弄得像农贸市场那样闹哄哄的，而我面前门可罗雀。好在赵小乐唱了四五首黄家驹的歌以后，就结束了她一个人的演唱。掌声过后，人群终于四下散开。我赶紧从汽车引擎盖上拿过那张娃哈哈矿泉水纸箱的瓦楞纸，将它竖放在车顶上。纸板上"此车出售"四个字，红漆未干。在阳光下，它们像流泪的吸血鬼张着嘴巴，要多难看有多难看。

很多人看看那字，再打量一下我的桑塔纳 2000，就顾自走开了。他们似乎顺带瞅我一眼的闲工夫都没有。真是白白浪费我用了十二分努力才盛开的笑容。更见鬼的是，居然没有一个人开口问我这车的价钱。靠，它好歹也是辆四个轮子的汽车，和自行车比起来，至少能遮个风挡个雨什么的。唉，人走霉运，喝口水都能塞牙缝。

电话响了，又是医院打来的。

"小丁，钱要赶快缴了，如果实在缴不起，只能停药。"护士长在电话里叹了口气，"你也知道，我们毕竟不是福利院。"

我对着手机一个劲儿地说："谢谢，谢谢，再给我点儿时间吧！"也不清楚对方的电话什么时候挂掉的，我只知道我的眼睛里好像进了东西，不断有水溢出来。蒙眬中，我看见赵小乐瞥了我一眼，拉着她的音响，从我身边走过去了。她踩着恨天高，一扭一扭地消失在我的视线里。莫名其妙地，我冲天空骂了一句我自己都吓了一大跳的脏话。

第二天下午，赵小乐撅着屁股收拾完东西，走到我身边。

"这车怎么卖？"

听到这话，我差不多把她当观世音菩萨下凡来了，说起话来像个结巴一样："你……你诚心想……想买，我可以便宜……便宜点儿。"我随即报了个数目。

赵小乐绕着车身转了一圈，钻进驾驶室。她握紧方向盘，又朝车内扫视了一遍。我赶紧连蹦带跳进了后排座椅，掏出钥匙，递上前去。

一路沉默。

赵小乐突然蹦出一句让我以为耳朵出了问题的话来：

"手感不错，我给你加 5000 吧！"

听她的口音不像是本地的，我怕自己听错了，连忙又确认了几遍。

赵小乐大概被我问得有点儿不耐烦了，说："你这人，真磨叽，一点儿不像个男的！"

她这样说，我丝毫不生气。"不像个男的"，至少还像个人。医院催款，又丢了工作，我已经让钱逼得快不像个人了。赵小乐能买我的车，还多给钱，我想，就算让我喊她"娘"都成。

出了车辆管理所大门，我的疑惑不仅没消除，反而长出更多的枝丫来。

"美女，你是干什么的？老家哪里？"

"警察查户口啊？钱车都两清了，你问这些还有什么用？"赵小乐反问道，"少啰唆，要不要我捎你一程？我吃饭的家伙儿还落在广场呢！"

我犹豫着会不会有诈，赵小乐朝我笑笑："一个大男人还怕我把你给卖了？放心，不收车费！"

黄昏降临绍兴的时候，赵小乐带上乐器，开着我的桑塔纳2000绝尘而去。说错了，应该是她的桑塔纳2000。她像一片树叶，消失在丛林之中。一阵失落漫过我的头顶，把我整个人都打湿了。我说不清是因为我的车，还是因为赵小乐。

日子白云一样，一朵一朵地从绍兴的上空拉扯过去。母亲从医院出来了。她的身体慢慢在康复。我也弄了份新的工作——在人民广场的西南角，租了家店铺，挂块"良子二手车交易"的牌子，勉强糊口。

有时，一单生意成交，我会买一份炸鸡犒劳自己。然后，搬一个小马扎，坐在店铺门口，吃着炸鸡，看着白花花的阳光在广场上游荡。阳光里，孩子们奔跑放风筝，情侣们散步接吻，老人们遛狗闲聊……回头看看母亲戴着老视镜在翻《绍兴晚报》，我心里忍不住感叹：这样的日子，才叫日子啊！

不知道赵小乐在哪里过着日子，就是那个扎了很多根小辫子的赵小乐，那个怀抱吉他唱《我在人民广场吃炸鸡》的赵小乐，那个多给了我5000块车钱的赵小乐……

赵小乐，你在哪里？

回答我的只有阳光。阳光永远那么友善，特别是秋日的下午，暖烘烘的，松针一样穿透我的整个身子。

恍惚之间，似乎有一个熟悉的声音在我的耳边响起：

"老板，这车收吗？"

我扭过头，看见一辆桑塔纳 2000 在阳光下静静地趴着。我匆忙站起身来，顾不上带翻的小马扎，舌头开始打结：

"我……我能请你吃……吃炸鸡吗？"

一个人的冬天

安　好

叶子把自己包成了粽子，像一个月前一样，来到16路公交车站牌下等公交车驶来。

城里的夜色不像村里那样暗，而是有无数彩色的灯照亮起来。只有在灯光照不到的地方才有夜的黑暗和宁静。

冷空气变成无数的虫子，咬破她单薄的皮鞋，开始啃噬她的脚趾。她不停地用力跺着脚，那些虫子似乎消停点儿了。

16路公交车还没来，站牌下只有她一个人。她的双手紧紧抱着怀里的笔记本，她的体温传导给了有着光滑封面的湖蓝色笔记本，笔记本又把微弱的体温传给她。

一个月前的一天，叶子下班，坐16路公交车回租居的宿舍。她上车后一屁股坐下去，整个身子像稀泥一样瘫在座位上。快到站的时候，她才感觉座位上有个东西硌得慌，她侧过身子，从座位上摸出一本湖蓝色的笔记本。这是一个普通的笔记本，稍微不同的是侧面有一个按扣。这按扣就像一把锁，在防着别人。叶子站起来问："谁的笔记本？"没人回答。

车上没有几个人，都戴着口罩，戴着帽子，眯着眼睛。

叶子坐下来。她下车了。她的手里拿着那本笔记本。

第二天傍晚的同一时间，她又坐上了16路公交车。她上车便问："有人丢了笔记本吗？"还是没人回答。

连续三天。

她给公交车司机说："如果有人问的话，你让他给我打电话。"司机看都懒得看她一眼，或许觉得她有点儿小题大做。"又不是掉了钱包。"

叶子还是每天随身带着这个笔记本，她希望哪一天能偶遇它的主人——那会是怎样的一个人呢？这个本子里又写着一些怎样的心事？叶子很好奇，特别是夜深人静的时候，那个湖蓝色的笔记本散发出一种神秘的诱惑，好几次叶子想翻开看一看，但最后还是忍住了。

第十天，叶子和兰姐一起关上了餐厅的大门。

叶子没想到通过五年的努力，她从服务员做到大堂经理，最终还是走到了失业的这一天。

兰姐说："就当是放假，回家休息一段时间吧，如果能重新开业，我第一个通知你！"

叶子很理解兰姐的难处，又不是只有他们一家餐厅在这次的疫情中风雨飘摇。她们一起流着泪把准备好的食材倒进垃圾桶，她们一起坐在空荡荡的餐厅里发呆，她们一起去求房东减房租……

兰姐取下她手上的戒指给叶子戴上："咱们姐妹一场，感谢你陪我一起打拼过！"

第十五天，叶子去人才市场找工作，她看到了兰姐，她们相视一笑，又匆匆分开。

第二十天，叶子还没找到工作。

母亲打电话说："今儿是小年，你吃饺子了吗？今年回来过年吧。"

叶子已经三年没回家过年了。餐饮行业最忙的就是过年这几天，挣的也是这几天的钱。"要干一番事业，哪里能享福？"兰姐经常给她们这样说。叶子也很开心，她不怕累。从农村来的叶子很庆幸遇到了兰姐这样的好人。兰姐对她很好。她也想在大城市里干一番事业。

叶子坐在没被灯光照亮的一角，她取下口罩和帽子。冷空气拍在脸上的感觉让她想起小时候，这样的冬天，应该有雪，她们在雪地里打打闹闹，冷空气把一个个小脸蛋拍打得红扑扑的。

叶子决定要回家了。

回家的念头一起来，叶子一刻也待不住了。她马上收拾行李，这时又看到那本湖蓝色的笔记本。

叶子坐在灯下，翻开笔记本的封皮，她像一条鱼，游进了陌生的深湖里。

黑色的字有时工整地写在格子里，有时又斜着竖着写得很随意。所有的句子似乎都没有关系，看得叶子一头雾水。

有几页叶子仔细辨认才看清楚是"九大咨询怎么问""新年首单全款 A3"这几个字。

原来是个汽车销售。叶子在心里说。

看着看着又出现了"精装修两房优惠"的字眼。

这又转战房产销售了？

"高跟鞋踩在电梯缝中间了。"看到这句话，叶子笑了。她想到了自己。

笔记本后面还有五分之一的空白，叶子的目光停在空白的纸上，就像小时候喜欢在雪白的地上画画一样，叶子突然想拿起笔画拉两句。

妈妈又打电话了，说："年猪杀好了，我做了你最喜欢吃的灌肠，你啥时候回来啊？"

是该启程回家了。

叶子把自己包成粽子一样，来到 16 路公交车站牌下等着，她的双手紧紧抱着怀里的笔记本，她的体温传导给了有着光滑封面的湖蓝色笔记本，笔记本又把微弱的体温传给她。

公交车从橘黄的路灯下驶来了，她跳上车，把笔记本放在她最初发现的座位上，然后下车，挥手送别渐渐远去的公交车，就像送走一位老朋友。

起风了，路旁那棵梧桐树上几片早已枯萎的树叶在枝头摇摇晃晃，它们怕是再也熬不过这个冬天了。

叶子迎着风，跑起来，嘴里念道：如果你害怕遇见冬天，春天就永远不会来。

这是她留在那本笔记本上的句子。

谁看不见星空

苏三皮

在一场意外中，张光明永远失去了光明。

我和张光明是邻居，也是同学。在他失去光明之前，我和他十分要好。我们一起上学，一起到河里游泳，一起爬树捉知了……几乎形影不离。张光明爬树的技术比猴子都强，再直的树，他"嗖"的一下就能爬上去。这让我十分羡慕和崇拜。

张光明的眼睛看不见后，他的性情变得十分古怪。他把自己关在房间里，不愿意见任何人。我听他的妈妈说，就连吃饭也都是他妈妈送到他房间门口，在确定他妈妈走开后，他才会过来把饭菜拿走。张光明的妈妈带着哭腔对我说，李小军，你是张光明最好的小伙伴儿，你有空就过来找他玩，开导一下他吧。

我没有立即答应张光明的妈妈。我的确是张光明最要好的朋友，不过，那是在他还没有成为盲人之前。现在，我对张光明充满恐惧。我害怕看到张光明的眼睛。据说盲人的眼睛是空洞的，这么一想，我就全身起满了鸡皮疙瘩。

但是，经不住张光明妈妈的软磨硬泡，我只好答应她去探望张光明。

我小心翼翼地敲门，告诉张光明我是他最要好的小伙伴儿李小军。有点儿出乎我的意料，张光明竟然开门同意我进入他的房间。张光明戴着一副墨镜，我看不到他的眼睛。我的恐惧顿时就少了一半。

我想和张光明说些学校里的事，或者说些往事，但是我担心我说的这些都有可能刺激到他，便哑巴一样开不了口。我们沉默了很长一段时间，倒是张光明先开了口。

张光明愤愤不平地对我说，我知道你们现在怎么看我，你们看不起我，还把我当成怪物。张光明顿了顿，又说，不过我不怪你们。张光明还说，其实我现在很好，大家都以为我是盲人，其实我什么都看得见。

张光明说这些话的时候，他的嘴角浮现了一丝不易觉察的笑容。我心里想，这次打击对张光明着实大，他都开始说胡话了。张光明冷笑一声对我说，我知道你现在根本不会相信我说的话，你甚至在想我的脑子出了毛病，但是总会有一天，你会相信我说的是真的。

因为没那么恐惧，我和张光明的这一次见面还算愉快。虽然我心里不相信张光明说的话，但这并不影响我和张光明的聊天。那天，基本上是张光明在说，我在听。我从张光明房间离开的时候，张光明还走出门送我。张光明对我说："你明天放学，还可以过来。"

张光明妈妈对我充满了感激，悄悄地给我塞了一块钱。我知道这是她给我的酬劳，也就受之无愧地放进了口袋，然后答应她，明天放学我还会再过来。

和张光明接触过几次之后，我对他的恐惧完全消除了，而他对我的戒备也完全消除了。他甚至邀约我一起到楼顶看星星。以前，我经常和张光明并排躺在楼顶看星星。我犹豫了一下，攥住张光明的手就要出门。张光明甩开了我的手，有些不满地说，你用不着攥着我，我真看得见。说着，张光明就出了门。上楼梯的时候，他不用扶着扶手，噔噔地上去了。我吃惊得嘴巴张成了 O 形。

我紧紧地跟着张光明上了楼顶，张光明拉着我并排躺了下来。张光明说，哎呀，有一年多没看过星星了，星空还是那么美。

我不可置信地望着张光明，你真看得见星空？

张光明没好气地说，我怎么可能会骗你？他伸手指着北斗七星说，你看，天枢星正发出金子一样耀眼的光芒，天枢星左下方的天璇星像蓝宝石一样，但是它的光黯淡了一点儿。张光明还准确地说出了天玑星、天权星、玉衡星、开阳星和瑶光星的位置和光亮。我的嘴巴再次张成了 O 形。

那一刻，我真的相信张光明看得见灿烂的星空。

回到学校，我和吴大勇说了张光明看得见的事。吴大勇一点儿都不相信我说的话。吴大勇和我打了一个赌。吴大勇说，要是张光明真看得见，他就把自己的眼睛也戳瞎，要是张光明看不见，我就得赔他100颗七彩珠子。

每次去看张光明，他妈妈都会给我一块钱，这些钱买100颗七彩珠子绰绰有余。于是，我应下了吴大勇的赌约。

我和张光明说，吴大勇不相信他看得见星空，还告诉他我和吴大勇打赌的事。张光明沉默了好一会儿，然后问我，吴大勇要怎么样才能相信？

我告诉张光明，吴大勇要亲自验证过才相信。

张光明犹豫了一下说，好吧。

第二天放学后，我和吴大勇走到张光明家楼下，大声地喊张光明下来。张光明"嗖"地从楼上飞奔下来。我得意扬扬地对吴大勇说，你看到了吧？张光明完全看得见路。

吴大勇"哼"了一声，从口袋里掏出一颗七彩珠子。吴大勇对张光明说，张光明，你告诉我，珠子里面依次是什么颜色？

张光明接过七彩珠子，用大拇指和无名指捏住，举到额头上方，对着即将落山的夕阳仔细辨认。张光明说，是一颗七彩珠子，光谱的颜色依次是红、橙、黄、绿、蓝、靛、紫。

吴大勇的嘴巴张成了O形，悻悻地说，好吧，我认输。

我递给吴大勇一枚针，对吴大勇说，你自己说的，如果张光明真看得见，你就戳瞎自己的眼睛，来吧，愿赌服输。

张光明一把抓住我的手说，不能这样，李小军，你疯了吗？

我吃惊地望着张光明，一字一句地说，我可没疯，我和他打了赌，愿赌服输。

不，不能这样，我不想他也……也像我这样……说着，张光明竟然哭了出来。

壮 行

刘博文

二十三岁学拳，为时不晚。

"尽管奇经八脉早就发育健全，但你尚存慧根。你小子聪明之处就在于拜在我咏春门下，若是去往街对头英租界那家洪门铁线拳馆，此刻恐已落入贼船。"师父接过茶，轻轻沾一下嘴唇，如是言道。

"有这么夸张？不都是南拳！"手执茶水的薛岳俯首，嘴边挂着师父在上，一双眼却骨碌碌转个没停。宁当鸡头不做凤尾，要不是洪拳馆徒弟众多，担心学不到什么精髓，他才不会来这儿。

毕竟洪拳硬气，男子汉就该练它，多阳刚。

咏春，女人拳，扭扭捏捏，有没有用还得另说。

"有没有用一试便知！"看透薛岳心事的师父，清瘦的面颊上显出点点笑意，"你出手！"

"当真？"薛岳脖子扬起。

"只管用拳，随便打。"

先前在码头扛包维持生计，薛岳自负手劲异于常人，很少出重手。乱拳打死老师父的事，自民国成立以来，这些年间可没少发生，是以第一拳击出，他抱以谨慎的态度。

却不料虎虎拳风如砸在棉花上。

难不成真有点儿门道？第二拳伴随疑问击出，师父宛如探囊取物般，竹竿状纤瘦的手臂已迎至薛岳面门。

合拳作掌，巨大的力道被轻轻松松收回，只在他额头上蜻蜓一点，如风起于青萍之末。

薛岳尚未反应过来，一场斗力便告结束，事实证明，乱拳打死的只可能是假师父。

"你讲得没错，咏春的确是女人拳，但并非专门给女人练的，咏春拳乃五枚师太所创立，后经女侠严咏春发扬光大，其与梁博俦结为伉俪，乃广东武林一段佳话。"师父端起茶杯，很响亮地啜了一口，气势顿时十足。

"与洪拳等大开大合的南拳不同，咏春注重近身搏杀中以巧卸力，以弱胜强，多为中线出手，'两点之间，直线最短'为其内核。摊，拍，圈，膀，伏，枕，护，耕——咏春由上述八种基本手法构成。莫要觉得我说的这些枯燥无味，练拳不练功，到老一场空。"师父合上茶盖，拜师茶结束。

薛岳清楚记得这话，就像拜入师门那晚广州城四起的枪声，振聋发聩，枪快还是拳快的质疑遍布在大大小小的国术馆内。

他不在乎，或者说，自己学拳的动机单纯，练武不是为了喊打喊杀，无非是谋生时能不受人欺负。

不曾设想，追随师父三年，除入门身法"二字钳羊马""日字冲拳"外，竟没学到任何搏斗本领。

师父，远比自己想象中孬。

"他若有种，就该与我一道，打平租界对头那洪拳馆，而非在我被沙包大的拳头围殴后，默不帮手，反而教训起我来。"薛岳心中有气，口中不平。

"你给我记住，中国人的拳头对外不对内！"师父厉声呵斥。

又来这套！薛岳无法接受这套冠冕堂皇的说辞，师父坐视不管的态度除了让自己寒心，也更坚定了他对于咏春不能打的看法。呸，不过是徒有虚名的孬种罢了。

良禽尚知择木而栖，倒不如回码头继续扛包来得安生！

殊不知覆巢之下焉有完卵，国破岂有山河在？在日本人大肆进军广州城后，薛岳方才彻底明白，彼时城里城外，枪炮声此起彼伏，港口的江水都叫鲜血染作赤色。

乱世，硝烟，烽火，回过神，他已赶上离开港口最后那班轮渡。

上船前听得岸边传来熟悉的声音，竟是洪门铁线拳的弟子，薛岳眉头紧蹙，压低帽檐。

从大伙儿谈天中他才晓得，租界外的咏春拳是唯一没有撤出广州城的国术馆，梁师父说了，誓与广州共存亡，用咏春，为国术以壮行色。

各位爷猜猜，是咱拳头硬还是枪子儿更威猛？

众说纷纭，船舱中更有好事者支起赌档。

七步之内，拳快，七步之外，枪有必胜的把握。

不过，凡事都有但是。

向来瞧不上师父的他，在船驶出港口前纵身跃起，几个跳落，上岸，朝租界方向奔去，终究还是晚了一步。

子弹在师父身上迸射出扑鼻的血腥气。

"师父，您这是何苦？"薛岳跪泣。

"小子，快走！"师父纤瘦的手臂，指向北方。

一路向北，薛岳脑海中全是师父一息尚存前，耗尽气力给他的答复。

"天下兴亡，匹夫有责。以吾辈一死开国人之智，为时不晚！"

确实不晚，被师父竹竿状纤瘦手臂击碎喉咙的鬼子，无一人得以活命。

你记好，咏春向来讲究以弱胜强，去北方偷偷授拳，开枝散叶，待到水光潋滟晴方好时，若我泉下有知，佑吾门人上阵多杀些鬼子。

十步杀一人，千里不留行。

薛岳挥泪，先北上，再南下，何惧关山路遥，当为师父一壮行色，用咏春。

第二辑

目睹一个校园黄昏

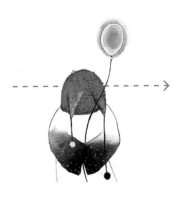

知人知面不知心

刘震云

沁源县有个牛家庄。牛家庄有个卖盐的叫老丁，有个种地的叫老韩。老丁和老韩是好朋友。

做买卖的人，本该爱说话，但老丁一天说不了十句话。种地的整天和牲口、庄稼打交道，本该不爱说话，但老韩一天得说几千句话。一个不爱说话，一个爱说话，本不该成为好朋友，但两人却有共同的爱好，爱上山打兔子，爱唱上党梆子。为了一个唱戏，两人走到了一起。老丁平日不爱说话，但一到唱戏，像换了一个人，口舌翻飞，字正腔圆，精神焕发。两人本是朋友，但唱起戏来，或是夫妻，或是君臣，或是父子。有时唱一个折子，有时连走一本戏，全看二人的兴致。唱起戏来，往往忘了打兔。

两人是朋友，两家的老小也走得很近。老丁的小女儿胭脂和老韩的小女儿嫣红，常在一起割草。这年八月十五头一天，两人割了一下午草，天快黑了，背着草回家，看见前头路边，躺着一个物件。两人都想捡这个物件，嫣红比胭脂大一岁，跑得比胭脂快，早一步跑到物件前。捡到手里，原来是一只布袋。嫣红便将这只布袋搁到自己草筐里，背回了家。

老韩老婆打开布袋，吃了一惊，原来里面躺着一堆大洋。倒出来数了数，整整六十七块。晚饭时候，老韩从地里收工回来，看着白花花一堆大洋，也傻了眼。

两口子夜里盘算着大洋的用途，或置两亩地，或盖三间房，或添几头牲口。

老韩激动起来，话匣子打开了，说了一夜。第二天一早，老韩老婆将嫣红叫过来："昨天拾布袋的事，你漏出半点儿风声，我用绳子勒死你。"把嫣红给吓哭了。

吃早饭的时候，老丁来了："听说嫣红昨天捡了个布袋？"

老韩说："回来让她妈打了一顿，布袋里是半袋干粪。"

老丁笑了："哥，俺胭脂当时摸了摸那布袋，里边好像是钱。"

老韩知道瞒不住了，说："没敢动，等着人家来认呢。"

老丁："要是没人认呢？"

老韩有些不高兴了："没人认，再说没人认的事。"

老丁："要是没人认，咱就得有个说法。"

老韩："啥说法？"

老丁："布袋是胭脂和嫣红一块捡的。见了面，分一半。"

老韩："你这不是耍浑吗？"

老丁："我不是在乎这个钱，是说这个理。"

老韩："你要这么说，咱俩就没商量。"

老丁："要是没商量，又得有个说法。"

老韩："啥说法？"

老丁："就得经官。"

事情一经官，捡到的东西，明显就得没收。老韩听出来老丁的意思，我好不了，也不让你得着便宜。两人一块打兔唱戏，好了二十来年，老韩没发现老丁遇到大事，为人这么狠毒。平时不爱说话，怎么一到骨节眼上，话一句比一句跟得上呢？嘴比唱戏还利索呢？可见他说的这些话，来之前早想好了；可见两人平日的好，都在小处；一遇大事，他就露出了本相。不是说老韩贪财，舍不得分给他钱，而是这道理讲不通。既然已经撕破了脸，就是再分钱给他，两人也算掰了。

老韩也赌上了气："这布袋是捡的，又不是偷的，你想告就告吧。"老丁也不示弱，转身走了。

但事情没等经官，布袋的主人找上门来。布袋的主人，是襄垣县温家庄给东家老温家赶大车的老曹。八月十五头前，老曹拉了一车黄豆，到霍州去粜。粜完黄豆，又结了霍州粮栈欠老温家小麦的钱，共六十七块大洋。空着车往回走，身上乏了，在车上半睡半醒，由着牲口往前走。路过牛家庄村头，一过沟坎，车一颠，装钱的布袋就滑落到地上。等车进了襄垣界，才发现布袋丢了，老曹惊出一身冷汗。急忙顺着原路回头找，但路上哪里还有布袋的踪影。

老曹一个村庄一个村庄打问，问了百十个村落，口干舌燥，水米没打牙，也没有问出布袋。本想没了指望，到了牛家庄，照例一问，纯粹为了心安，没想到牛家庄大人小孩，都知道老韩家拾了布袋。本来大家不知道，让老丁这么一闹，大家全知道了。老曹便寻到老韩家。老韩见瞒哄不住，只好将布袋拿了出来。老曹一见布袋，一屁股瘫坐到地上，将布袋里的银圆倒出来数了数，分文不少。老曹站起身，向老韩作了个揖："大哥，没想到能找着布袋。"

又说："大哥，除了是你，换成我，捡了布袋，也不会拿出来。"

又说："路上我找了一条绳，若找不着布袋，我也就上吊了；六十多块大洋，我赔不起东家。"

又说："赔起赔不起是一回事，回到家里，跟老婆就不好交代；我不上吊，老婆也得上吊。"

又端详老韩："大哥，看你是个种地的，却不贪财；一星半点儿不贪常见，六十多块大洋，没往心里去，大哥，你可不是一般人。"

说得老韩倒有些惶恐。老韩平时嘴挺能说的，现在却一句话说不出来。

老曹又说："今天不是小事。如不嫌弃，我跟大哥结个拜把子兄弟。"

老韩又有些猝不及防。两个素不相识的人，这么快就连到了一起？

因为一只布袋，襄垣县温家庄的老曹，和沁源县牛家庄的老韩，成了一辈子的好朋友。事后老韩说："真是知人知面不知心。因为一只布袋，我丢了一个朋友，又得到一个朋友。"

量子纠缠

陈力娇

一家豪华的酒店，一位西装革履的男人走了进来，他仪表端庄，形体挺拔，稍显瘦削，黑色外套和白色衬衫，干净又醒目，再配上鲜艳夺目的红领结，仿佛刚从领奖台上走下来。

他进来后，扫视一下大堂里吃饭的人，向一张有八人的大圆桌走去。他来到桌前，满面笑容，把腋下的教案放在桌上，拉过一把椅子坐了下来，带着歉意说："我来晚了，不好意思啊，'量子纠缠'吸引了我，耽误了时间。"

一桌人面面相觑，不解其意，其中一位瞥到了桌上的教案，断定他是教师，就说："教授，您一定是走错了，我们没有请您来呀，也不知道您是谁啊。"这一桌人从外地来，他们是专程到这座欧陆风情的城市旅游来的，从起程就是八个人，根本就没有第九个人。

教授听了他们的话，尴尬地说："真对不起，打扰你们了。"说完礼貌地站起身，向他们鞠了个躬，去了另外一张桌子。这张桌共六人，教授只扫一眼，就知道他们是大学生，在做网络直播。于是提示他们："关注'量子纠缠'啊，今年的诺贝尔奖颁给了它，这可是个当红的题材啊。"

其中一个学生眼睛一亮，欣喜道："老师，您能科普一下吗？'量子纠缠'到底是啥？主张什么？"另一名学生已为他准备好了椅子，服务员也麻利地为他加了一套碗筷。

教授坐下后，有些神秘地对学生们说："你们知道'量子纠缠'有多可怕吗？

它颠覆了人类现有的认知，第六感、心灵感应、吸引力法则、灵魂等，在它的理论中都是存在的，这预示着人类科技会有一次大的飞跃。"

六个学生瞪大了眼睛，最小的那个问："那具体呢？为我们做下描述吧。"教授凝住神，犹如带领学生进入实地考察，说："比如，它证明了心想就一定会事成；人的命运是由心造的；人完全可以掌握自己的命运；一件事你往坏里想，它就越来越坏；如果你想要倒霉了，那么你遇到的事情肯定很可怕。"

给教授搬椅子的那个学生说："这是不是告诉人类，凡事要往好处想，抱定美好心愿，好运自会来临。"教授点头，道："非常正确，外界只是你内心的一面镜子，所有的一切都是你的想法吸引过来的，这就是'量子纠缠'。"

一个不太爱说话的学生，提出了相反的意见，他说："那我要是天天想黄金，黄金真的会来吗？"教授摇摇头，坚定地说："不会，只有善念才会心想事成，因为善念最坚固，无数的善念才会让个体思维达到一定的量，发生'量子纠缠'。"

另一个学生说："老师，您的意思是，一颗量子释放的能量场，会被一颗有纠缠关系的量子吸收，可是否心想事成却不一定，因为人由无数的量子组成，这些量子在宇宙中有无数的叠加成分，比如思念，是可以被接收的，但不一定有回响，同样黄金也是这个道理。"教授拍了拍这个学生的肩膀，心想：如果带研究生，我一定带这一个。随即他说："对，这就是灵魂的感知力。"

一直没有说话，却很认真听他们讨论的学生问："可不可以这样理解，'量子纠缠'就是你在故我在，你不在故我不在，那你不在我不在，谁还会在？""他在。"那个最小的学生幽默地指了指教授，然后捂着嘴笑。教授很喜欢他，与他一起笑。

服务生端来一个果盘，说："老板送的。"学生们齐声说："谢谢。"服务生恭敬地退下。可不一会儿，他又端着一盘鲜红的大闸蟹送了上来，学生们忙说："错了，我们没点这道菜。"服务生说："没错，这也是老板送的，因为你们给这个店带来了'量子纠缠'，老板说，他就是另一个量子。"

学生们高兴极了，先给教授夹了一只，然后一人一只吃了起来。一个说："我每次回家，我妈都说，她的手心提前好几天就痒了，你们说，这是不是'量子纠缠'？"又一个说："我爸过世第三天，我在梦中见到他，他说不要挂念，这也是'量子纠缠'吧？"

他们刚想请教授来解答，服务生却小声地把教授叫走了。

他们继续讨论："南半球的蝴蝶扇动一下翅膀，北半球就会有一场风暴，这也是'量子纠缠'吧？""这是蝴蝶效应啊。""蝴蝶效应也是'量子纠缠'啊。""那道德经更是'量子纠缠'了。"

这顿饭吃得太开心了，虽没有教授一锤定音，但他们还是总结出要点："'量子纠缠'不只坍塌了物理世界，还崩溃了人的内心世界，更搅乱了哲学世界，就如一千年前人类不知道有空气，不知道有电场和磁场，不认识元素，只认为天圆地方，是一个道理。"

聚餐结束时，六个人抢着付款，收银员却说："不用付了，这顿饭老板买单。"学生们问："为什么？"收银员不想说，但还是说了："那位教授，是老板的父亲，他得了阿尔茨海默病，才五十二岁，他一直放不下他的教学，想念他的课堂和学生，今天你们成全了他。"

学生们努力回忆教授的样子，眼泪在眼圈里直打转。

扫码时代

袁省梅

　　小城不大，城南的早市也不大，倒是挺红火。从早上一直到中午，都是人来人往，热闹得很。李老汉的菜摊也不大，有两步宽吧，倒是位置好，在早市的入口处。

　　李老汉摊子上的菜是应着季节卖的，春天是白蒿、荠菜、扫帚苗，都是地里栈边长的野菜。现在的人们喜欢吃这些野菜。过上几天，天暖和点儿，老汉菜园子的菜就能卖了，菠菜、芫荽、油菜、茼蒿、山葱，接着是茄子、辣椒、西红柿，立秋后，刀豆角和花皮南瓜就能卖了，一直到了处暑，地里的萝卜苗、胡萝卜苗又疯长开了……李老汉的菜该嫩的嫩，该老的老，一棵比一棵鲜嫩，一棵赛一棵精神，是有一股经过风吹日晒雨淋后的茁壮劲儿。往往是，老汉刚把各样菜摆在摊上，就有人蹲下来挑拣。人们说，大田地里的菜比大棚里的菜味道好、正，各是各的味。

　　早市上，还有几家卖大田菜的，但好像都不如老汉的菜好。人们认为，李老汉和婆婆两个人都是一副笑眉眼，买不买菜，对人都是笑呵呵的，有时，已经称好了，还会再搭上三棵两棵。你别小看这三两棵不值钱的菜，会让人顺心开心。这样，李老汉菜摊子上的菜就卖得好卖得快。

　　那是谷雨过后的一天早上，李老汉和婆婆刚把菜摆好，有人就蹲了下来，还没问价，手上已经抓了一把菠菜。菠菜称好了，二斤，五块钱。客人掏出手机，给李老汉要码。李老汉却拿不出码。一旁的婆婆急得在菜堆里找，在包里翻，就是不见那个系着一根蓝色带子的码。老汉却不急，笑呵呵地说，今个忘牵"马"了，给现金吧。

买菜人就把挑好的菜放下来，嘟囔了一句，哪有现金啊。站起来走了。

现在的人，尤其是年轻人，哪个出门带现金？买一块钱的东西，是用手机扫码付款，买三十五十成百上千块的东西也是用手机扫码付款。

老汉要现金的话推走了好些顾客。婆婆不乐意了。婆婆说，码呢？码呢？你把码藏哪儿了？

老汉却咬定说是忘带了。

婆婆不信，气咻咻地骂老汉耍啥花招哩。婆婆说，你是想把菜再背回去？老汉铁着一张脸不说话。

货卖一张皮。何况他们的菜都是青菜，到了下午就不是十分的水嫩了，谁还愿意买呢？婆婆叨叨着让老汉把码拿出来。老汉却嫌婆婆心急，他悄声劝道，还早哩，买菜的人多着呢。

老汉不愿意让人扫码付款。老汉想收现金。

原来，一直用的收款码是孙媳妇的。老汉和婆婆没有智能手机，他们用的是只能接打电话的老年手机。

老汉第一天摆摊时，旁边的人就提醒他要弄个码。老汉思来想去不知要谁的码，要儿子的吧，儿子好喝酒好打麻将，钱打在他手机里，喝了赌了，咋办？儿媳妇倒是不喝不赌也不乱花钱，可是太抠，一根柴火棒拿到她家，休想再拿出来。那要闺女的码？人常说，闺女是父母的小棉袄。闺女跟父母贴心，家长里短，啥话都能说，一分一厘也好张嘴。可婆婆不同意，说是怕儿媳妇知道了，会有意见。嫁出去的姑娘，泼出去的水啊。

思来想去，老汉就要了孙媳妇的码。孙子去年结的婚，孙媳妇在镇上蛋糕店打工，过几天就会给老两口送三五块蛋糕啦，一小包酥饼啦，说是自己做的，让爷奶尝尝。老汉心里说，把钱打在孙媳妇手机里，她肯定不会昧了。用孙媳妇的码的第一天，老汉算了，码上存下了三十五块钱，手里收下的现金只有八块钱。回家见到孙媳妇，孙媳妇喜滋滋地夸爷奶会卖菜，半天就挣下三十多块钱。孙媳妇问爷奶，是眼下把钱给他们还是攒多了再给？

老汉和婆婆一听这话，都不好意思叫孙媳妇马上给钱，都说不急不急，等攒多了再说。可是，一个月过去了，两个月都过去了，孙媳妇都没给他们现钱，见了他们，只是说忙，说等闲了到银行取钱。老汉和婆婆呢也就不好意思催了，心里呢真的有些急了，他们指靠那点儿钱买油盐酱醋、走人情礼路的啊，还有头疼脑热的药，也指望卖菜的那点儿钱。

这样，老汉卖菜时就先问人有没有现金，没有现金了，才让扫码，而这天早上，老汉干脆把码收了起来。可是，眼看着太阳走到头顶了，菜还没有卖出去多少。

趁摊子前没人的时候，婆婆叫老汉把码取出来。老汉还是不愿意，要再等等看。婆婆悄悄说，往常孙媳妇手机上三块五块不停地进，这半天了，一分钱也没有叮当，孙媳妇问起来看你咋说。

咋说咋说？人家都给的现钱嘛，我有啥法？

老两口正吵着，过来几个买菜的媳妇，竟然都是给的现金。她们说，知道你们要现金，为了买你的菜，我们专门拿的。

老汉把钱递给婆婆，嘿嘿地笑，看吧看吧，人都爱见咱的菜，就会给咱现金。婆婆白了他一眼，接了钱，没说话。老汉就又笑模呵呵地叨叨，人常说，酒香不怕巷子深啊。

正准备收摊，孙媳妇满脸通红地跑来了，说今天换岗，正好有工夫去了趟银行。说着塞给奶奶一个鼓鼓囊囊的银行信封，又说怕二老着急，我先把钱取回来了。婆婆捂着孙媳妇的手，白了老汉一眼。老汉也笑了。

捏仙张

王琼华

那时候，裕后街江西会馆的背面，有一间叫"捏仙张"的糍粑铺。

始初，捏仙张是一个人的绰号。他曾在大户人家当先生。他喝了几碗米烧酒，张口说道："有钱人上辈子都是饿死鬼！"第二日，主人没给捏仙张开院门。他嗤之以鼻，转身爬上裕后街后山。

他又去赏竹。

哪怕他做先生，每天一大早，出门第一件事，即是爬到山腰，观竹一番。

在捏仙张眼里，竹子是他的魂、他的命。街坊上山挖冬笋或春笋，被他看见，便会遭他阻止。万般无奈时，他只得掏钱让人锄下留笋。那日，一街坊好像认准自己跟某一枚春笋有缘，哪怕捏仙张再三加钱，这街坊仍是想将春笋挖走。捏仙张俯身抱着春笋，叫道："你将老子一块挖了吧。"

街坊举起锄头，但未敢落下。

如此痴迷竹子，与他称自己是竹林七贤其中一位投胎复生有关。那么，另外六贤又在哪里呢？该不是在裕后街吧？街上喝过墨水的那些人物，包括账房孙胡子、郎中老毛、算卦择地的刘放炮，以及红白喜事都被找去写字的二驼叔，皆是没被他瞧上眼哪。他曾经四处贴出寻兄榜。不过，未见有谁前来相认。反之，人家说他是一怪物。

捏仙张不想孤独一人。面对眼前的竹子，他觉得该与六贤一块享有。赏竹时，他一定会扒些黄土，捏成六个泥人，相伴自己左右。

他还会与六个泥人做一番交谈，似乎甚为投缘。

一街坊上山砍柴时，看到捏仙张刚刚捏成的六贤，哑然失笑。

“好笑吗？”捏仙张冷冷地问道。

“这……这哪里是人？”

忽地，捏仙张露出笑脸道：“没错，这哪里是人呢？他们是仙！”

没几日，他便被街坊叫成了捏仙张。始初，这称呼让人听出几分怪味。久而久之，倒是成了他的大名。街坊见到他时，便会吊高嗓门叫道：“捏仙张！”

捏仙张则爽快地应上一声。

他蛮喜欢这一称号。

这日，捏仙张又上竹山。不过，刚被他捏成的泥人，又一一散了。黄土太干燥了。也怪不得，这夏日已有个把月没下雨了。他颇感无奈。

突然，一个小男孩走上前来，掏出小玩意便往黄土堆撒了一泡尿。

捏仙张愣了。

接着，他哈哈大笑，而且笑出一股撕肝裂肺的感觉。他大声喊：“童子尿，天酿甘露，胜过多少浊醑、多少醽醁?！”刹那间，他便将黄土捏成了六贤。这时，当他侧身想跟那小男孩道谢时，却发现小男孩不见了身影。他连忙起身，抱拳，跟老天作揖。

回到裕后街，他称自己今日有幸，得下凡仙童相助。

街坊皆是不信。

捏仙张嚷道：“张某如有半句假话，天打五雷轰！”

结果，炸声骤响。

一家卖手箍糍粑的铺子开张，刚好放鞭炮。铺子是一刚来裕后街投亲的女子租房开的。捏仙张倒也没兴趣去瞧个热闹。

他想上店里喝几碗米烧酒。

隔了一些日子，捏仙张才从卖手箍糍粑的铺子前路过。

而且，他进了铺子。

刚才，他随意往铺子里瞟一眼，眼珠子便忽地鼓了起来。他看见一小男孩站在铺子里。

天哪，前些日子往捏仙张跟前干黄土上撒尿的仙童，就是这个小男孩。

小男孩正跟老娘说："娘，我想去念书。"

铺主是一中年女子。长相不错，却是满脸忧郁。她吁道："才做两笼手箍糍粑，总也卖不出去。娘哪能供得起你读书？铺子租金都交不上了。"

小男孩没答话。

不过，他一见捏仙张进了铺子，仰头说道："先生，我娘手箍糍粑很香，您买几只吃吧。"

"原来你不是仙童！"捏仙张叫道。

小男孩也认出了捏仙张。原来，小男孩那天随娘上山去掐艾叶，见捏仙张蹲到坡前捏小人，便好奇上前看个究竟。也许捏仙张过于投入，没发现身后站有一小孩。小男孩见捏仙张没法将黄土捏成人，便将平日自己与伙伴一起玩泥巴的绝活儿拿了出来。但捏仙张那震耳欲聋的笑声，让小男孩听得有点儿心惊，便转身跑了。

小男孩的娘以为孩子闯了什么祸，便要斥责。

捏仙张忙说："我是来谢你这宝贝儿子的。"

接着，捏仙张揭开蒸笼盖看了看，耸耸鼻子，说道："好香啊！"

"再香也卖不出几只。唉，过一晚又要发馊了。"

"这模样勾不到街坊眼球。"

"天下手箍糍粑差不多这一般。"

"那你儿子的学费真找不来。"捏仙张见小男孩的娘发噎，便朝案板上看了一眼，"还有些面团，不妨让张某帮你做几只吧。"

"你来做——"

"如果我做的糍粑也卖不出，那这些糍粑张某全买回去。"

小男孩叫道："娘，先生会捏小人哪。"

其娘说道："做手箍糍粑，哪里是捏小人？"但没多久，小男孩叫好起来。他的娘也瞪大眼睛。原来，捏仙张果真将糍粑捏成了小人模样。很快，手箍糍粑的铺子前挤满了抢买小人模样糍粑的街坊。他们第一次见到这糍粑还能做成活灵活现的小人模样。小男孩的娘看到这种场景，暗暗吁一口气。

她担心，明天这糍粑没法做了。

第二日，她一开铺子门，就见捏仙张站在门口。之后，他每天都来帮小男孩的娘做糍粑。她没掏钱，小男孩便念上了书，先生即是捏仙张。

过了一年，捏仙张做了小男孩的继父。结婚那天，手箍糍粑铺子挂上了一块用竹子做成的匾，上面是二驼叔写的三个大字：捏仙张。街坊发现，捏仙张一大早不再爬山赏竹。日落时，他才会上山逛几圈。

在他看来，铺子生意如何才是当紧的事。后来，他干脆在铺门口种了好些竹子。

捏仙张八十岁那年，因病去世。咽气前，他跟儿子交代："蒸笼里什么玩意都可以蒸，就是不得蒸七贤。"

很多年后，捏仙张在裕后街上消失了。

街坊至今还会说，那年衡阳保卫战打响时，捏仙张的主人带着伙计跑到衡阳去跟守军做糍粑，一炮弹落到蒸锅上，好几个人都被炸飞了……

头　碗

王琼华

筵席八大碗，头碗算一绝。裕后街摆啥席面，少不了这一道大烩菜。散席时，头碗中稍见有余，主人也会觉得自己脸上无光。

头碗第一勺，就掌在刘一勺手上。

街坊办喜事，皆把刘一勺做的头碗上桌当成面子。

刘一勺怎么能把头碗做得这般勾魂？放了家传秘料还是念了啥口诀吧。私塾先生也曾摇头晃脑念道："但从刍豢选肥美，昔人烹饪有绝技。"

其实，谁问头碗做法，刘一勺皆是竹筒倒豆子般说得明明白白。花上十个时辰文火熬成高汤，将高汤剔去渣沫，煮开，加猪肉、蛋卷、鱼肉丸子、油炸猪皮、去壳熟蛋，煮开；续加玉兰片、香菇、木耳、黄花菜、姜片、蒜，煮开；再加猪心、猪肚、猪腰、猪肝片，敞锅煮开十分钟，加盐，撒葱花，起锅。

"还有什么诀窍？"街坊眨眨眼。

刘一勺反问："还有什么诀窍？"他笑了。

刘一勺掌勺，从不遮蔽。常有街坊站在刘一勺身旁，把他做头碗的过程看上一遍。之后便是嘀咕，手法与别的厨子毫无差异。

莫非跟刘一勺熬高汤时爱哼小曲有关系？

起锅时，刘一勺偶尔也会大喊一声：成啦！

真有厨子学会唱小曲，起锅时也大喊一声。不过，他们做成的头碗仍是没有刘一勺做的头碗好吃。

街坊即猜，刘一勺是灶神童子投胎。

那年夏日，谭延闿在城里旧衙署宣誓就任湘军总司令。当晚，他包下福星楼，设宴庆贺。福星楼菜肴非常精致。但谭延闿素以"刁食"著称，福星楼老板不敢有丝毫闪失。他跑到裕后街，邀请刘一勺亲手做头碗这道菜。头碗上桌时，众人邀请谭延闿开菜。谭延闿刚尝一口，两眼放光道："绝味儿！"

第二日，福星楼老板把一幅字送到刘一勺手上。上面写道："一勺即绝。"

刘一勺好奇地问："谁写的？"

"谭司令。"

"不……不会吧。"

"这字貌丰骨劲，味厚神藏。虽然没落款，但一看就晓得是司令墨宝。他副官捎过来的。"

刘一勺大喜。

装裱后，四个字挂在伙房墙上。

他扯扯衣服，跟弟子们说道："一勺落碗，再无美味。这般褒扬，不得受之有愧。从今往后，我们做头碗，精益求精，容不得半点儿马虎。哪怕放蒜，该是几瓣便是几瓣，多一瓣少一瓣都不行。放葱花，拿量筒量一量，不得随手抓。谁敢打刘某这张脸，刘某就拿勺子砸碎他的狗头！"

三更时，刘一勺起床上茅房，顺道拐进伙房瞧瞧，发现守夜熬汤的弟子窝在灶门口睡着了。他勃然大怒："一夜任由食材泡在锅里，不举火，明日一大早再用大火急炖，这汤哪里还有地道味儿？"

他把这弟子逐出师门。

那天，刘一勺掌勺婚宴。往锅里撒葱花时，他看看刚抓上的一把葱花，犹豫了一下，往碗里抖落一些，才将手中的葱花扔进锅里。紧跟着，他觉得葱花刚才放得稍少，再补了一小撮儿。

散席后，主人向刘一勺道：

"头碗头碗，碗碗剩不少！"

"眼花了呗。"

刘一勺跑进宴厅一看，果然如此。他拿起一个勺子，从碗中舀起些汤汁，用舌头舔舔。

味儿确实不正！

他少收了人家一半的钱。

没隔几日，他再遭街坊质问："你琢磨娶姨太太吧？"

"哪怕有这闪念，雷也会劈了我。"

"那就是你也抠门儿。"

原来，刚上桌的头碗太淡了。

回到伙房，刘一勺劈头盖脸地骂："哪个兔崽子，背着我往锅里多添了半瓢水吧！"

弟子们挤眉弄眼，没人敢搭话。

刘一勺磨磨牙。头碗怎么被自己做得越来越容易走味儿？他寻思不出原因，睁着眼睛，瞧着生意渐渐冷清许多。

"该是拿错了勺子吧。"他看看墙上的那幅字，又看看手上的长勺。

其实，大铁锅、长柄菜勺已经被他换过几次。

但他还是常常苦着脸。

秋日，福星楼老板又来见刘一勺，说："你把墙上这幅字给撕了。"

刘一勺说："面对这四字，我已羞愧万千。幸亏司令没再让我做头碗。要不，我得找个茅坑钻进去。"

"它并非司令的墨宝。"

刘一勺眼鼓鼓。

"我也是才弄清楚。那晚，司令副官喝了几杯酒，便写下这幅字。这人平时喜欢临摹司令书法，神似几分。第二天，他将这幅字送来时，又没留句话，我也就把它当成司令的墨宝了。"

"是这回事……"

"他刚被司令给毙了，私吞军饷。"

刘一勺"啊"了一声。

当即，他将墙上那幅字扯下来，塞进灶膛了。接着，他抓一把盐，扔进锅里，又抓一把葱花，也扔进锅中，破口骂道："一勺即绝？放狗屁。狗屁！"

福星楼老板耸耸鼻子，说："让我品上一碗吧。"

"这是做给弟子跟我吃的，吃完便关门散伙了。"刘一勺舀上一碗，递给福星楼老板。福星楼老板喝了一口汤，叫道："这头碗味道是你做得最纯正的一锅。"

"还说上一句这么好听的悼词？"

"你尝尝——"

刘一勺撇撇嘴，拿勺尝了一口，即刻惊诧道："这地道之味儿，怎么又回锅来了？"他弯腰看看灶膛，那幅字烧成了灰烬，喃喃道："莫非是这幅字早先作怪了？"

"有啥怪不怪的？"

"只要瞧见纸上四字，头碗我就做得不踏实，生怕配不上这金字招牌。"刘一勺愣了愣，接着跟福星楼老板说道，"你往后别再跟我说了，什么最入味儿，什么最地道。"

"说……说不得……"

"哪怕灶神老子下厨，做出来的还不是一道菜？"

没多久，刘一勺的头碗名声又响了。做菜时，他没那股神气了，哼着小曲，随意撒一把盐，再撒一撮儿葱花。街坊见了，就晓得这锅头碗菜又做成绝味儿了。

草 根

岱 原

给先祖买下葬身之地，赵海花了五十块大洋。大洋从贴身的衣襟里掏出来，用扎口的布袋包着。赵海一边嚼着草根，一边努力让自己表情轻松。地主柯远桥吞咽着口水。他调亮了油灯的火苗，紧紧盯着布口袋。当赵海把银洋倒在桌子上时，他小心翼翼地拈起它们，用指甲一枚一枚夹住，然后使劲吹气，在银洋隐隐的嗡嗡声里，确定这财富已经收归己有。

半生的努力，换来的是三分葬人的山地。赵海若干年后和说书先生汪肆谈起这事时，依然心痛不已。汪肆淡定地端起茶杯，用杯盖拨开茶水表面的浮沫，喝了口茶，润了润嗓子，然后问赵海，为什么你半世辛劳只能换来三分地，你知道原因吗？赵海说不知道。汪肆说，不知道就想一想。赵海说，我想不明白。汪肆把茶杯盖合上，说不急，慢慢想。

赵海不常去县城，和说书先生汪肆照面的次数不多，有些事情也只能慢慢想。赵海从事着一项古老而危险的工作——放排。赵海的家乡在遥远的南边山区。每年河流丰水期，赵海就和一班弟兄捆扎着木材携带着山货顺水北上。这是他们唯一和外界联系的方式。

常年把性命别在裤腰带上，放排人活得很通透。大多数放排人有几个钱就会下酒馆逛窑子。赵海不喜欢这些，他爱听书。放排交货的地点靠江，上岸后面对的是千年江城的繁华。这座名叫池州的县城不大，但该有的娱乐消费都有。放排人上岸后各奔东西。当其他人散去，赵海就钻进码头附近的茶楼。

那时候汪肆在茶楼里说书，他穿一袭长衫，手拈一根前端弯曲的竹片，眼前是一面三角木架撑起的小鼓。汪肆敲一通鼓，就说一段书。手中竹片一挥，过往的时间就在唇齿之间纷纷飘落。

在县城休整的几天是赵海在茶楼拾捡历史传奇的时间。一壶茶，一碟点心，花费不多但精神熨帖。时间久了，赵海和汪肆就熟了。赵海觉得汪肆那一袭长衫里裹满了知识。他询问汪肆问题时总是透着谦恭，他把点心让给汪肆，自己则在口袋里掏出一根草根慢慢地咬着。

有一天赵海忽然就像开窍了一样，他说，三分地应该不值那些钱，对不？

汪肆说，是这样的。

那他们为什么要收这么多？赵海问。

他们需要你们吃苦，你们不吃苦他们怎么过上甜日子？

那怎么办？

你得抗争……

往后若干年，赵海在县城家乡之间往返，顺便分担了说书先生汪肆的职责。他也给自己置办了一套长衫，这让他看起来像一个有学识的人。县城到老家有一百多里山路，那年代很少车马，只能步行。赵海不急，他迈着平稳的步子，遇着村子就歇歇，讨口茶水的时候就和那些庄户人家聊天，聊着聊着就聊到生活的苦。苦怎么办？得抗争。长衫让赵海变得沉稳。他不鼓动，倾听到最后才点下题。按照汪肆的说法，这叫埋下火种。每个人的心里都有一片泥土，埋下种子，总有一天它会发芽。

时间过得很快，转眼就到了这年年关，山区反抗的种子埋得差不多了，就有人带头搞暴动。赵海心里的那股火也被撩得很旺，他把早些时候在县城置办的一柄长刀拿出来慢慢磨，从下午磨到天黑。赵海磨一下刀就想一下那五十枚光洋，磨一下刀就想一下放排日子里的苦。他没杀过人，他想今晚可能自己就要杀人了。

后半夜，天黑得很透，他摸出枕头下的长刀，蹑手蹑脚拨开堂屋的门闩。

他要迈腿的时候，脚下却像绑了一千斤的担子。他回过头，才发现老婆余氏死死抱住了他的脚。余氏披散着头发，压着声音说，你今晚要出门就先把我砍死。空气僵硬起来，里屋传来了稀碎的鼾声。余氏又说，你顺便把那三个孩子也一起砍了。赵海没有迈出门。他把自己关在屋里，听着很远的地方传来稀稀拉拉的枪声。

这个夜晚很悲壮，那晚参与暴动的人几乎全部阵亡。

大半个世纪过去，早年的烟云散尽。我在祭奠赵海的时候总想写点什么。他是我的爷爷，他活过了暴动那道坎，但没有活过时间。暴动过后，作为嫌疑人，他被当局限制，不再允许放排。此后，他就再也没有走出这片山区。他最终的归宿是自己当年购置的坟场，然后和先祖做伴。

这片不大的坟地被风水先生称为龟形，它静静地蛰伏着，脑袋对着两山对峙间的一片开阔境界。在那里能看到更远的山。一条叫龙舒的河从远处的山脚蜿蜒绕过。赵海当年放排不久就见识到了这个行业的惨烈，同行的一个伙伴在激流里落水，被打捞上来的时候，只有残缺的身体和一张乌青的脸。为首的把头看到了赵海的惊慌，就问他，说以后都是这日子，你怕不怕？赵海看着龙舒河暴怒的河水，努力抑制住内心的恐惧。他在身上到处摸索。终于，在口袋里摸出一根草根，放进嘴里，慢慢嚼着。过了很久，他才说，不怕。

那是一种在我们当地叫盘根草的草根，白白细细，有着竹子一样的结。它长在河岸的沙地里，到处都是。我尝过它，这草根刚嚼时有一股寡淡的涩，嚼到最后会在舌根漫出一点轻微的回甘。

目睹一个校园黄昏

包马乔

为了中考的体育成绩，我们几个每天下午吃完饭要去操场练习拉单杠。我们像往常一样，买了饭走到操场，靠在单杠旁边的砖墙上吃。墙南面就是校门口，从十字形的墙洞里能看到保卫科的马飞跃老师正在检查学生有没有买外面的东西。他每天为了广大学子不辞辛劳。

我们就这么吃着看着，校园里放着音乐，操场上散步的人还不算多。

一个小青年走进操场，他的奇装异服在清一色校服的人群中十分引人注目。他背着一个斜挎包，双手插在裤兜里，走几步就甩一下厚厚的遮眼发。我们认出来那是已经毕业的张力，以前的校园"老大"。他拐进教学楼后，一会儿又领着一伙人走了出来。

他们边走边推搡着一个身穿蓝色夹克服的人。我们也能认出他来，他是比我们高一级的贾强，在学校里嚣张又风流。

"就是他到处抢别人包子吃。"赵鸿毛指着他说。

贾强被一众人带到马飞跃承包的食堂门口，抵到墙上。此时虽然我们相隔七八十米，但还是能看得清清楚楚。贾强背着手，歪着头，伸出腿做稍息站姿。这姿势意味很明显，就是不服和挑衅。

张力摘下挎包，脱掉外套，撸起套头卫衣袖子，开始朝贾强脸上呼巴掌。我们听不见声响，只能看到贾强的头被扇得一歪一歪的，但他的姿势却更加挑衅。张力抽完又开始蹦肚子，以肘击背，姿势大张大合。我担心再这样下去会出人命，爬上墙大喊："马老师！"

赵鸿毛一下子把我拽了下来："你不要命了？他们能看见我们，他们会打死我们的！"

我只能眼睁睁地看着张力甩甩头发后，抄起地上的红砖，一下一下地朝贾强身上砸去。后来我看不下去，转过身，从十字形的墙洞里巴巴地望着马飞跃，祈求他能走过来看一看。但是他在忙着。他身后的桌子上已经堆满了大包小包的水果、零食和饭菜。

老师和同学们来来往往。

马飞跃突然拦住了一个挎着编织提篮的女人，她手里提着一兜包子。我想她是要进来看看她的孩子。显然是提篮太满，包子装不进去了，她拎着的包子才让马飞跃的"火眼金睛"盯上。马飞跃不让她带进去，女人就和他商量。商量不成她就抱着膀子往里冲，但还是被马飞跃和几个保安拦下了。马飞跃上手夺她怀里的包子，女人就死死地抱着。他们不停地拉扯推搡，最后，马飞跃把袋子扯破，包子滚得到处都是。

女人盯着散落的包子，愣了片刻，然后她叹了口气，开始捡包子。马飞跃用脚把滚远的包子踢到她的跟前，她没再跟他争吵，只是捡起包子兜在自己的衣服里，默默地走出了校门。

我也拉不成单杠了，只想赶紧离开这里。我不知道马飞跃为什么放社会人士张力进来，却将来看自己孩子的母亲挡在门外。

我回到教学楼上，坐不住，就又走下楼来。

学校里的音乐仍在欢欢喜喜地播放着。在花坛前，我看到了那个女人，她又进来了。贾强站在她的对面，捧着那兜包子吃着。他的左半边脸紫红，身后还有未掸去的脚印。

那个女人看着她的儿子，不时擦着眼泪。

危机公关

袁有江

张士相是群力化工厂的老板。

群力化工厂位于江北的力群工业园。这个不起眼的工业园，在江滨市新近的发展规划中，属于可有可无。张士相的工厂因政策变迁，目前在园区中也属于可有可无。张士相三十九岁，不高不矮，不胖不瘦，不丑不俊，连头发都不黑不白。没有特点的特点，就是张士相的特点。他随便往人群中一闪，你就无法辨认出他来。按说，此人此厂均没啥可写。只是张士相最近摊上事了，摊上大事了。

事到临头，张士相的老婆一句辩解的话也没说。

下半夜，风刮得越来越紧。波斯猫意外地叫了一声，像利爪撕破了脸皮。张士相的老婆打破客厅里令人窒息的沉默，对头埋在裤裆里的张士相说："离吧，我净身出户。"说完，她转身就出门下楼了。等张士相追出去时，早已不见了踪影。张士相想想，照着自己的脸就是一记老拳，一股热乎乎的鲜血从鼻孔流下来。他对着空洞的夜，骂出了最肮脏的一句话。

三天前，青头紫脸的张士相，在无名英雄的协助下，终于扳倒了毛局长。

他坐在自家客厅里，正得意扬扬地喝啤酒、吃饺子。冷不丁，一条钻进手机的信息，速冻了他热乎乎的得意劲儿。陌生号码发来的信息告诉他："毛局长全交代了。在毛的风流艳史中，有你老婆。如果不信，你去查看海都酒店，×年×月×日×时的监控录像。"这顶绿帽子，戴谁头上谁都睡不着。

他真的去查到了视频，他老婆挽着毛局长的胳膊走进房间，过了不知道多久，两人又一前一后走出房间。他反复验看录像，感觉五雷轰顶，这才水到渠成地演出了开头的那一幕。

他这次调取海都酒店的监控录像，是他两个月内第二次去调。

三十天前，他就非法调取过一次海都酒店的监控录像。

那时，他像一个溺水者，极度渴望抓住一根救命的稻草，找到能改变自己命运的工具。他希望调出来的录像里，能看见李政老婆。可录像里的女人不是李政的老婆，但那个男人，倒是被酒店的保安队长一眼认出，他失口喊道："毛局长！"

如果保安队长当时没喊出这三个字，也许就没有后来的事。

他追问保安队长："毛局长是什么局的？"

"应急局的。"

真是踏破铁鞋无觅处，得来全不费工夫。他又多花一笔钱，复制了视频。

查出毛局长的手机号并不难。他开始给毛局长发信息，信息总是石沉大海。直到他提及视频的事情。对方才回了信息，约他晚上带上东西见面。

在滨江公园沙沙作响的小树林里，他被几个身份不明的人一顿暴打，还差点儿被扔进东江喂王八。好在视频留有副本。鼻青脸肿的张士相爬回家，将实名举报信分别投寄给了省市纪委的信箱。不久，毛局长就被纪委带去问话。仅有生活作风问题还不够。不知道是谁，又在暗中帮了他一把，举报毛局长贪污受贿的事。

四十天以前，张士相废寝忘食地查阅资料和案例，心里极度不安。

他硬着头皮，再次约老同学李政见面。他将五天前在海都酒吧的偶然发现告诉了他，希望能借此刺激一下李政。可没想到，李政根本不相信他的胡言乱语，劝他还是早点儿做好整改，不要走歪门邪道。他愤怒地说："我会让你相信的，我去想办法调出监控录像。"

"随你的便。"临走时，李政又嘀咕了一句，"毛局长进去也是迟早的事。"

四十五天以前，张士相的公司被环保、应急局联合现场执法。

他预感到大事不妙。按照他工厂违规的实际情况，轻则罚款几十万，重则永久关闭。他从侧面咨询了好几个人。他们的经验告诉他，只有找到应急局局长才能救他。他第一个想到的人，自然是老同学李政。李政在市纪委上班。他约李政到海都西餐厅吃饭，坦诚了自己的处境，恳求他看在老同学的分儿上，托人找局长说情。本以为，凭借哥儿俩四年多的同窗情谊，李政最多皱皱眉，转而就会帮他想办法的。可是没想到，李政将他大肆数落、教训一通，随后站起身走人。

他掏出手机，打了一个又一个电话，喝了一杯又一杯啤酒。当最后一个朋友拒绝他的时候，他已酩酊大醉，这才疲惫不堪地站起身准备回家。老婆已经打了两个电话催他回去了。她告诫他："车到山前必有路。大丈夫遇事要冷静，不要自乱阵脚。"他嘴上说："我马上就回。"心里却在骂："娘们儿就是娘们儿，狗屁不懂！"

就在他出门之际，目光无意间向外一扫，射电望远镜般，捕捉到一个熟悉的身影。他定定地站在玻璃窗后，看着电梯口站着的两个人。

一男一女，男的五十来岁，秃顶。女的三十来岁，很像李政的老婆。不，那一刻，他觉得这个女人就是李政的老婆。虽然只看到她的侧面，但他自认错不了。待他们进了电梯，他疾步追到电梯口。电梯指示灯显示，他们是在客房部停下的。他乘电梯到了刚才停靠的楼层，问楼面服务员。得到的答案是，两个人确实进了同一个房间。

"李政的老婆在外面偷人？"他眼里闪出一缕狡黠的光泽。他抹一把脸，仔细想想，也许他有了要挟老同学帮忙的理由。

于是，他转身走进了这个荒诞不经的故事。

消失的她

刘卫宁

　　我觉得不能把关于她的故事从一个梦境讲起，特别是开直播的时候，你一说又梦见她了，马上就会有网友评论，都这岁数了还拿梦来骗人，抬走。做一个故事类主播，需要十二分的精力和一张百磨不烂的嘴，我也为力不从心苦恼过，可总有些上了贼船不愿下来的感觉。那天直播间人不多，我心情也不太好，懒得讲玄乎得没边儿自己都不信的烂故事，忽然想说说自己年轻时候的事。

　　那是春天吧——我觉得还是先营造一点儿文学氛围吧——春暖花开，万物复苏，一个星光璀璨的晚上，我和她相约去了村外的河边。

　　刚说几句，屏幕上就出现几条评论：

　　俗套。

　　你俩都干啥了？

　　出事了吧？

　　老头儿老太太当年的老故事……

　　我说我们去捞蚂蟥。说完这句我看一下评论马上就去解释：蚂蟥学名水蛭，我们这儿也叫马鳖，一种咬住肉就狠吸人血的小动物，特别像某些网络主播，能吸自己体重十倍的血。说完这句后没看到有评论，估计网友去百度搜索蚂蟥了。

　　那时候我家和她家都很穷，我家拿不出百十块的彩礼钱。镇里有位老中医要收一些蚂蟥，活的一块一斤，晾干的三块一斤，听到这消息的当晚我就拿了手电和笊篱去河边捞蚂蟥。她也听说了，第一次不用暗号相约就和我相遇在漆黑的河边。

天气还冷，蚂蟥都潜在水底，水面上是看不到的。但我们坚持着，每天晚上都去河边。蚂蟥这东西生活环境很特别，水流大了或小了都不行，整条河没多少适合它们繁衍生息的河湾。我和她从春末捞到夏天，两个月的收获也才二十多块钱。

网友评论：卖多少钱一点儿意义都没有，直接说你俩都干啥了吧！

两个月，从受精卵到坐胎孩子都成型了。

这回你的彩礼应该凑够了吧？

不够。我家应该支付给她家的彩礼钱还是没有凑够。可是她说，把这点儿钱拿回她家，她哥的彩礼钱就凑够了。我生气了，说我这么卖力气捞马蟞是准备凑够娶你的钱，怎么能给你哥娶媳妇用呢。她也生气了，说你凑够了彩礼早晚不也是给我哥娶媳妇用嘛，干脆我直接拿回去，我哥的事先办了，咱俩的事也许就好说了。

看一眼屏幕，网友炸了：

她太自私了，踹了她！

婚前就把钱把这么紧，婚后就一点儿余地都没了。

每天夜里河边，都两个月了，能办的事早就该办成了，兄弟你太窝囊了。

我没理会网友评论，跟着回忆继续自己的叙述：

说实话，她是我觉着最美丽的女孩，苗条，清秀，漂亮，两只眼睛忽闪忽闪会说话。我俩从初中在一块上学，互相看着对方从懵懂少年长成大人，到后来几天看不见她我就难受。可我们家确实很穷，我白天下地干活儿晚上饿着肚子去河边捞蚂蟥。有时候从水里把笊篱端上来，不管是马蟞还是小虾，我都想生吃一口。

我还沉浸于往事的时候，手机屏幕上已经飞满了评论，都是踹了她、炒了她、离开她之类的话，网友们为我鸣不平，义愤填膺。

那天我没想太多，直接把二十块钱给了她。她很高兴，在夜色中露出甜甜的笑容。那天晚上她主动亲吻了我，我们拥抱时，我发觉她的手臂上有一条蚂蟥。我顺手一揪就把蚂蟥拿掉，然后我们像两条亲爱的蚂蟥一样缠在了一起。

有网友评论说蚂蟥咬在肉上不能揪，揪断了更麻烦，剩下的一半直接钻进肉里会引发感染的。我说，那东西咬在肉上只是吸血也不疼，所以就揪了。

别的网友评论说，你这人太阴险，想害人家。

我说你才阴险，谁能想到那么多啊。

网友说你不但阴险，还暗黑，还刻毒，农村人谁不知道半截蚂蟥会往肉里钻，弄不好会要人命啊。你看到人家一点点缺点，就抛弃爱情想置人家于死地。

我说当时我真不知道被蚂蟥咬住不能硬揪。当时我腿上叮着两条蚂蟥呢，她也是给我硬揪下来的。

网友评论：你这是害人之前自己装可怜想撇清责任。

好一局苦肉计。

像你这种恶毒的人早就该死，你捞的二十斤蚂蟥一块吸你血才算是报应呢。

我说让你们说着了，其实那之后不久我就感染了，没救过来，老子早就是游魂野鬼了。老子现在就是以游魂野鬼的身份开直播跟你们这帮混蛋聊天。网友说你去死吧。我说你们不愿意相信，就去滚吧。网友评论区有人开始爆粗口，有人说要举报我，不一会儿直播中断，我被临时断播了。

被断播之前，我看到一条评论问我和她后来怎样了。我回复说，后来我再也没见到过她，她消失了。

通 车

高晋旭

远方又传来了火车的呜呜。

一位老人从车站广场的绿化台跳下来。他手搭凉棚抬头望,一团团白云遮住了太阳,有一些光从云层边缘射下来,巨大的云影像一头鲸鱼从车站广场掠过。他拍拍屁股上的灰,叼着烟头,一手提起脚边干净的小号白乳胶漆桶,一手提着自制的大号方头毛笔,如同提着一把铁锹,来到车站广场中央的水池前。

一提一放,桶像白花花的鱼一样在水池里翻了个身,水便灌满了桶。老人心满意足地拎着这桶水走到车站广场一隅。地上三三两两的白鸽见人来了,紧走两步躲开让路。老人的脸庞呈古铜色,眼神里带着钢铁般的坚毅。他低头看看手表,仿佛在等某个时刻。不一会儿,他开始在地上写字:热烈庆祝……他写的是印刷体字,一笔一画刚劲有力,书写动作从容不迫,像在指挥千军万马。

老人写字的时候,顽皮的白鸽站在他的肩头,一会儿悠闲地啄啄羽毛,一会儿扑棱两下翅膀,像盛装而来的绅士等待出席一场宴会。它们不停地寒暄、交谈,扇动翅膀向老伙计称兄道弟,仿佛随时能掏出一盒烟,敲出一根来递上去。有一只甚至站在老人头顶,锋利的爪钩住了他黑色的毡帽。老人歪歪头看字,这只鸽子也歪歪头看字。老人挪动两步,它也跟着挪动两步。站久了,鸽子身上带了老人的脾性,老人身上也有了鸽子的味道。那些横竖撇捺,像调皮的小孩儿伸胳膊踢腿。不像是老人在写它们,倒像是它们在拉扯老人。

"叮叮——当当——"牛群的铜铃声从远处传来,由远及近,如梦似幻,接着是人的吆喝和一声闷长的"哞——"。他转身往四下看，哪里有什么牛？只有那群不请自来的鸽子，收起羽翅像人背着手一样在老人刚架构的字间踱来踱去。它们一会儿叼来小木棍儿，一会儿叼来几片花瓣，像即将举办一场盛会。横平竖直，内圆外方，他只管写字。

对于他来说，这些字是他的第二副骨架。

远方又传来了火车的呜呜。老人下意识地去摸左手手腕上的表，其实他手腕上什么也没有。正午时分，太阳突然想起了这个老人，拾起他的影子，像拾起一个麦穗。

广场上看鸽子的老头儿说："我摆了二十五年鸽子摊，他写了二十五年字，老是这几个字。别说，这字倒是一绝。"

远方又传来了火车的呜呜。老人又掐了一下手腕上那只不存在的表，接着摸了摸地上未干的字迹，继续写。写着写着，老人的手开始颤抖起来。随着火车的鸣笛声越来越近，他的手颤抖得越加剧烈。一瞬间，他在字的倒影里看到了自己，看到了一伙人走在未修完的铁道上，有人向他挥手，拉枕木的号子响进他的耳朵；猝不及防，一列绿皮火车"咣当咣当"闯进了画面，上面抖动着一条红色横幅：热烈庆祝 K×××次列车通车。

"亲爱的旅客朋友们，您乘坐的 K×××次列车即将到达终点站……"他好像听到了列车内的播报，播报的每个字，都真切地飞进了他的心里。忽然，火车的汽笛声传来，数百只白鸽在他身后飞起。

他被眼前的一切镇住了。他定定地仰望天空的白鸽，像一尊雕像。

晚　点

唐呱呱

我有一个修表铺，小小的一枚方桌，就像小小的补丁，临靠着匆忙的玫瑰大道。我存在的意义，就是把那些走偏掉的时间、忽然停掉的时间，重新拉回人们共同认可的时间轨道。

这一行是人类的一种行为艺术。我年轻时，让一块表在手腕上甩来甩去，那算是时髦。现在，人们宁愿让时间一边待着去，仿佛这样今天的日子就还是昨天，自己就不曾衰老。

渐渐迟钝的手指提醒我，已经走到身体僵硬的时间。明天就是我六十岁生日，我决定这一天开始享受退休的阳光。我知道，明天会像所有的一天，这世界当然会有很多大事小事发生。不过对于时针，依然只需要不快不慢地走两圈。我唯一的奢望，无非是两个健忘的女儿忽然想起打一个电话给我。

嘀嗒！北京时间晚上七点整。喜欢夜游的人三三两两走出来，上下班匆忙的脚步渐渐和缓、亲密。我站起来伸伸老腰，准备收摊。一个男孩和一个女孩挽着手走过来。更确切一点说，是女孩用拇指和食指把男孩"捏"了过来。城市冬夜的霓虹紫紫蓝蓝，修饰着他们二十岁出头的脸。

男孩总低着头，基本上不说话，腼腆，像一颗熟透的樱桃，躲在黑夜的枝枝叶叶里。路灯下他五官立体。女孩清瘦可怜，脸上是初恋少女只此一次的天真，清澈的幸福。

"叔，帮我修修呗！老晚点，每次都害我等他。"

这些年，可能是干这行的缘故，我渐渐不喜欢意外，不喜欢突然，不喜欢一切不必要的惊扰。这次我也很诧异，竟然接下了这意外的最后一单，这意味着明天还得出摊。

也许，是因为男孩伸过来的粗壮的手臂，大拇指根部有一条长长的刀疤，像一条小青蛇，隐隐伏在上面。那是一种只有女儿待嫁在家的老父亲才能辨识出的一种野性——危险而又克制。又或者是因为女孩，她身上那种像水晶球一样，一触碰就会粉碎掉的晶莹。

这款手表比较少见，低调，奢华。不过很明显，表面有一个短短的裂隙，应该是经历过剧烈的摔击。我很小心，戴着寸镜，在台灯下仔仔细细检查。奇怪，没有发现什么机械性的故障。

最后，只是想着试一试，我比对着北京时间，把慢掉的分针和秒针调回。这只美丽的蝴蝶，又一切正常地飞动起来。

一周以后的星期三，女孩一个人来了。我把"翩翩起舞的蝴蝶"还给她，她不认识似的，盯着表面的指针。女孩忽然说："叔，哪有不多不少，每次刚刚好都晚十分钟？"

女孩说："谈恋爱不就这样嘛，要不你等我，要不我等你。"她显然太想随便找一个陌生人，或者一块木板、一块石头，胡言乱语倾诉一番。

女孩说："很多东西，他都瞒着我。我一点也不介意，我是他的第几十号。只要他陪我的那部分时间是真心的就行。"

女孩泪如雨下："叔，你说时间能像钟表上的指针吗？叔，你要不把时间还调回去，晚一点也总比不来强。"

我有些惊讶，又有些气闷，明明是一片好心，却好像无意中触碰到什么按钮，好事变成一件错事。我故意把语气和缓下来，仿佛随口一说："这几天有没有看新闻？"

"我才不信呢！"这句话一出口她就后悔了，怔怔地想要挽回，终于一个字也没说，拿着还没来得及再次校正的蝴蝶表，就像拿着一件遗物。

说实话，我从来不看新闻。修表铺就在这座城市最繁华的大街，这里就是最好的新闻现场。大概五天前，一个便衣警察忽然一边跑，一边大叫抓小偷。我抬起头，看到一个男孩，像一条大蛇，在人群中游走。这个便衣我叫他老张，和我同住一个小区。他爱人是银行行长，也曾送给他这款手表。他的职业需要跑跑跳跳，因而他的手表也跟着他磕磕碰碰。给他修理过几次表，我们就认识了。

看着女孩失神地穿过大街，我慢慢把腰直起来——那个部位，曾经被一辆摩托车猛烈撞击。那一天，我临时有事，错过了火车，一家人没能去枸杞岛度假。我一手抱一个女儿，我爱人去买汽水。一辆黑车把我撞飞，我满脸是血。大女儿膝盖磕破，不碍事。小女儿头部触地，智力大受影响。我爱人说我是危险人物，她带着两个女儿去了北方，只留给我一块小女儿撞碎的手表。它终于没能重新走起来，时间永远停在那一刻。那以后，我改行当修表匠。这么多年过去，我每天按点出摊收摊，就好像这样就能把意外挡在生活之外。

一直等我把东西收好，男孩都没有现身，便衣警察老张走过来："嘿！那小伙能着呢，光拣白富美下手。那善良劲儿，我都一阵酥麻。"

我倒吸一口凉气，那条"小蛇"一直往脑海里钻。老张当然不知道，这小伙最擅长的是偷心大法。他去坐牢，留下一个个空心的人，在世上等着他。

老张又拍拍我肩膀说："二十年啦，你居然一眼就能认出来。父子俩确实有点像，特别是那一双眼睛。"

我忽然有些怅然，把表从手腕上取下来，用大拇指使劲捏，就像捏着一把玻璃碴儿，往事像鲜血一样流出来。

老张忽然说："还戴着这表呢?！"

手机忽然咯噔一下，是大女儿："爸，生日快乐。妈说你现在退休，危险等级降低了。我们19点39分到南站。这次，不要晚哈。"

我正要关屏，又弹出一条，这次是小女儿："巴巴，我和妈妈，女且女且，回豕家，永元在 - 走己。"

我旋着手表侧边的表冠，把分针狠狠往前调整了两大格。

蚂蚁，蚂蚁

杨昊宇

那是雨后的清晨，连绵不绝的蚂蚁正在出动，它们撕咬着、拉拽着动植物的残骸，远望过去像是流动着的黑云。在一栋栋院子旁边的街道上，孩童亦如一尊巨人，主宰着蚁群的生死。

"刘老弟啊，你看看你这个项目做的是什么东西？"电话那头的声音以不容置疑的语气质问着。

"是，我知道了，韩先生，是我们的问题，我们立即改进。"拿着电话的刘德支支吾吾地答复，不敢有丝毫怠慢。

"哼，不要只是嘴上说好，以现在的进度和用料质量，一旦被定性为豆腐渣工程，你和我都吃不了兜着走，这是最后一次机会，要知道愿意接着做这个项目的多得是。"话音刚落，电话那头便挂断了电话。

刘德长出一口气，擦了擦满额头的汗液，原本和善的眼神里有股子凶狠闪过，接着再次拨通了电话，说道："老婆，这周末我回不去了，项目部出了点儿事情，我走不开。"

电话那头，尖锐的女声传来："刘德，项目项目，钱没赚回来多少，老婆扔家里，孩子也不管，你就是这么当男人的？"

没等她说完，刘德便挂断了电话，眼神中略有疲惫，径直走向对面的银行，不一会儿提着一个满满当当的皮包出来，刘德心疼地望了眼皮包，又走进了拐角的饭店。

"哎哟，什么风，今儿刘总又来了？"刘德刚一进门，本在饭店前台突击检查的店长就一脸献媚地将他迎了进来，径直走向了标有 8888 门牌号的房间。刘德冷漠地走着，并没有理会店长一路的奉承，对他来说这似乎早已习以为常。

"还是老三样吧。"

"得嘞，刘总，您先稍等，这就安排。"

简短对话后，刘德靠在房间的真皮沙发上，仰着头闭目思考着什么，这是一家百年老字号，在当地很有名气，平时大厅的客人络绎不绝，需要提前很早来排队才能吃到，主打的就是一个烟火气，热闹。

至于此时在僻静典雅包厢内的刘德，似乎和大厅的热闹有一道天然的屏障隔开了，屏障里的刘德并不关心外面那些人，大厅里的人，也不会知道刘德和这间雅间的存在。

招呼完刘德后出来的店长，恢复了平时的神态，礼貌但有些冷漠地坐在前台，看着服务员们继续招呼着大厅里的客人们。

这家饭店虽然生意好，但却是不在凌晨营业的，第二天一大早开门是饭店的规矩。夜晚的客人一哄而散，这家小店度过了宁静的晚上。

第二天清晨，店长伸了个懒腰，拉开店面的大门。本倚靠着大门睡觉的流浪汉被突然丧失床垫的变动惊醒，被吵了美梦的他却不敢有丝毫愤怒，赔着笑容和歉意，一边点头一边摆手，往远处退去。店长不耐烦地驱赶着流浪汉，满载着清早起床的火气："跟你说了多少次了，晚上不要睡到门口，真晦气。"

流浪汉不敢还嘴，在店长的抱怨声中离开。没过一会儿，刘德从雅间里提着皮包走出，店长瞬间将面部表情转换成了堆笑，迎了上去。刘德摆了摆手，坐上了车，而车的目的地是那位韩先生的住所。

与此同时，中年妇女向正蹲在地上看着蚂蚁运食的孩童说道："刘海，你爸这礼拜又不回来了，你别搁那蹲着玩了，下完雨，地上潮气重，小心着凉了。"

刘海不情愿地应了声，站起身来，依依不舍望着地上的蚁群，嘴角扬起一丝不可捉摸的微笑，抬起腿来，用力地踩了下去，然后一路跑向等待着他的母亲。

天降横祸，蚁群便这样覆灭了。

第三辑

找不到北

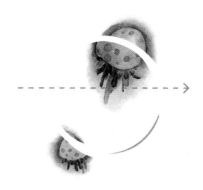

生活简记（外二篇）

张秋寒

　　我坐在最边上的位置。这个位置很受欢迎，受欢迎到一个本来有位置的人看到这个位置的人下车了，也会抢着挪过去。因为这样至少有一侧可以不用挨着另一个人。一侧挨着一个人，和两侧都挨着人，感觉完全不同。

　　这趟地铁人很多。不用说我坐着的这个好位置了，就连其他位置都一个不剩，甚至连站的地方都快没了。我看了下前进方向的指示灯。很好，下一站是二号线换乘站。总该下去一些人吧。然而，两分钟后，事与愿违，不仅没下去几个人，还涌上来一大帮。头都要炸了。尤其是站在我旁边的这位阿姨，简直是一个顶俩。幸亏她不是个行李，否则托运得多花不少钱。也幸亏我头不动眼动地偷瞄了她一眼，才没有在心底更放肆更大篇幅地出言不逊——她长得慈眉善目，像个菩萨。她挎着个扁扁的菜篮子，里面露出一把碧绿的芹菜，像净瓶里的垂柳。阿姨发现我看她了，面带微笑。我心想，阿姨，我就不跟您假客气了，我就是让座，就这么点儿位置您也坐不下来。您以后出门还是别这么受累了，把莲台开着。

　　既然不打算让座，我还是低下头假装玩手机吧。正要打开游戏界面，前方一个带行李的女生不慎在人群中引发了一场小小的多米诺骨牌效应。最后受到波及的阿姨狠狠往我面前一杵。若不是口罩挡着，她那一篮子芹菜穿过侧边位置的栏杆，指定要塞进我的嘴里。

　　那一刻我好像一匹马啊。在地处深山的驿站，明月朗照的马厩，吃饱了干草，准备护送在此换乘的新主人连夜进京，刺杀贼子。

"你手这儿划破了唉。"坐在我旁边的女生对着站在她面前的男生说。

"嗯。"男生漫不经心地应了一声，不知道是不是刚才那一下子被钥匙或拉链之类的东西弄伤了。

"疼吗？"

"还好。没事。"

"今天不知道怎么这么多人。你要不要坐会儿？"

男生摇了摇头。女生开始翻包。找出了一袋酒精湿巾后，她捉过男生的手帮他清理了一下伤口，接着垫上一块干纸巾，用胶带粘好，代替创可贴。她随身配备胶带也许和她是一个民族乐器演奏者有关。她的包里还有那种弹琴专用的指甲。至于她弹的是古筝还是琵琶就不得而知了。

男生有点儿不大自在。当着众人的面进行如此私密的修复让他难为情，他不断地拿另一只手去捏口罩上端的金属条，让它和鼻梁吻合得更充分，仿佛这样就万无一失，不会被任何熟人认出来。

"好啦。"女生完成了她的"作品"，像在脏乱的马厩里心无旁骛地弹奏了一首雅乐。等列车开始减速，女生就朝车门方向挤进人群，准备下车。男生却一屁股坐到了她腾出来的位置上。不在一个地方下也是有的，他另一侧的乘客偏偏调研似的问道："你不下车吗？"男生说他还没到站。乘客听他接了话茬，又补了句："你女朋友真细心。"男生马上回驳："我不认识她啊。"

包括我在内的旁观者都愤怒了："那你还不下车！"

男生恍然大悟，踏着最后两秒的闭门铃冲了出去。

大家恋恋不舍地透过车窗想追续集，无奈列车已继续前行。

阿姨仍然没有座位。但她不介意，手持芹菜篮巍峨站立，并始终保持微笑，好像在思考如何给人间播撒更多的福祉，或是该从这浩浩荡荡的两排马厩里挑哪一匹充当她红尘中的坐骑。

学　车

晒不到，淋不着，还学得这么差，对此教练非常恼火："你们不如就地挖个坑把自己埋起来算了。"

"不能再挖了。"有人小声嘀咕了一声。

"谁说的？站出来！"教练大喝。

"不能再挖了！"大家齐声震天。

平时学车一个个迟到早退萎靡不振，从没这么整齐有力过，教练不禁大惊："为什么？"

漫长的寂静之后，一个女生说再挖地球就要被挖透了。教练好像听到了大笑话，口吻缓和了下来。他说建地铁事先都要经过深入而科学的调研，动工后也有严格的作业程序。他让大家放心，不必杞人忧天。

大家重新回到地铁上，按照学号的顺序依次进入驾驶室。

可惜，局面没有任何改观。换人的间隔一般不超过两分钟。每次熄火，整条列车都会发出音符跌落的那种泄气声效。教练在一旁默默叹息。"你们觉得很难是不是？"他指着幽暗回环的前方，"你们有没有想过，设计这样的道路，制造这样的车体，完成这样的施工，比我们学车要难千倍万倍啊。这可不是2023年那会儿的地铁啊。"

2023年的地铁，要换乘的地铁，下车时会被上车的人流裹挟着重新回到车上的地铁……大家没什么概念，就好像在纪录片和博物馆里看到那种触屏的手机。

"可是，也不用像开过山车一样吧。"一个差点儿被甩出驾驶舱的女生擦了擦眼泪，"我觉得我在骑一条龙。"

"一条蛇才对。"一个男生说他是古董收藏爱好者，不仅把玩过触屏手机，而且还珍藏了一部很小很小的键盘学习机。他说那根本不是用来学习的，以前的人，小的时候想玩游戏，就假借学习之名让大人给他们买那玩意儿。它当然可以查成语、背单词，但是更多时候被用来玩一些叫扫雷和俄罗斯方块之类的像素游戏。其中还有一种游戏叫贪食蛇。他指着我们后方越来越多的车厢："呐，就是这样的嘛。"

车厢散落在不同的地方，地铁经过它们，以强大的磁力把它们吸附在尾巴上继续前行。这并没有太大的问题，毕竟地铁不是 2023 年的地铁，驱动力也不是 2023 年的驱动力。贪食蛇的游戏规则却沿用至今——当地铁这条蛇在地下无尽的空间里上下左右地前进翻腾时，它一旦碰到自己的身体就会熄火，还需要重新发动。"也许应该发明一种避免触碰的装置。"

"会有的。"教练目视前方，"但是到了那一天，也将出现新的问题。好比在很久很久以前，拉肚子也会死人，感冒也会死人，后来是白血病、艾滋病……那些患者没能体会到被治愈的感觉，也无法想象今天会有更多奇奇怪怪的无法治愈的疾病。"

大家都沉默了。

正因为人常常被迫走在后面，所以人必须尽力走在前面。

车再一次启动。远处看不见光亮的黑洞正等待着人追上它。

流水席

就说不能那么喝嘛，太容易忘掉时间了。离零点还有一刻钟，我得用刚才对瓶吹时酒在食管里奔涌的速度——不，得更快地跑到地铁口。不坐电梯，它没我的脚快。奔跑过程中卸下双肩包，到了安检那儿直接扔上传送带，同时刷新二维码一鼓作气冲过闸机。

这样一来，我也许还能赶上末班车。

可是我到了以后，地铁站已空空荡荡，一个人都没有了。这里所说的人，不仅指乘客，还包括安检员、引导员在内的工作人员。但灯都开着，电梯也未曾因为没人而停止运转。除了没人,它和平日里正常的地铁站毫无二致。

我带着最后的一点希望下到地铁层。它和楼上一样明亮而空旷。一阵狂奔到此,我上气不接下气,浑身大汗淋漓。我在椅子上坐下来。我想,没有地铁就算了,休息一下也是好的。

休息了一会儿。我隐约听到了人的声音。眼睛一睁,见一群人嬉笑着从地铁上走下来,脸都红扑扑的,和喝醉了的我很像。我赶紧上车。

末班车怎么会没位置?——谁都会这么想,但这趟车上就是没有。从前往后一眼望到头,两排椅子座无虚席。平日里聊天、玩游戏、刷短视频的人这时都举着酒杯,握着筷子,觥筹交错,谈笑风生。在两排座椅之间,原本供人抓着扶手站立的地方都摆上了长案。火锅、烤肉、寿司、海鲜……各种菜肴摆满桌案,如峦嶂纵横。雾气滚滚升腾,为那些被地铁里呼啸的风吹得缺水的脸保湿。

"来啦?"我听到后面的那节车厢里有人叫我。一转身,原来是先前在酒馆里一起喝酒的朋友。"你怎么才来啊,我不是让你快一点儿跑的吗?而且你怎么跑到这一站来了,上一站不是离酒馆更近吗?来来来,快点吧,没你的座了,跟我们挤挤吧。"他朝一侧挤了挤,给我腾出一个座位。对面的一位大姐帮忙添了副碗筷。

"知道你不爱吃西餐,我才选了这一节车厢。你不会改变主意吧?要是想用刀叉就去最前面那节车厢。他们刚开了几瓶顶级的'赤霞珠',不过通心粉煮得有点夹生。"说完,朋友给我夹了一块菜,"先尝尝这个,'九转热心肠'。"

我只浅浅嚼了两口,就感到无尽的芬芳,像很久很久前的小镇上才有的善意,不禁连连点头称赞。

"别急,慢着点。这才哪儿到哪儿啊。这还有——'白切富贵''蟹粉好兆头''糖醋良缘'……"

周围的每一双筷子都撷着美味的"吉祥"朝我碗里"添福纳寿",但我似乎越吃越感到饥肠辘辘。好像明明看到漆黑的通道里出现了地铁车灯耀目的光,它却并不前行，反而无限后退，成为银河里难以辨认的一颗星。

"不吃了，不能再吃了。"

"吃嘛吃嘛。一会儿还有'见喜松露汤'。你算来着了。"

"不了，喝不下。我之前喝的酒都还胀在肚子里呢。我想上厕所。"

"这样啊。那你下一站下车吧。那站有洗手间。"朋友最后给我切了一块叫作"拔丝运道"的餐后甜品，"反正是流水席，方便过了就等下一班车，遇到好菜帮我悄悄打包一点哦。"

在下一站，我没有去上厕所。看到电子屏上写着 13 月 32 日，星期八，25 点 61 分，我尿意全无。在下一班车来之前，对面反方向的车率先到站开了门。车内空无一人，唯有杯盘狼藉堆叠如山，在冷惨惨的白光下显得很荒凉。

这一侧提示列车即将进站了。我捂着耳朵大踏步上楼。一出门，烟花满天。倒计时跨年的人们齐声欢呼。

我游走于摩肩接踵的人群中，和每一副欢悦的面孔萍水相逢。我不知道他们的名字，却能读取他们的心愿。为了验证这一切是否为酒醉引起的幻觉，我拔下一根路旁的狗尾巴草，用草茎剔了剔牙。没错，这肉丝儿就是刚才那道"水煮美梦"留下的有力证据。

壁　画

光　盘

　　巴落山发现了奇异的壁画。深山老林里藏有奇异壁画，真是个奇迹。发现壁画的是一位摄影家。那天，他乘坐直升机拍摄沱巴山区风光，拉近镜头时，发现了巴落山石壁上有赤褐色壁画。巴落山石壁耸立在一面大湖之上，壁画大约位于 100 米高的石壁中部。摄影家请求直升机多停留片刻，尽量接近石壁。摄影家当时拍下许多照片。摄影家的单位是文化和旅游局，他首先报告了局长，局长派文物专家赶赴现场考证。

　　文物专家系好安全绳，从山顶下到半山腰，给壁画做年代鉴定、做拓片。专家初步断定，壁画距今至少有 400 年，颜色虽不再鲜亮，但也足够清晰。这面壁画上一共有 260 个字。它们是什么意思呢？又是谁用什么方法在高空写出260 个字呢？

　　岩壁下的湖泊挺大，被一群形状各异的大山包围，山水与天空构成美丽景色，有风光，有文化，便是理想的旅游点。文旅专家通过考察评估，认为开辟巴落山旅游度假区前景广阔。方案通过文旅局报到市里，很快便得到了批复。

　　市委宣传部部长牵头，成立巴落山壁画研究会，给予很大的经费支持。研究会成员分批进入沱巴山区搞田野调查。沱巴山区地广人稀，巴落山方圆十几公里少有人烟。好不容易才找到一位老人。老人告诉调查组，没听说过巴落山壁画，先人也没有口头传述。在他们心里，巴落山太遥远，那面巨大的湖泊因为在高山之上，令他们望而却步。巴落山壁画没留下任何传说，研究人员查遍各类资料，也不见任何记载。半年之后，研究会倒是写了好几篇研究论文。其中有"山顶吊人写画说"，有"湖面搭梯写画说"，有"射箭写画说"。"射箭之说"挺有意思，说事先制作好字模子，着色后装在箭头，然后射向石壁，模子掉落，但印记留在了石壁上。石壁上的字排列并不整齐，也就是说，射箭手虽是高手，但并不能精准地将每一箭射对位置。壁画上的文字，笔画简单，有的只是一个简单符号，制作字模不难。还有一种为"天外来客说"：外星人四百多年前造访过地球，于巴落山石壁上留下文字，向地球人传递某种信息。

几种观点，都能自圆其说，但都不够严谨，人们无法肯定或否定。在巴落山壁画研究会成立一周年大会上，再杀出另一种说法：壁画是一个鸟人飞到半山腰所为。鸟人跟天外来客一样，大有旅游卖点。

那么，这些文字表达了什么？巴落山壁画研究会出了成果。有观点说，正好二百六十个字，是《心经》全文。有观点说，那是外星人留下的一段话："我是哒哒星，地球人看到请回答……"有观点说，壁画讲述了一个凄美的爱情故事……

还有一部分人，在沱巴山区进行拉网式搜索，寻找别处可能藏有的壁画。于是，一向安静的沱巴山区，沸腾了。

千里之外的 S 省玫瑰镇。

祖上传下一本书，是手抄本，到夏文俊这里已传了二十三代。手抄本不是最初那本，经过历代翻抄过四五次。手抄本，是本日记，或者说是笔记体散文，记录着作者所见所闻。夏家最近这两三代人，没有兴趣阅读，本子搁在箱底，虫蛀厉害，留下不少破洞。夏文俊处理父亲遗物时，从箱底翻出来。闲着也是闲着，他忍受着刺鼻的霉味儿阅读起来。

手抄本大都用文言文来写，有的地方夏文俊读不懂，他选择半文半白的篇章来读。他读懂了其中两篇文章。其中之一说，祖上从沱巴山区搬来。那年有一天深夜，隔壁云里村突然整村塌陷，掉入深渊，形成一个大大的湖泊。地陷引发恐慌，人们纷纷向远方逃离……

其中之二说，云里村有个在官府做官的秀才，不知为什么被贬回村。秀才一回来就疯了，每日在石壁上写写画画。他的字像天书，没人认识。村里人问他写的是什么，问得多了，他脑子居然清醒了，回答说："声讨官府的檄文。"

"你怎么骂的？"有人问。

他刚开口，人又疯了。

从此，没人再敢问。不到一年，云里村陷落，被湖水淹没。

夏文俊不知道沱巴山区在哪里，不能贴金的来历，祖上从不口头往下传。妻子发现夏文俊随意丢弃的手抄本，翻了翻，没翻出什么名堂。她征求夏文俊的意见："丢掉？"

"丢吧。"夏文俊不假思索地应道。

不久，夏文俊无意中在网上知道了沱巴山区的方位和巴落山发现壁画的消息。巴落山壁画研究会的成果走偏，夏文俊哈哈大笑。大笑过后，他意识到祖传手抄本的价值。他找遍废品收购店、旧书店，未见手抄本踪影。又过了两三年，夏文俊跟妻子去巴落山景区旅游，景区博物馆里，躺着祖传的手抄本仿品。工作人员介绍说："原件在省博物馆，系 S 省玫瑰镇丁小杰家祖传，省博花巨资购得，古籍修复专家已还原原貌。壁画上那篇声讨官府的檄文，研究会已有多个译文版本成果。"

夏文俊说："那书是我家的。"

跟丁小杰打官司，夏文俊输了。从此夏文俊魔怔了，在家里墙壁上写满天书般的文字。

石头剪刀布

何君华

十九世纪伟大的丹麦童话作家安徒生惊人地预言了二十一世纪惊奇国发生的事情。

——《惊奇日报》评论版

在惊奇国没有人不知道老国王查尔比喜欢吃鸭脖。因此，惊奇国最兴隆的行业便是鸭脖生产业，人人都以向国王敬献鸭脖为荣，鸭脖也被惊奇国国民们制作出了各种翻新的样式，炸的、卤的、炖的、烤的，香的、辣的、甜的、酸的，各种制作工艺，各种风味应有尽有。

臣子和国民们敬献的鸭脖一旦获得老国王查尔比的嘉许，就可以得到丰厚的奖金赏赐，甚至会加官晋爵平步青云。说来你可能觉得有些不可思议，就连惊奇国最重要的官职国家政务大臣都是由一名擅于制作美味鸭脖的厨师担任的，你说惊奇国国民们能不热衷于制作鸭脖吗？

尽管鸭脖制作工艺在惊奇国得到了最大程度的传承、发展和创新，但有一天，惊奇国首都胡达拉市忽然来了两个外地人，宣称他们可以制作出世界上最美味的鸭脖来。

他们表示他们制作的鸭脖名叫妙味鸭脖，就是绝顶美味的鸭脖。不过他们制作的鸭脖有一个神奇的特点——这也情有可原，因为绝顶奇妙的事物总该有一些不一样的地方嘛。他们制作的鸭脖不一样的地方在于——只有正直、善良、聪明、恪尽职守的人才能看见他们做的鸭脖是鸭脖，而那些奸佞、恶毒、愚笨、尸位素餐的人看到他们制作的鸭脖时却只能看到一个令人感到恶心的鼠头。

天底下还有这等奇绝的事！两个外地人说明来意后，负责把守王宫的大臣不敢怠慢，连忙向国王汇报了这桩奇事，老国王查尔比饶有兴致地将他们召进了王宫，命他们立即动手制作妙味鸭脖。

两个外地人领命，但同时表示妙味鸭脖的制作颇需要一些时间，希望国王耐心等待，国王同意了，谁都懂得慢工出细活儿的道理，何况这是天底下最美味的妙味鸭脖，费一些时间当然是情理中的事。

两个外地厨子立即钻进皇家厨房忙活起来，只听见厨房里叮叮当当，咔嚓咔嚓……过了好一阵子，也不见两人出来，老国王饿得眼冒金星，几乎要饿晕过去了。正要派人去催促时，那两个人终于端着一只精美的盘子出来了。盘子上罩着精美的罩子，只等国王亲自为它揭幕亮相。

老国王迫不及待地揭开罩子，盘子中央兀自挺立着一个黑不溜秋的老鼠头。

老国王一阵愕然，接着便是一阵恶心，想吐，但是他强忍住了。老国王将金叉子举在半空中，拿不定主意要不要叉下去。

这时，两个外地人见国王迟迟不肯下叉，赶忙跪伏在地上恭请道："尊敬的国王陛下，请尝一尝味道如何。我们敢保证，这将是陛下品尝过的最美味的鸭脖。"

老国王查尔比回转身来，没有理会那两个跪在地上的厨子，而是走到群臣中间。他似乎想到了一个什么主意。他走到经济大臣跟前，问道："你看到的是什么？"

经济大臣毫不犹豫地说："陛下，是鸭脖。"

老国王又走到军事大臣跟前，问道："你看到的是什么？"

军事大臣同样回答是鸭脖，随后，文化大臣、教育大臣也给出了同样坚定的答案。

老国王重新来到桌前，再次看了看那个不免叫人呕吐的鼠头。老国王对教育大臣说："那么，就将这只鸭脖赏赐给我们国家最聪明的学生吧，你马上去执行我的命令！"

教育大臣连忙领命，端着盘子三步并作两步地来到了皇家学校。他刚将妙味鸭脖端到学校食堂，还来不及张口，就听见底下有一名学生大声喊道："真恶心，你端来一个老鼠头做什么？"

显然，这名学生不太可能是什么聪明的学生。但事情的发展显然也超出了教育大臣的预料。

"是啊，你端来一个老鼠头做什么？"底下是一片此起彼伏的呼喊声。

难道整所皇家学校都是愚笨的人不成？他们可都是皇族和贵族子弟中最聪明、最优秀的学子啊！教育大臣不敢将此隐瞒，连忙赶回王宫将上述场景汇报给了国王。

当然，那些话教育大臣是十分抱歉地伏在国王耳边说的。

老国王显得有些愕然，接着便又是一阵恶心，但他仍然忍住没有呕吐。他大手一挥，决定将妙味鸭脖赏赐给那两个外地来的厨子。

不过，老国王决定只赏赐给他们中的一人。

"你俩石头剪刀布决胜负吧，谁赢了就赏赐给谁。"老国王下达了慷慨的赏赐令。

两人诚挚地感谢了老国王的美意，立即将手藏在身后，摆好了阵势，各自出拳。让人没想到的是，两人同时出了石头，打成了平手。下一次，两人又同时出了剪刀，再下一次，两人又同时出了布……连续九十九次，两人都无一例外地打成了平局！

这简直太不可思议了，两人不经意间一举创造了惊奇国石头剪刀布最长平局的纪录！但这显然还不是纪录的终点，因为平局仍在继续，王宫里"石头剪刀布！"的呼喝声仍在此起彼伏地回响。看这架势，非得持续好一阵子不可。

我所认识的卡夫卡

何君华

准确地说，我并不能算是认识弗朗茨·卡夫卡。我和他总共只见过一面。

我是《格雷斯》文学双月刊的主任编辑，我们需要招聘一名新编辑，于是在杂志上刊登了招聘启事。我们要求应聘者除了提供必要的简历，还必须提供三篇文学作品以做参考。

很快我们就收到了一名应聘者的来信。应聘者正是弗朗茨·卡夫卡，他随信附带了三篇短篇小说：《乡村医生》《饥饿艺术家》《骑桶者》。

说实话，弗朗茨是截至目前唯一寄来应聘信的人。我们是一家小杂志社，每一期的发行量大概只有一千本，能够提供的薪资待遇也低得可怜。好在我们并不要求应聘者全职上班，只要按时拆阅投稿信并定期校阅杂志清样即可。

应聘者弗朗茨并没有提供一个可供回复的电话号码，我只好按照他来信的地址给他回信，约他到杂志社来面谈。

见到弗朗茨是一周以后。他说他来杂志社一趟并不容易。他是本市最大的一家保险公司的职员，平时想要请假比登天还难。事实上他那天来杂志社面谈并没有请假，只是刚好要来我们杂志社所在的街区出一个保单而已，因此他能面谈的时间并不多，马上就得走。

我看他拎着公文袋的样子并不像是在扯谎，于是计划中的长谈只好简化为几个简单的问题。我首先问他随信所附的三篇短篇小说是否在刊物上发表过，弗朗茨摇头表示没有，然后又说那并不重要。我问他是被杂志社退稿，还是未曾投稿。弗朗茨解释说是后者，因为他并不习惯于投稿。事实上，他以前的确投过稿，但获得发表的机会并不多，索性便不再投。现在他只在意写下它们，而不是发表它们。他又强调一遍说，这并不重要。

这大概是我碰到的第一个也是唯一一个并不在乎自己的作品是否发表的作家。这几乎不可能。一个作家写出作品，却不去发表它，那为什么要写下它们呢？我实在有些不懂。

最后，我问弗朗茨是否可以提供一个电话号码方便联系——写信毕竟太过耗费时间。弗朗茨表示无能为力，他家里没有安装电话机；公司倒是有电话，但他并不想用它跟杂志社联系，他不想让他的同事或是老板知道他跟一家文学杂志社还有瓜葛，跟一些叫作文学或是短篇小说之类的东西有瓜葛。那样的话，他们很可能会笑掉大牙。事实上，他并不是怕他们笑话，他只是不想让他们知道他在从事文学事业。他只想隐秘而孤独地干这个，不用任何人知道，因为他们并不明白，而且永远不会明白。弗朗茨说，如果不是我们杂志社开出的条件是"兼职即可"，他断然不可能寄来应聘信。

弗朗茨急匆匆地走了。我相信他真的很忙。他走后，我重新打开他的三篇短篇小说，从头至尾重读了一遍。我确信这些短篇小说属于伟大小说的范畴，而且是一种新的伟大小说。我的意思是说，我以前读到的是一种小说，弗朗茨的是另一种小说。

弗朗茨当然足以胜任我们的编辑职位，但我也隐隐地感到担心，凭着他对小说的理解，我们收到的那些投稿信可能很难经他之手出现在我们刊物的版面上。但无论如何，我还是去信通知弗朗茨，他已经被我们录用，随时可来入职。

我们等了足足三个月，没有等来弗朗茨入职，却等来了他的死讯——弗朗茨患上了严重的肺结核，已经在一个多月前去世。

后来我知道，当时弗朗茨跟我说不在意作品发表并不是装装样子，而是内心就是这样想的。他在临死之前嘱咐他最亲密的朋友马克斯·布洛德将他所有的作品手稿付之一炬，但马克斯·布洛德并没有那样做。我不知道这样是不是不道德，甚至是不是合乎法律，但我想说的是，这真是万幸。

后来的故事你们都知道了，马克斯·布洛德将卡夫卡所有的作品手稿进行编辑出版，从此，弗朗茨·卡夫卡成了一个震惊世界的德语作家。

这便是我只有一面之缘的卡夫卡，那个不愿意发表作品但作品最终被发表到世界上每一个角落的人。甚至一百年后，仍然有许多不同国家的人在用不同的语言翻译、研究他的作品。这多么荒诞！

找不到北

刘国芳

北在单位是个很窝囊的人，这可以从三个方面看出来，一是单位的人谁都可以随时使唤他，任何一天，都能听到有人喊他："北，去楼下帮我拿一下快递。"

北应一声，小跑着往楼下去。

刚上来，又一个人喊："北，去打点儿水。"

北又应一声，拿了壶去打水。

水还没烧开，再一个人喊："北，把这边的地扫一下。"

北又拿起了扫把。

北窝囊的第二个表现是很多年了，北都进步不大。跟北资历差不多的人，正处有一个，副处有三个。就是比北资历浅的，也有几个人超过他，当了副处。而北，还是个正科。在北他们单位，正科就是办事员，因此谁都可以使唤他。

北的窝囊还表现在单位的人谁都不把他当回事。比如这天晚上几个人聚餐，聚餐的原因是单位一位领导离任，几个跟离任领导关系好的在一起吃饭，算是欢送。本来这事没有北什么事，他并不是离任领导的亲信，跟离任领导关系也不是很好。但北酒量好，于是便被拉去了，说白了，大家想灌他酒。席间，大家都给离任领导敬酒，领导也一一喝了。轮到北给领导敬酒时，领导却不喝。北便端着酒杯说："大家敬酒你都喝了，为什么我敬酒你就不喝？"

离任领导差不多醉了，大声说："就不喝，你咋的？"

北说：“你这不是欺负人吗？”

领导说：“只是我欺负你吗？单位的人，谁把你当回事？”

北说：“是因为你不把我当回事，大家才不把我当回事。”

领导说：“你凭什么让我把你当回事？”

北在那儿愣了一会儿，忽然把酒泼向跟前的离任领导，然后摔了酒杯，头也不回地走了。

北没回家，而是在街边一条石凳上坐了下来。这会儿北还在生气，生那个离任领导的气，觉得这领导真他妈的混蛋，人都退了，还看不起人。当然，他不仅生离任领导的气，而且生以前其他几个领导的气，觉得他们没一个好东西。北觉得，自己之所以这么窝囊，都是因为那些领导不把自己当回事。同时，北也生自己的气，觉得自己太软弱太窝囊了，觉得不能再这样软弱窝囊下去了，否则，以后还会受人欺负。这样想着，北觉得自己应该有所作为，于是他拿出手机，在微信朋友圈写下了这么一段文字：

忽然想说说单位几任领导。

在单位已经十三年了，共经历了三任领导，第一任领导官气十足，官架子大得不得了，单位总共才三四十个人，下属要见他，还得跟秘书预约。这个人就不是什么好人，贪污受贿，把自己弄进去了。第二任领导，经常在单位的刊物上发文章，觉得自己有水平、有文化，但退下来后，他还发表过文章吗？况且，在单位五年，他做的哪件事有文化？他完全是一个自以为是的家伙。第三任领导，也就是刚刚退下来的这个女人。这个女人，言语尖酸刻薄，动辄骂人。我就觉得好笑，上面派你来当领导，是让你来管理好单位，服务好作家艺术家的，不是让你来骂人的。我们单位，很多人学有所长，有些人在全省全国都很有名，你一个半吊子凭什么骂人家？为此，我觉得这女人就是一个来搞笑的人。

说这些，肯定有人不高兴，或许要找麻烦，欢迎来找我。当然，第一任还在里面，一时之间还没办法来找我。第二任、第三任，你们敢找我吗？如果你们想找不自在，放马过来……

写完，手指一点，发了出去。

发出去半天，有一个人点赞。

还有一个人在下面评：你这是说我们单位吗？我觉得我单位的领导也是这个样子。

另一个人问：你喝醉了吗？

他回复：清醒着呢。

第二天上班，仍然有人喊："北，去楼下帮我拿一下快递。"

北回："你算老几，让我帮你拿快递？"

又一个人喊："北，去打点儿水。"

北回："我帮你打水，你有没有搞错？"

再一个人喊："北，把这边的地扫一下。"

北回："你自己不会扫吗？"

大家都瞪着他。

几个人后来凑在一起，一个人说："你们看下北的朋友圈。"

几个人便看。一个说："哇，北连这个都敢写？"

一个说："这也太意外了吧。"

一个说："说的倒是有些道理。"

一个说："这还是北吗？"

一时之间，大家找不到北了。这就是说，北不是原来的北了。

此后，再无人使唤北了。

后话是，一年后北升了副处。

剑客之城

岱　原

尼垢是瓮城一个跑堂的小二。

一切从那个该死的下午开始。当时是中午过后短暂的打烊，因为空闲，尼垢和酒店掌柜云中鹤隔着柜台闲聊，其间谈到了隔壁裁缝铺冯胖子家的狗。尼垢早上在店门口被冯胖子家的短尾巴狗龇了牙。尼垢忍不住聊到了它。尼垢说冯胖子家的狗腿那么短竟然还想咬人，它连冯胖子都跑不赢。尼垢说这话的时候，云中鹤笑了。冯胖子有点胖，人不灵动，拿他和狗一对比马上就有了画面感。云中鹤一笑，尼垢自己也笑了。

后面发生的事和冯裁缝家的狗没什么关系，由于时间节点的原因，尼垢回想起来总觉得它们之间有一定的逻辑关联。因为在这之后，瓮城第一剑客海麦德很及时地出现了。那是一个长了大胡子的西域人，他不知道什么时候带着一帮人闯进了酒店。在尼垢调侃短尾巴狗的时候，他们把尼垢和云中鹤围了起来。接下来的场景是，大胡子把尼垢拨弄到一边。然后指着柜台内的云中鹤说，你，出来，和我比剑。

需要交代一下，尼垢在瓮城跑堂的时候，瓮城是一座剑客之城。有一天，瓮城太守心血来潮，他想把瓮城打造成剑客之城，然后，他就真的把瓮城打造成了剑客之城。来瓮城的外地人，只要背把宝剑在衙门口舞两个剑花，就能领取俸禄。尼垢辛辛苦苦在酒店挣铜板的那段时间，瓮城的剑客像杂草一样茂盛。他们从四面八方涌进瓮城，在瓮城的街道上横冲直撞。

大胡子来瓮城比较晚，但他很快就成了瓮城第一剑客。瓮城人把大胡子捧成第一剑客的理由有以下几点：第一，大胡子的胡子又黄又卷，和本地人的山羊胡不一样。第二，大胡子有一把大马士革条纹的宝剑，能吹毛立断。很明显，这是一把真正的宝剑，不是商家堡生产的残次品。第三，大胡子讲一口呜里哇啦的西域话，他的名字叫海麦德。这名字也是由一堆曲里拐弯的西域文字翻译过来的，神秘感加倍。综上所述，大胡子就成了瓮城第一剑客。

作为第一剑客，大胡子海麦德有空就找瓮城的剑客比武。按剑客之城的规矩，想和第一剑客比剑，须得先让他三剑。这规矩狠。让三剑，搞不好就被捅三个窟窿。每次大胡子的大马士革条纹一闪，对面的人就吓跑了。

因此，大胡子在瓮城没了对手。但是不比剑还算什么第一剑客？大胡子在瓮城混久了，后面有一堆跟班。跟班了解大胡子，就帮大胡子满城找对手。这一天，他们找到了云中鹤。他们认为，一个叫云中鹤的掌柜，他就应该是个高手。如果不是高手，取这名字就是浪费。

云中鹤当然不是高手，所以大胡子还没有拔剑，云中鹤就吓尿了。他忘记刚才还在微笑。他有点语无伦次。他说我不会使剑，我就是一个做买卖的。你看我的肱二头肌，一点都不发达。另外我手上也没有老茧，我上还有八十老母……

尼垢原本不想介入这突如其来的纠纷，海麦德扒拉他的时候他还让了一下。但是海麦德张开臂膀隔着柜台去揪云中鹤时，尼垢还是被硌硬到了。他闻到了一股浓烈的羊膻味。这味道让他打了个喷嚏，然后他瞪了海麦德一眼。

海麦德看到了尼垢的瞪眼，围观的跟班们也看到了。他们马上放开云中鹤，把尼垢围了起来。这个过程很自然。尼垢成为全场的焦点。他们一个个冲着尼垢喷唾沫星子，他们说你个二愣子，你是什么货色，居然敢瞪你海大爷，敢藐视第一剑客？你是不是活得不耐烦了，是不是想看看阎王爷的脸是黑的还是白的……这个过程是单方面的气氛渲染，没有节制。尼垢在乱哄哄的气氛里缩着脑袋，他很想告诉大家，他瞪眼只是因为那羊膻味，属于生理过敏后的应激反应，没有其他意思。但没人听他解释。到后来，海麦德直接拔出宝剑，他呜里哇啦说了一大通，大意是说今天不卸下尼垢一条胳膊决不罢手。然后他就朝尼垢身上刺了一剑。

这是一千多年前，一言不合砍翻一个人，多么稀松平常的事。如果尼垢躲不过这一剑，他的一条胳膊或者大腿就算交待了。尼垢看着那来剑的势头，踮下脚，侧个身，那剑就从身边闪了过去。海麦德第一剑没刺中，马上又刺了第二剑。尼垢再次踮下脚，侧个身，又闪开了。

若干年以后，瓮城流行一个词语，叫"尼垢闪"。这个词说的就是这次尼垢躲剑的事。这词不是夸人厉害，而是形容一个人愚顽不通世事。一个人被第一剑客刺，居然还敢躲闪，他是想干吗？怕死？身上捅几个窟窿很可怕？难道你的贱命比剑客之城的规矩还重要？尼垢没读过书，他不懂这些道理。海麦德剑一过来，他就条件反射地躲开了。云中鹤的酒店常年招待在瓮城横行霸道的剑客。尼垢当店小二，其他本事没掌握，躲剑的本事倒是学得烂熟。酒足饭饱之后很多剑客都会找店小二练手。平时闹着玩，店小二配合着躲剑，让剑客们玩高兴了，他们就会打赏尼垢一两个铜板。尼垢没想到自己长时间积累的经验在这一刻派上了用场。接下来的场景就是，海麦德拼命地扎剑，尼垢拼命地躲闪。海麦德从下午一直扎到掌灯时分，硬是一剑都没有扎中尼垢。没人知道海麦德扎了多少剑，酒店的桌子椅子倒是扎坏了不少。到最后海麦德实在扎不动了，就把宝剑往地上一扔，人也一屁股坐到地上。黄亮的汗水和眼泪一起从那张满是胡须的脸上往下滚。海麦德觉得尼垢侮辱了自己。

瓮城人是第二天才把尼垢绑起来的。因为第二天，大胡子剑客不见了，和他一起消失的还有那把大马士革条纹宝剑和呜里哇啦的西域口音。没有了第一剑客，瓮城还怎么称为剑客之城？尼垢的罪过太大了，于是他们把尼垢绑在菜市场旁边的拴马桩上，他们要让全城百姓看清尼垢的丑恶嘴脸。他们朝尼垢身上扔臭鸡蛋和烂菜帮子。第一个朝尼垢身上扔臭鸡蛋的是酒店掌柜云中鹤。云中鹤比所有人都愤怒，他抓起好几个鸡蛋，一股脑砸在尼垢脸上，他一边砸一边骂，还吆喝着要尼垢赔他桌子椅子。然后，其他人都跟着扔鸡蛋，扔烂菜叶。

尼垢的故事到这里就算结束了，一个人搅了一座城，无论怎么死都算是大快人心。

但最后尼垢没有死，连尼垢自己都没有想到，在行刑前的那个夜晚会有一个人去救他。那个人帮他解开绑绳，递给他几个干馒头和一壶水，给他换了身干净的衣服，甚至还给他抹了一脸锅底灰——这样一来，尼垢就像一个高贵的异域人，出城就不会被盘查了。借着月色，尼垢看到了一张微胖的脸，以及这张脸背后一条默不作声的短尾巴狗。

从此以后，尼垢再也没有去过瓮城。他偶尔会想起自己在瓮城的这段遭遇。他觉得自己没被打死算是幸运。他怎么可以揶揄冯胖子和他的狗呢？一个人说坏话是要遭报应的。只是可惜了海麦德，他才是受害者。第一剑客，那么高的俸禄，选择跑路实在可惜了。

解 救

高晋旭

知道女朋友和别人结婚以后，他总想哭，心情沮丧到了极点。眼看要年终考核了，偏偏出了这档子事。

他跟领导讲，领导却先声夺人，刘，下班前整理出来，说着扔给他一大摞资料。给同事老汪讲，老汪端起杯子吹吹浮在上面的茶沫，大声地吸了一口，对着杯口回应，嗯，嗯，好，嗯。声音和他的思绪一样从十万八千里外传来。见了小李，一把抓住他的手腕，小李手里的文件飞了一地，小李边蹲在地上捡，边埋怨，哥，你干吗？多大的事，弄得鸡飞狗跳的。

是，多大的事。他一只手捂着半张脸，在崩溃的刹那来到了天台。全世界的人没有一个人听他说。他陷入无边的孤独，大红色的双喜字在脑海里游来荡去，他流的不是泪，而是滚烫滚烫的岩浆。他嘴里嗫嚅着，眼泪止不住地流，明明已经很累了，可嘴还停不下来。他想振作起来，给自己下了一条又一条的指令，大脑却像被什么绑架了似的，怎么也振作不起来。坐了一会儿，从大腿到小腿感觉有万千只蚂蚁在爬，爬到他冰凉的脚底板。他脚下踩着所有的楼层，只要越过栏杆就能到达地面。但他想起还有许多的事要做，还有父母亲，一下子没了勇气，只觉得很累很累，后来，在天台睡着了。

醒来时，太阳照得他浑身暖洋洋的。他拖着麻了的腿脚，一瘸一拐地下楼了，眼泪再也没有了。

他每天都会来天台坐一会儿。有时带一杯可乐，有时带一杯茶水。太阳下，他跳舞，影子也跳舞。影子还追着他跑，他觉得自己还有大把的青春。半个月过去了……繁忙的工作和生计终于使他走出了悲伤的阴影。

本来一切都好好的，可是，今天领导找他谈话了。你的事我听说了，设身处地地想，这个打击确实很大。他说，领导，我没事，我都好了。领导叹了口气，说，年轻人，有正能量是好的，但也不能勉强自己呀。有科学研究表明，情绪不发泄出来会憋出病的。在肝上，在肺上，哪都有可能。你还这么年轻，还有父母要养。你可千万不能走绝路啊。他今天觉得领导啰啰唆唆的，不过，他还是耐着性子听领导把话讲完，小心翼翼地带上了门出来。

听说了没，领导找小刘谈话了。出了这档子事，谁能走出来啊。几个同事交头接耳。领导谈话的事不胫而走。这一天他坐立不安，大家都来安慰他，像传染病一样，一个传一个，一个比一个说得严重。办公室流动着隐秘的悲伤和过时的同情，他快要窒息了。

刚进了电梯，按下按钮，一个同事把安慰的话在舌头上溜了一圈也没说出来，只是不停地叹气。另一个人握着他的手说，一定要微笑着面对生活，还拿手机和他合影。他真笑不出来，甩开那人的手，急躁地连续按下电梯按钮，电梯门打开的瞬间，他拔腿就跑。到了大门口，门房的大爷拍拍他的肩膀说，小伙子，生活不是一帆风顺的，这才哪儿到哪儿。

大门口没有他，办公室没有他，电梯里也没有他，卫生间也没有他。有个同事问，几天没见小刘了？大家开始四处寻找他，一拐弯就听到有人问，看到小刘了吗？每个人都神神秘秘的。

上了天台，看看表，是我的表出了问题，还是我的神经出现错觉？这事已经过去半个月了好不好。当时他确实憋闷得喘不过气，而现在这件事已经不重要了。真后悔当初跟他们说这件事，他"啪啪"地拍自己的脑袋。

突然，同事老张冲上来一把抱住了他，大喊，快，快，逮到了！财务大姐喊，你可千万别想不开啊！说时迟那时快，他被几个人架了起来。这一架起来不要紧，可他看到了楼底下的人像蚂蚁，一阵眩晕和恶心，差点儿魂飞魄散，直嚷嚷，放我下来，放我下来。麻，腿麻了。他挺着身子反抗着，根本没人理会。一群人给他五花大绑，大脚印、小脚印把他的影子踩得七零八落，影子慌张地在地上吱吱叫唤，像个无助的孩子。

这时，楼道里吵吵嚷嚷的，隐约听到他从拥挤的胸膛里挤出一句：你们这群疯子！

赛　马

刘以鬯

新春大赛第二日。

上午十点钟，我赶去马场看搅珠。也许是"缘悭福薄"，我买的一百多条彩票，全部"出"围，八十七个号码，没有一个不陌生。

再一次接受意料中的失望。

走出搅珠房，在公众棚的看台上坐定，翻开手里的《马与波》《新马考》《马彩》和几份日报，仔细研究贴士。

十一点半，首次鸣钟。

第一场，买了二十五元"半月湾"的独赢票，结果"半月湾"跑了个第二。

第二场，买"必得"。"必得"素有"短途王"之称，外加橡皮路，理应必得，结果却跑了个第三。

第三场，买"木兰"独赢，又以一乘之差，败于大冷门"银狐"。"银狐"温拿分派二百一十一元七角，派数之巨，使马迷吃惊。我呆望着核数计，说是羡慕倒也十分懊悔。翻开《马与波》，上面明明写着："陶柏林骑'银狐'，档子极配，谨防冷门。"高崇仁先生终于言中了，我却没有中。衣袋里的钱，已输去一半。回去吗？我不服输，可不回去，万一输光，生活就会产生困难。我犹豫不决。忽然有人轻拍我肩。

"先生，你的彩票。"

回头一看，是一个年轻女人，蓝旗袍，湖色织锦缎短皮袄，身材修长，瓜子脸，柳眉，凤眼，英格丽·褒曼式头发，左颊有酒窝。我接过彩票，本以为是刚才购买的"木兰"独赢票，仔细一看，竟是一张五元的"银狐"独赢票。

"谢谢你。"我说，"这不是我的。"

她说："我亲眼看见这张彩票从你手里掉落的，快去领彩！"

我意外地得到二百一十一元七角，计算一下，除去刚才三场输去的一百五十元，还赢六十多元。

我买了六十元"基士卓"的独赢票。"基士卓"一路领先，转入直线时，忽然横跑……

四场跑毕，休息一个半小时。我走到愉园餐馆吃午餐。餐馆里有许多食客，我在角隅处找到一个空位，刚坐下，竟发现她坐在我旁边。

"运气好吗？"她问。

"没有输赢。"我说，"你呢？"

"赢了一点儿。"

我向侍者要了两客"马场胜利饭"，然后问她："你喜欢赌马？"

"这是我的职业。"

"职业？"

"我每次来总会赢一点儿。"

"赌马全凭运气，谁也不会必赢。"

"你不相信？"

"我不相信。"

"等一下一同回马场去，只要你听我的话，我就有办法使你赢钱。"

"好的。"

我们吃完午餐，付账，一同走进马场。

"第五场买什么？'可能'会不会胜出？"我问。

她答："什么都不买。"

马赛开始，我想买"可能"，因为她不主张买，所以我没有买，结果"可能"

跑了第一，我很气。

第六场，我想买"十七号烟"，她说这是披亚士杯赛，宜看不宜买，我又没有买。结果"十七号烟"获得冠军，我悔极。

第七场，没有买，第八场依旧没有买。我不知道她葫芦里卖的什么药，不买彩票，如何能赢钱？我再也忍不住了，推说要到厕所去，向票柜的售票员买了五十块钱"恒星"的独赢票和五十块钱"恒星"的位置票。回到看台，她对我笑笑，没说什么。马赛结果，"恒星"得了个第五，独赢、位置全部落空。我输了一百块钱。时钟已敲过下午五点，还有两场，我问她："第十场买什么？"她依旧说不买。我实在沉不住气了，径自走过去买了一百五十块"好警察"的独赢票。由于新马实力悬殊，位置派彩数目必定很少，所以没有买位置票。结果，"好警察"只获得位置。我又输了。

她问："输了？"

"哪有不输之理？"我承认说话时语气很重。

她毫不介意，问我："还有多少？"

"只剩五十几块了。"

"把钱交给我。"

"交给你？"

"是的。"

"这是最后一场了。"

她没有说什么。我把钱交给她，她吩咐我坐在看台上占位子，自己走去票柜买票。十几分钟后，她笑嘻嘻地走上来。我问她买的几号，她没有回答我。

马赛开始，她神情镇定。

结果"凌风"第一，骑师是从未获得过第一的黄金财。

我问她："怎样？"

她慢条斯理地从手提包里取出一张彩票，我仔细一看，居然是十九号，温拿，五十元。我呆住了。

她笑："快去领彩金。"

"你在这里等，我请你去吃晚饭。"

她点点头。我兴高采烈地拿了彩票去领钱，一共是四百三十一元，除去输的，净赢一百多元。我带了彩金，高高兴兴地走到看台上，但是她已走了。我在看台上到处寻找，一直到观众散尽，还是没有找到她。我只好走出马场，搭船回家。

在渡轮上，想着刚才的种种不禁失笑了。从衣袋里掏香烟时，掏出了一张字条，字条上是铅笔写的几行字："我拾到的是一张当票，知道你处境不好，换了'银狐'的独赢票给你。赌钱绝对不可能稳赢，除非不赌。现在趁你去购票的时候，我写了这张字条，同时将当票还给你。在最后一场，我购买了一套独赢票，这样不管是哪匹马赢都不会落空。你虽然赢了，赢的却是我的施舍。"

红 唇

九峰云

　　介绍人跟她说，这次介绍的帅哥儿是她喜欢的类型，肌肉发达，脸庞英俊，有男人味儿。但这个帅哥儿有点儿怪癖，对红唇情有独钟——不是普通的那种口红一抹就搞定的红唇，而是有艺术感的、有肌理的、独一无二的红唇。

　　女人早早做了准备，来到厨房，她站立到灶台边，咬了咬自己灰暗的薄嘴唇，将刚买来的胭脂虫捣碎，虫子的汁液爆浆而出，化成朱砂般的红色液体。她尽可能厚地涂了一层红色液体在嘴唇上，嘴唇马上变成了一颗成熟、新鲜的"樱桃"。接下来，她在"樱桃"表面涂了一层快干胶，几分钟后，胶水凝固，她敲敲嘴唇，满意地听它发出"叮当"的脆响。怕遭受意外撞击，她给嘴唇贴上一层防爆膜。为了防紫外线，防爆膜外又封了一层防晒膜，再打上一层足足有三厘米厚的玻璃软胶。

　　女人看着自己异常妖艳的红唇，从各个角度望向镜子里的自己。她意识到，自己不能这样轻易暴露在众人眼前，肯定会有人控制不住自己，指控她用红唇诱惑勾引他们，让他们失去自我意识，除了去抚摸、去强吻、去蹂躏这嘴唇，就再也不想做任何事了。女人对这些可能引发的骚乱早有准备，她用双手托着厚重的红唇，将它们藏在一片不太新鲜的猪肉片下。这让她看起来好像刚经历了一场大病。在肉片的衬托下，她的脸色看起来蜡黄、憔悴，和大部分路人差不多。这令她有了些许安心，即使挤进晚高峰的地铁也丝毫不用担心咸猪手。

　　顶着那片不太新鲜的猪肉片，她顺利抵达十字路口，过了这个红灯再走二十米就到约会地点。

她老远就看到了他，一个穿着米灰色亚麻西装三件套的高大男人，扶着栏杆，望向江边，露出影视男主角才有的冷峻侧脸，高档的裁剪工艺下隐藏着的是健硕的肌肉。她一边穿过马路，一边撕下越来越不新鲜的猪肉片，捧着热烈红唇，悄然走近他。她的心跳得很快，他如受到召唤般眼神直勾勾地望向她。

她笑了笑，红唇勾勒出弯弯的俏皮的线条："我叫倪楠，你呢？"

他说："我叫孟川。"

约会的氛围本来恰到好处，可离他们不远处的法院门口传来一阵喧闹。一个高大黝黑的男人对着身边瘦小干瘪的女人大声嚷嚷："你都有我了，还跟他好，还给他写遗嘱，你当我是什么？"女人不甘示弱："那你呢，你找我不就是为了钱？你又把我当什么？"

孟川翻了个白眼，对倪楠说："要不咱换个地方吧，不要被这些人破坏了好心情。"

"等等，大肉虫你给我站住！你说谁呢？！"黑皮男人的脚步声越来越近。孟川站定，挺起上身，背上的斜方肌鼓鼓的，蓄势待发，像是在向来人发出警告。

倪楠轻笑一声，帮着孟川奚落黑皮男人："自己的女人都照顾不到，不能怪人家寻方向啊。"

黑皮男人冷笑一声："哈，你们知道啥？她找了个机器人取代我，还给他写遗嘱，够奇葩吧？"

瘦女人解释说："法律是支持我的！机器人有什么不好？至少不占卫生间，不打人骂人，不抽烟喝酒。"

孟川叹了口气，对男人说："兄弟，你这么年轻，又何苦跟她，还是自己多赚点儿钱吧！"

倪楠有点儿疑惑，她望向孟川，问道："你的意思，这男人是看中了女人的钱？那这女人是看中了男人哪一点儿？”

黑皮男人哈哈大笑起来，拽着瘦女人的胳膊对倪楠示威："你们女人不就是爱肌肉男吗？"瘦女人痛得跪倒在地，拼命用瘦弱的拳头捶黑皮男人粗壮的手臂，但他丝毫不受影响，一副"你能拿我怎么办"的表情，轻蔑地看着她。

倪楠看不下去了，她掀起裙子，一把抽出硅胶假臀，朝男人砸过去，男人一手做格挡状，硅胶臀被弹飞到二十米开外，砸到一个路过的男人，他的假发被蹭掉，被风吹落到江里，一时无法捡拾。路人气疯了，卸下假头盖骨就朝倪楠扔过来，她本能地一闪，避开了头盖骨的攻击，在她后面的孟川却被它砸到脸，英俊的脸庞皮开肉绽，露出暗黄的皮肤。

孟川腾地跃起三尺高，衬衫下的肱二头肌鼓起，廉价的布料被它撑破是迟早的事。他在空中脱下西装，扔出去，"唰"一声，西装不偏不倚地罩在一位路人头上。路人盲目地朝人群冲去，法院门口迅速展开了一场混战。

黑皮男人抽出最长的肋骨朝孟川冲去，孟川解开衬衣，摘下两块硕大的胸肌朝黑皮男人射将过去，黑皮男人惨叫两声，应声倒下。

另一边，倪楠被黑皮男人那帮人里头的一个老妇人揪落了棕色假长发，她索性用头发将老妇人绑在路灯杆上，老妇人一口一声妖精地骂倪楠，倪楠摘下自己的一只硅胶乳房，塞进了老妇人的嘴里，老妇人嘴一瘪，吐出假牙和假胸，继续咒骂倪楠。倪楠掏出另一只硅胶乳房朝老妇人砸去，老妇人瞪大双眼，其中一只居然飞出来，将倪楠砸得生疼。她气不过，一把扯下了上嘴唇，但尚存一丝理智，"红唇"掠过老妇人头顶，"咔嚓"砸断了路灯杆。

黑皮男人还未死心，他死死抱住孟川的腿想拽他去江里，孟川撕开脸皮，揪出一根尖尖的鼻梁假体，将其弹入黑皮男人的臀部，他瞬间半边瘫痪，动弹不得。

瘦女人扑在黑皮男人身上，流着泪，对孟川说："饶了他吧，孩子还小。"孟川不解地问她："你还爱他？"瘦女人点点头，眼泪喷涌不止。

孟川顿觉无趣，他干脆撕掉脸皮，也怪闷的；他捏捏自己纤细的手臂，想起了倪楠，要是她还是喜欢肌肉男，他愿意穿给她看。

　　他找到站在十字路口的倪楠，问她是否还愿意与他约会。

　　倪楠托着下半边的红唇，说话有点儿不利索。孟川叹了口气，轻手为她卸下红唇。

一加一等于几

孙 凯

“一加一等于几？”一天上午，公司老总突然遛到张翔强他们办公室里，莫名其妙地问了刚入职不久的张翔强这个问题。

张翔强听到老总这样问他时，一时半会儿反应不过来。他看了看老总，见老总那波澜不惊的表情，不像是在开玩笑。张翔强心想：如此简单的算术题，连幼儿园的小朋友都知道，如今竟然问到我这个硕士生的头上了。

张翔强脱口而出地说道：“一加一等于二呀。”

老总听后笑了笑，没说话，就扭头走出了他们的办公室。

看到老总默不作声离去的背影，张翔强心里很疑惑，难道一加一等于二不对吗？老总怎么是这样的表情呢？张翔强急忙向他的师父王大进请教，他说：“师父，一加一难道不等于二吗？”

王大进听到徒弟这么问他，就点着头很神秘地笑了笑，然后才不紧不慢地说：“如果我刚进公司的话，也会像你这样回答的。”

听了师父这样说，张翔强心里淡定多了。可淡定之后，心里又不免犯嘀咕，老总这么大的领导，这是发的哪门子神经，没事跑过来问我这个小职员这么脑残的问题？

谁知王大进接着说：“翔强呀，现在师父我是不会回答一加一等于二了。”

张翔强有点儿着急，赶忙问：“师父，一加一不等于二，那等于几呀？”

王大进十分自信地说：“等于几，你自己去琢磨，但我可以很肯定地告诉你，你回答一加一等于二，老总是绝对不满意的，他还会认为你小子初出茅庐，不善思索，头脑简单，或者说你这个人就有点儿二。"

听师父这样说，张翔强心里就越发不服气了。他想：如果说一加一不等于二的话，那自己这么多年的书不是白念了吗？

后来，随着工龄的增长，或者说随着工作阅历的增加，张翔强也渐渐感觉到了，一加一确实不能简单地等于二。就拿一天加一天来说吧，对于普通员工来说，就等于工作十六个小时；但对于像老总他们这样级别的管理人员，也可以说等于工作二十四个小时。当然，如果遇到特殊情况或非常时期的话，也有可能连续工作四十八个小时。

张翔强心里很清楚，就从目前的工作性质，或者说单位里的管理流程以及所处的综合环境等方面来看，当初回答一加一等于二，确实是有些唐突了。

比如起草一份文件，张翔强草拟好之后，首先得交给师父把关。师父把关之后，再呈递给主任审阅。主任审阅同意后，还得报送到分管领导那里审阅。分管领导审阅同意后，最后才能转到公司老总手里审批。

老总看后如果没有意见的话，签字之后再以办公室的名义下发出去。当然了，如果老总提出了宝贵意见，或者说审批没有通过的话，张翔强又得重新起草、修改、订正。之后，再把重新订正好的文件直接交到老总手里审批、签字。

看到这些烦琐的审批步骤后，张翔强终于明白了，一加一确实不能简单地等于二。至于等于几，他也弄不清楚。或许等于一加二加三加四……再减四减三减二减一，也可以说，就是经过加上 N 减去 N 等过程……至于正确答案嘛，那只能靠你自己慢慢去悟了。

不过，张翔强心中是很笃定的，就原则性或者常识性的加法来说，答案是不能改变的。如果公司老总再来问他"一加一等于几"时，他仍旧会肯定地回答说："一加一等于二。"

两种等待

杨逸云

　　伊万诺芙娜和小姑娘并排坐在堂屋的门口。下午时分，太阳光才会从隔壁房子的门口腾挪到这边来。她们倚坐在老式的矮椅子上，两把椅子的中间放着一只长方形纸盒，纸盒斜靠在墙上，里面放着伊万诺芙娜的红棉袄。

　　祖孙俩出神地望着有太阳的那一边。

　　"该死！这太阳总要下午才晒过来！"伊万诺芙娜抱怨道，浑浊的眼珠仍紧盯着那个方向。

　　瓦莉亚望了她一眼，继而又转向有太阳的那一方。

　　"你怎么现在在家里？"伊万诺芙娜问道。

　　"找工作呀。"瓦莉亚将右腿放下，又把左腿跷到右腿上，"我是说，我在找工作呢，现在正在等通知。也许下午太阳过来的时候，我就要去报到了。"

　　"哦。该死！这太阳就不能早点来！"

　　伊万诺芙娜站起身，抓住靠背的一端，将椅子往堂屋里拖动。尖锐的摩擦声打断了瓦莉亚的心思，她说："你放那儿吧！我来帮你搬！"

　　"不用！"伊万诺芙娜艰难地行走着，丝毫没有停下来的意思。她的脚似乎并没有抬起来，只是在地上摩擦着前进。屋外到屋内短短几步路，她歇息了三次。每歇一次，她就要破口大骂："人老了！没用了！椅子都搬不动了！"

　　瓦莉亚仍坐在原地，抚摸着盒里的小猫。她心情不错，虽然工作还未确定，但已有不少备选项了，现在不过是希望等到一份最好的罢了。

伊万诺芙娜勉强把椅子拖进了屋，开始四处张望，并自言自语："这一天真有的忙了……瓦莉亚回来了，得叫她姑妈买点儿排骨送来，一送来就要煮上，不然就来不及了。烧饼的馅儿还没调好，说好了下午要送到做烧饼的人那里的……瓦莉亚的房间还没收拾，也要赶紧了。该死！怎么每天都这么多事！"伊万诺芙娜佝偻着背，在客厅里不停地走动着。她越是想要开始做一件事，就越是着急，以至不知从何开始。

最终，伊万诺芙娜拖着步子进了厨房，从冰柜中抽出一袋冰冻的竹笋和一块冻得像石头一样的猪肉，丢进水池中，之后便高声呼叫道："瓦莉亚！瓦莉亚！"

瓦莉亚沉浸于和小猫的玩乐之中，她仅用了一根线头就将小猫逗得上蹿下跳。"又怎么了？"她抬起头，小猫也停止了跳动。

"你待会儿来切肉！切完后和蒜苗一起炖一锅！"伊万诺芙娜似乎有点儿生自己的气——她年轻时有一手好厨艺，如今却因为年老而无法展现，"等肉解冻完，你就过来！"

"哦。"

瓦莉亚不喜欢做饭，伊万诺芙娜就站在她身旁，一步一步地指导着。

"多倒点儿油。"

瓦莉亚把油壶狠狠地倾斜了一下。

"该放竹笋了。"

瓦莉亚又把筐里的竹笋一股脑倒进锅里。

午饭过后，瓦莉亚主动搬出两把椅子，两人又一起回到门口等待着太阳。

"你上午说，等太阳过来，你的工作就有着落了？"

"也许吧！不是今天的太阳就是明天的太阳，总会有那么一天的……"

伊万诺芙娜思索了一阵。"我不知道还能晒多少天太阳了。"她转向有太阳的那一方，"如果可以保佑我的孙女儿找到一个好工作，那这一天就快点儿来吧！"

第四辑

生活需要仪式感

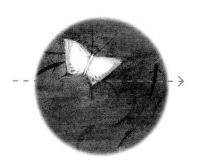

一棵开紫色花的树

陈　毓

　　苏眉娘穿着自己亲手裁制的有着手工绣花的漂亮衣裳，感觉万分良好地出了门。

　　挑帘出来，眼波流转，就瞥见"王昌家的"正站在自家门口那棵木槿树下。

　　正是六月的早上，阳光打在一截粉墙上再反照到满树的紫色木槿花朵上，站在那样背景前的女人，就算是丑的，也会平添妖冶，像"王昌家的"这号女人，想要不美，都由不得人。

　　"王昌家的"叫武书卷，但苏眉娘只在第一次见面时，出于礼貌地、象征性地唤过这三个字，往后的日子，在不得不对武书卷指认时，她就只呼她"王昌家的"了。她这样说的时候，也多半只是对她的丈夫——瓦当博物馆馆长老汪说。对武书卷本人，她是不打算再跟她说话的，更别说会叫她的名字了。

　　其实苏眉娘和武书卷从来没有在公众面前正面冲突过，但暗下的较量，谁又能算得清有多少回呢。

　　芥蒂还是在她们第一次见面时种下的。

　　那时苏眉娘刚从老家来和自己的丈夫团聚，瓦当博物馆是个小单位，不到十个人，在这样一个小集体里，像馆长妻子到来这样的事，作为员工，自然要上门见个面打声招呼。何况武书卷和馆长住得那么近，简直就是一墙之隔。

　　苏眉娘和武书卷第一次见面，就注定了她往后对她的不喜欢。两个女人差不多同时伸出手，差不多深浅地捏住对方的指尖尖，差不多在同一秒把自己的手从对方手上拿开，这蜻蜓点水地一握，便各自照见对方的冷漠和敌意。

苏眉娘的眼神：你干吗对我有敌意，我的到来妨碍了你？

武书卷上翘的嘴角分明在说：你是领导的美娘子，那又如何？

就这样，隔着一堵低低的女贞矮墙，两个女人安静却又分明火花四溅地较着劲。

苏眉娘在属于自己的那面种了一株丝瓜，武书卷就把一个栽着葡萄的大缸搬过去放在墙的这面，一场雨几阵风之后，丝瓜秧和葡萄藤就越过低低的女贞，越过各自主人的意愿，在高处攀爬到一起了。

武书卷接着在墙的这边栽了几株月季，苏眉娘就在墙那边种了棵月桂，不久，那边月桂的香气飘过女贞墙来，这边月季的香也会把持不住地飘过那边去。

唉，她们站在难分彼此的香气里，暗暗在心里叹气，各自抿着嘴唇，尽力平定着脸色。

但是生活肯定还有一些美妙的时刻吧。

比如在床上，苏眉娘对自己的丈夫是那么地满意，可就在那样的完满时刻，武书卷的妖媚样子却冷不丁冒上苏眉娘的心。出现在此刻的武书卷像一道光照亮了苏眉娘，让她为自己对武书卷莫名的怨愤找到根由，苏眉娘想，这样地给自己完满的丈夫老汪一样给过武书卷完满吧？原来如此呵，难怪说世上没有无缘无故的恨呢，她和武书卷的不睦根在老汪！气恼至极，愤恨至极，苏眉娘硬生生地把激情澎湃的自己换成了武书卷，她的激情随之化成激愤。正是火热的老汪哪里想得到妻子跨越十万八千里的背离，被兜头揉下云端，呆看着气得哆嗦的苏眉娘，急切却又近身不得。体恤使他冷却热情，懊恼地猜想，妻子是否快到更年期了。

这一天，女贞这边的苏眉娘正沉浸在某种思绪里，对着想象中的某个画面"呸"了一下，声音落处，那边响应般地也"呸"了一声，她这才看见武书卷正蹲在月季花下修剪开到枯败的花朵呢。这往后，"呸"声不时会在她们黯晦的对峙中响起，作为回击，另一声相似的"呸"随之而至。

这个早上，当苏眉娘看见开着紫色木槿花的树下站着的武书卷，似乎是习惯性地、轻描淡写地那么"呸"了一下。

可她立即就后悔了，还有一点点的怕，毕竟距离是如此近，目标是如此确定，万一武书卷回头对着自己直"呸"过来呢？

苏眉娘这样想着，忍不住回头看武书卷，武书卷依然背对着她，安详地，恬然地，仿佛完全被木槿花的美吸引，被这个紫色的六月的早上吸引。

本打算走出院门的苏眉娘悄悄退回来，退回到自己家里。

苏眉娘坐回到沙发上的时候想，假如武书卷跟自己打起来，她是直接冲上去跟她撕扯呢，还是先脱了自己有着手工绣花的漂亮的衣裳再跟她对打呢？

苏眉娘被自己想出来的场面逗乐了，再也忍不住地哈哈大笑起来。

生活需要仪式感

岱 原

　　韩燕君跟马小跳提出了分手。韩燕君说，我们不合适，我们分手吧，你以后别来烦我。

　　当时马小跳在林记汤包吃灌汤包，端上来的包子马小跳才咬一口，韩燕君的信息就发过来了，斩钉截铁的那种。马小跳一哆嗦，滚烫的包子汁就在口里翻一个滚，然后滑向喉咙。接着，马小跳的眼泪就下来了。马小跳的眼泪是被汤汁烫的，和分手没有关系。

　　马小跳喉咙被烫伤了，好几天说话都困难，还连着几天去社区卫生室挂吊瓶。刚分手的男人看女人全都是坏蛋，护士扎针慢点就瞪眼，针位没扎准也故意吸吸溜溜搞出一堆痛苦的表情。因为语言交流不顺畅，那几天马小跳一直被护士妹子揶揄。护士妹子说，这么好一个小伙子，说话不利索，以后估计废了。这话听着就损。

　　熬了几天，正常了。马小跳想，该找韩燕君要一个说法了。喉咙烫伤和护士揶揄加剧了他的这个念头。马小跳想不出韩燕君有什么理由这么对待自己。自己平时待韩燕君不赖。当年自己追韩燕君的时候，各方面都办得堂堂正正。该花的钱没少花，该有的仪式也不缺。正式确定恋爱关系时，自己还联络了一大帮好友，买了一大堆气球、蜡烛，当时在街心公园点蜡烛、放气球还被城管像狗一样撵了两条街。

　　这一场恋爱，开端正规，过程流畅，怎么能这么草率这么潦草地被一条信息就打发了？

马小跳这么一想，内心就没法平衡。马小跳觉得应该找韩燕君要一个说法。倒不一定是想挽回感情，这世间分分合合的男女很多，也不多他们这一对，马小跳只是单纯地需要一个理由，或者一个仪式。按照马小跳的设计，他们会坐在一张餐桌旁，分手饭也是饭。最好是西餐，有红酒和柔和的灯光。自助火锅城肯定不行，他无法想象身边都是中年妇女带着娃串来串去，然后自己在划拳声与碰杯声里，很绅士地对韩燕君说，我支持你的建议，我愿意，我们分手。

这他妈也太不像话了。

买花当然不必，但头发一定要齐整，西装也要烫一下，衬衣领子必须是坚硬没过水的那种。领带颜色不宜张扬，暗沉就好。

电话预约没有成功，韩燕君已经把他拉黑了。马小跳决定去找韩燕君。

很难说马小跳找韩燕君要分手仪式有什么意义。不过马小跳没这么想。马小跳觉得仪式一定要有，就和炒菜必须放盐是一个道理。

马小跳找韩燕君的时间是下午，他去了韩燕君的单位。在单位找人比在小区遇见人概率大。不过，他赶到韩燕君单位时，早了半个小时。韩燕君还没下班，马小跳得等。马小跳是带着情绪过来的，要在门口等半个小时，他受不了。马小跳一着急就直接往里闯。不过，他迈进大门的第一步就被门卫喝住了，门卫说，站住，你是谁？你想干啥？

马小跳说我是韩燕君的男朋友，我找她有事。

有事也不行，你得登记一下。

你又不是不认识我，多少次了，需要登记？

多少次也不行，你得登记。

为什么？

不为什么。

后来马小跳猜测，应该是自己忽略了一些程序，惹恼了门卫大叔。韩燕君上班的地方属于机关单位，平时来这里办事的人多，进门也没那么严格。每次马小跳来都揣着烟，进门就递一支，然后赔个笑脸，人家也乐意放行。今天急了，没走程序，一切都变了。马小跳觉得门卫大叔虎下的脸陌生又难看，一下子脾气就上来了，说我就进去，怎么啦？你一个看大门的。

这话侮辱性很强，直接就把门卫惹毛了。门卫说你这人怎么这么没素质。马小跳也不示弱，说我就这样，你能咋的？你个门卫狗眼看人低。门卫说你这西服底下是不是盖了一身毛。马小跳说你盖不盖都是一身毛……当语言伤害无效时，两个人就上手了。马小跳先动的手，他搡了门卫一下，门卫不服气，立即回捣了一拳。马小跳为了唬住对方，学着电视里的画面在胸口端起拳头，脑袋很专业地两边摆来摆去，然后侧着身子在门卫大叔旁边左跳一下右跳一下。马小跳想给门卫一点颜色瞧瞧，这是一个美好的构想，结果却出了一点差池。

我们知道，马小跳穿的是西装，戴的是领带，他跳来跳去的时候，领带也就飘来飘去。门卫大叔瞅准机会，一把就揪住了那条领带。接下来，大家看到的画面有点像奥运会的链球比赛。门卫大叔揪着领带使劲一抡，马小跳那一百多斤的身体就被旋了出去。马小跳踉踉跄跄地跑出好几米，然后整个人不受控制地撞在了路边的垃圾桶上。马小跳倒在地上的时候，垃圾桶也砸了下来。接着，垃圾桶里的剩菜剩饭塑料袋废纸皮一股脑落在马小跳头上。没法形容马小跳当时有多狼狈。更要命的是，马小跳狼狈的时候，韩燕君单位的人也下班了，这些下班的人像领导检阅部队一样从马小跳旁边路过，然后检阅了他一头的饭菜和纸皮。当然，这些人里面也包括韩燕君，韩燕君看到他，满脸鄙夷，话都没说直接就走了。

这叫什么事，也没人能解释这叫什么事。马小跳抖落了满身垃圾后，人就蔫了。他没有找门卫反击，也没有去追韩燕君。饭菜和纸皮让他丢掉了勇气，他站起来的时候甚至能闻到自己身上散发的一阵阵馊臭。

马小跳和韩燕君算是彻底掰了。后来，马小跳把自己的这段经历和朋友们说出来。他本来想告诉大家自己这段时间很倒霉，心情非常糟糕。结果大家都被垃圾桶这个环节逗乐了。大家笑了起来，开心得不行。

马小跳看到大家都在笑，觉得自己也应该笑一下。他努力地撇撇嘴，不过没有成功。

画家和他的保姆

赵淑萍

画家杨出尘的夫人去世了。

杨夫人出身于书香门第，温婉清秀，写得一手极工整的蝇头小楷。夫妻俩相敬如宾，从未吵过架，外界说起画家伉俪，都说是模范夫妻。

夫人亡故，杨出尘着实颓废了一阵，没有心思动笔。后来，慢慢从颓废中走出来，就喜欢上了社交活动。什么笔会、雅集，有人来请，他一概不拒。可是，回到家，偌大的房子，孤灯冷灶，难免凄凉。他的两个儿子，一个在外地，在本地的这个又在单位担任要职，没有闲暇照顾他。七十多岁的他，虽然腿脚尚健，但家务总是需要有个人做，何况年岁越来越高。于是，儿子给他请了个保姆。

保姆六十出头，拾掇得很干净，老伴儿死得早，退休金低，所以出来赚点儿钱，这样人情周转可以灵活些。她人勤快，手脚麻利，做的饭菜很可口。杨出尘夫人在世的时候，总是说要吃得健康，吃得清淡，于是，腌制品不上桌，油不能多放，味不能太重。有人送红膏炝蟹、蛏子，他举筷子时，夫人总是不断叮嘱少吃一点儿。而保姆一来，就带来一小缸自己腌制的咸菜，当地人叫咸齑的，一会儿大汤咸齑黄鱼，一会儿咸齑炒墨鱼，一会儿咸齑炒蛋，变着法儿吃。榨菜、酱豆腐、泥螺也经常上桌。"我们这里的人，本来就称'咸骆驼'，还有老话'三日不吃咸齑汤，脚骨有点酸汪汪'呢！"保姆振振有词。而对于杨出尘，这些都是小时候的美味，被抑制得太久了，这样一来，正中下怀。杨出尘耳朵有点儿背，以前夫人柔声细语，他常常听不清楚，保姆嗓门儿有点儿大，也是正中下怀。

这饭菜可口，家里有烟火味，杨出尘就觉得日子有了味道。于是，他气色明显好了，步子轻快，画技也有了进步，有人说他"衰年变法"呢。上门求画的人本来就多，现在更多了。有时候，朋友、晚辈来求，有时候是领导来求。按杨出尘以前的做法，一律赠送。可是，一天保姆却说："您的那些晚辈、朋友，好歹还送些茶叶和新鲜的蔬果，可是领导向您求画，两手空空，他们给钱吗？""我从来不收润笔费的。""凭什么不收？那张山水画您足足画了一天。那张兰花您也不知练过多少回了。您都年近八十了，又没求着他们什么，不欠他们的。"保姆说得很爽脆。

有一次，他老单位的领导要了五幅画，要去后，嘴上是十二分的感谢，而后再无任何响动。"您可以发个信息向他们要报酬。"保姆对杨出尘说，"如果画是给单位的，公家的钱，他干吗省着？如果是个人要，他那么年轻，您在单位时，他还不知道在哪儿呢，他凭什么白要。你们知识分子，就是死要面子活受罪。"杨出尘觉得颇有道理，脑子一热，真的发了消息出去，先是感谢领导支持、照顾，最后委婉地提到了润笔费。发出后，他又后悔了。想当初他和夫人也常为这事憋屈，可总是磨不开面子。他这一发，一生的清誉可就没了。

但是，当一笔润笔费打到了他的卡里时，他顿时气顺了，胸也不闷了。人啊，真没必要委屈自己。

从此，杨出尘开始收润笔费。

有一次，杨出尘原单位的领导带了一位市领导来看他。领导说市领导很欣赏杨老的画，特来拜访杨老。那保姆一听就知道他们是来索画的，不知怎么就动了气。"他伯伯，您感冒才好，肺里还有些炎症，人虚得很，医生说您要休息好，最好多卧床。"保姆大声对杨出尘说，颇有点儿命令的味道。这么一来，那两人脸上有些挂不住了。"杨老，我们来看看您，您一定要保重身体，您可是我们江城画坛的常青树。"市领导说。至于索画的事，也就没出口。

领导出来后，深深同情杨老，说年纪大了真可怜，大家一直高高捧着的杨老，居然被家里的保姆吃三喝四。他们还奇怪，一个保姆怎么就敢那么放肆？

江城的书画圈不知什么时候有了传言，说杨出尘和他的保姆在一起了。枯木逢春，就是因为有了这个女的，老头儿画画都开始要润笔费了。也是一桩好事，无伤风雅，杨出尘也不出面解释，这事的真假，就没人说得清了。

据说，杨出尘谢世前特别嘱咐儿子，有一笔钱要送给保姆，但是，保姆不要，只是结清了护理费。她唯一带走的是杨出尘送给她的《蜡梅图》，画的是瓶插的几枝蜡梅。那瓶子，就是她经常用的那一个。那蜡梅，又直又清，宫黄点点，别有美感。

题款也很雅致："数枝乞与吟窗供，温水铜瓶自插看。"

抚摸的秘密

九峰云

被抚触时，我的脑子里就闪现一些奇特的景象，偶尔会搭配一些特殊的感觉。

那天，他用三根手指摸了一下我的脸颊，我脑子里闪过树叶上长出三个小精灵的画面：他们仨在为一个秘密是否要保守而争论不休，一个说要保守，一个说不要保守，一个说保守到保守不了为止。三位最后还是平息了争论，因为天黑了，星星出来了，他们一看到星星倒头就睡。

他喃喃道："榴莲蹭脸上了……"

我想告诉他精灵和秘密的事，临开口成了："抱歉抱歉，保证下次不在家吃榴莲。"

是的，我改变了主意。我不觉得他会想听这些，听了也未必能给出什么令人振奋的反应，除非我摸他时他也能看到小精灵。

虽然他很少抚摸我，我却忍不住想摸摸他。有一次我趁他不注意快速摸了他的手，他躲开了。我表示不解，做了个很受伤的表情，他向我道歉："我怕痒，从小就怕痒，怕得厉害。"我不放过他，他又不是照片，照片也能被抚摸啊！他很勉强地给我摸了一下，一直退缩，退到墙角浑身发抖。

我为此一直伤心，一直觉得不可思议、难以接受。后来慢慢地我接受了，实在想摸他时会提出，他也不会拒绝。只要说好，摸一两下没问题，他也没再发抖过。

我没辙。有一次骑车出去散心，春风拂面，阳光照射在脸上，抚摸冻了一冬的干燥皮肤时，我的脑海里又出现了一片蓝得耀眼的海水，海里长出粉红色的大花瓣，带着清新的海洋气息的花香沁入我整个灵魂，我就像一只海鸟，飞越花朵和蓝色的海水，飞了很久都没有飞出那片海域。在那个世界里，我还淋了一场雨，我真的感觉到了雨水的冰冷和咸湿的气味，那气味告诉我，水分子们来自一个有仙人掌、龙舌兰和大嗓门的地方，吸一口你就会想起弹着吉他邀请你喝龙舌兰酒的墨西哥人。

回家的路上我找到一家卖洋酒的店，买了一瓶龙舌兰酒，回家喝了一小口。果然，和白日梦里尝到的是一个味儿。我给他倒了半杯，他浅酌了一口，顺走我手里剩下的一杯全部喝掉了，最后说我一个人喝酒让他感到孤独，我说："可是你胃不好啊！"

我由此坚信不疑，我的皮肤是一个通道，一个可以通往新世界的通道，只需要一些有创意的触摸，比如吹风、洗澡、带有灵魂的抚摸……

于是我经常去做美容。美容师问我要用什么产品、做什么项目，我只要求她们补水或清洁，她们会趁机和我聊天……有一位在说到自己的初恋男友回来找她时，灵巧温润的手指正抚过我的下巴，我脑海里出现了一把雨伞、一片大峡谷。那是一个安静的世界，充满了未知的神秘。一匹黑马在前面跑，一匹白马在后面跟随。白马鲜少能看到黑马，黑马总在白马快要追上时转弯消失。最后两匹马都消失了，前面不再有路。

我不再尝试诉说我的奇遇，我不希望自己变成令人恐惧的怪物。我也不逼他抚摸我。他还是会主动抚摸我的，只是很少。感觉他也不排斥抚摸这件事，只是有什么困扰他，或许真的因为痒，超级痒，痒到不能自抑吧。好吧，我能因抚摸而看到奇妙的世界，为什么别人就不能因触摸而引发瘙痒呢？

他这次出奇地慷慨，一动不动地抱了我整整一天。第二天他消失了。我接受了，因为他抚摸我的时候，我脑海里没有浮现任何奇妙的世界，只能想到早上吃了什么，昨天犯了什么错被上级骂，下雨了却没带伞，路上看到有人被家暴却不敢出手……没有任何奇妙的东西。

有一天，我又认识了一个他。他第一次触摸我的脸时惊呼："我感到有人和我说话。""什么？"我问，"谁和你说话？说什么？"他说，他看到一片蓝得发亮的海里有朵花，他想与天空中飞过的一只海鸥聊天，海鸥没有听到他的声音；后来又看到一个墨西哥人弹着吉他推销他的酒，买酒的人不少，却没一个夸赞他的吉他；接着是两匹马，在一个峡谷里先后消失了；最后是一个陌生人，说他不舍得离开，但他更不想知道精灵们的秘密。"你觉得那会是什么秘密？"他说。

我挠了挠他的胳肢窝，确定他不怕痒以后，我回答说："那你得问精灵，你看清他们的脸了吗？"

他紧紧抱着我，说好像在哪儿见过，又好像不认识。这次我没有看到另一个世界，只感受到了当下炽热的体温。

第二天，我刚醒，他说要不我们结婚吧，于是，我们去领了证。

我们跳舞吧

冷清秋

夜里十一点。

李大志还在不屈不挠地给我打电话。

我当然不会去接。我和李大志已经分手了。

头天的事。就在凌云路转角的那家咖啡厅。我给李大志点了一杯卡布奇诺，我自己只要了一杯蜂蜜柠檬水。李大志一脸迷茫地问，怎么不喝咖啡？我白了他一眼，一本正经地告诉他，我心里太苦了，必须要来点儿甜的东西中和一下。

李大志满不在乎地嚷嚷，少来，王小前，少在我面前叽叽歪歪，有什么大不了的，不就是关门大吉嘛，不就是分手嘛，老子答应你！老子早就看出你是想甩了老子单飞！

这句话很上头，一下子就把我点着了。我承认他李大志有这样的本事。疫情管控这几个月，原本象征着我们爱情见证的潮品店，马上就因为高昂的租金撑不下去而垮掉了。一直在网上努力寻找新工作却屡屡碰壁的我总是轻易被李大志随便的一句话点燃而爆炸。索性扔掉伪装，我冲他大吼，对，没错，老娘就是想甩掉你小子单飞！吼完，我端起蜂蜜柠檬水直接给李大志洗了个脸，然后一把推开椅子，在周遭人诧异的目光中冲出了咖啡厅。

脑子被驴踢了吧？还是吃了猪油蒙了心？不然怎么会和李大志这头驴——不，这头蠢驴谈恋爱？！不过说实在的，这头蠢驴当时在毕业舞会上还不像现在这么蠢，尤其是一米八几的大高个儿彬彬有礼地微笑着冲我伸出手，弯下腰，做出邀请动作的时候，我感觉我那一颗怀春的少女心瞬间都不会跳了。那时的我哪里知道这么大只的帅小伙儿后来会演变成李烦人、李抠搜、李木头、李无情、李石头墩子！

没人知道昨天分手时我只点蜂蜜柠檬水也是想着给这个时运不济的李大人节省那么一丁点儿银子。其实按照我原本的思路，我们直接在马路牙子上把分手说完就算完事，可大踏步走在前面的李大志头一歪就钻进了旁边的咖啡厅。

好吧，好聚好散，这么想着我才跟了进去。

事情不都说完了吗？摁了接听键后我尽量保持自己的语速不紧不慢。

小前，小前，我捡了一只猫！李大志急切切地在手机里冲我喊，大概有两个月大，橘黄色……就像是为了证实他所言非虚，手机那边果然就传来几声猫咪的叫声。

哦，都是些什么乱七八糟的话！有些无语的我直接挂掉了电话。

可李大志很快又拨了过来。他这次很认真地对我说，小前同志，我不是求你复合，也不是找你继续谈恋爱，我只是希望你能联系一下你开宠物医院那个叫什么红还是什么丽的朋友，帮着给小猫做个健康检查，再购买一些猫能吃的食物。

他李大志把话说得这么清晰明了我还能再说什么呢，好吧——

接下来就是我立即联系闺蜜，踩着闺蜜的骂骂咧咧开车去梅陇十一村接上李大志和他的猫，再一起去我闺蜜的宠物医院进行各项检查。好在经过健康检查小猫并无大碍，吃了多半管的营养膏就蹦来跳去地精神了。

从宠物医院回来的路上，我开得很慢。坐在副驾上的李大志睡着了。

那只猫软软地偎着他的胳膊也睡着了。那画面很和谐，我忍不住多看了两眼。

看第三眼的时候，闭着眼的李大志说，小前，我们重新谈个恋爱吧？

死去！没门儿！

那，我们跳个舞吧——

车载音乐很配合地就响起来了。

是毛不易的《像我这样的人》，突然地，我很想哭。

没人知道我们已经分手了。没人知道我们又谈起了恋爱。

没人知道李大志在天桥绿化带那里捡了一只猫，我们给它取名跳跳。是跳舞的跳。

可李大志说，跳槽的跳。

那时候正是春天，半下午的阳光透过玻璃窗，洒在宠物用品超市的吧台上。店主李大志正耐心地给顾客讲解一款新到的猫咪背包，他轻声和顾客攀谈的样子带着一丁点儿的帅。

对，一丁点儿就够了。毕竟青年男女分分合合失业创业的故事每天都在大上海这座城市悄悄发生。我只是忘不掉那天李大志眼里那坚定的光。

李大志说：王小前，它饿坏了，不救助一定会死的。

对，就是这样。

月光落在你肩上

周泽宇

　　妈妈没有坐在摇椅上，学红要去找她。

　　这是今天妈妈第八次躲起来了，不是藏在衣柜里，就是藏在窗帘后面，或者是藏在别的什么地方，她说她在找月亮。每当学红找到妈妈，妈妈就咧着嘴笑，牙齿白白的、齐齐的，像是上弦月。

　　妈妈笑着说："月亮，月亮！"

　　学红在窗帘后再一次找到了妈妈，暖气片上平放了一摞书，阳光照射在书脊上，闪耀着一簇光。

　　原来，妈妈把这里看成了月亮。

　　小时候，学红调皮，妈妈就会罚她站，在墙角一站就是一下午，甚至一晚上。有时候，天很晚了，学红的肚子开始咕咕叫，妈妈都没有过来叫她吃饭，于是她就望着窗外，望着夜空明亮的月亮。

　　月亮像个大圆饼，也像一张笑脸，更像一股温柔的泉水，钻进学红的心里，让她暂时愉悦起来。

　　学红曾经想过很多次，等自己长大，就再也不要回家，就算回来，也不给妈妈好脸色看，让她后悔当初对自己的严厉。现在，她长大了，她上了大学，上了班，就快要结婚了，妈妈却突然忘记了过往。即便她满脸怒气地站在妈妈面前，也只会换来妈妈甜蜜的笑。妈妈什么都忘记了。

　　"月亮！"学红把妈妈引到餐桌边，用汤勺喂她吃粥——桂花莲藕粥，是妈妈最爱吃的。妈妈不肯张嘴，勺子对着她的嘴唇，汤水顺着下巴流到了胸脯上。"月亮！"妈妈换了一副面孔，生气地拍着桌子。

学红不明白。妈妈用手指着墙，墙上挂着全家福。"月亮！"学红明白了，妈妈想让自己先吃。妈妈的记忆越来越衰退，甚至连日常词汇都忘记了很多，嘴里就只剩下一个词——月亮。

月亮变成了一个万能的词语，可以代表饿了，也可以代表想要睡觉，还可以代表妈妈不开心。现在的妈妈和以前那个强势的女人判若两人，她再不能精准地利用语言表达自己的意思，曾经是街坊里有名的吵架能手，现在却只能笨拙地使用语言，似乎变回了一个蹒跚学步的婴儿……学红喝口粥，莲藕炖得糯糯的，桂花轻轻点缀在白米和莲藕上，是香的，是甜的。

这是熟悉的味道。小时候妈妈送学红去武汉学钢琴，两个人在音乐学院旁边租了一个单间。三伏天的高温，钢琴老师永远挺直腰板，梳着半高的髻，好像世间的冷热都与她无关。空调和蝉吱了哇啦的噪声都被隔绝在外，就像妈妈对她的要求，永远是隔绝了学红的缺点、高于学红本身的。

就是在武汉的那段时间，妈妈学会了做莲藕粥。武汉的肉藕很糯，再加上白米和糯米，出锅时加点儿冰糖，就是极好的食物。有次妈妈发现了院子里总是香气嚣张的桂花，就摘来点缀在粥里，果然很香。

学红考上音乐学院，每年放假回家都要给妈妈背一袋子肉藕。学红给她买过黄鹤楼的纪念品，妈妈没多看两眼就压在桌布下，还说以后不要再买这些中看不中用的东西。"不是没用，是真的没什么用。"当年妈妈拍着桌子对学红说，动作、神态就和刚刚拍着桌子喊月亮一模一样。

"轮到你了，吃吧。"学红把勺子举到妈妈嘴边。妈妈张开嘴，咽了下去。

啊……妈妈的牙齿很白很整齐，舌头在嘴巴里微微颤抖着，是暗红的，像一颗小小的心脏。妈妈现在已经彻底变成一个孩子，连吃饭都要自己喂了。母女俩互换了身份，反了过来。

学红想，如果现在自己对妈妈发脾气，她会不会委屈地哭鼻子，就像是自己小时候一样。如果妈妈再把粥吐到下巴上，自己就对她发火。

"月亮！"妈妈拿出了桌布下的东西，是那张黄鹤楼的明信片。妈妈双手把它举过头顶，笑起来看着上面的黄鹤楼。"月亮！"学红知道，妈妈的意思是好看。

当年你可是不喜欢这个纪念品呢。学红心想，人失忆了真是一件好事，连自己的脾性都可以忘了。

吃完饭，洗完碗，又到了吃药的时候，妈妈又跑了。好在家里地方不大，这次应该还是藏在窗帘后面，学红拿着药瓶就要和妈妈发作，她觉得这一回决不能再给她好脸色，老了病了还是折磨人。

"月亮！"月光洒在妈妈肩头，把她的一头银发照亮，像顶着一轮明月。

"月亮！"妈妈拿着明信片，学红看见了背后的几个字，上面娟秀而清晰地写着：二〇一五年夏，女儿给我买的礼物。

学红想起来武汉的那个夏天，妈妈推说天气太热没上黄鹤楼，而其实她是走到售票处问了票价才这么说的。集训的那几天，妈妈到处走，却从没进过一家需要门票的景点。

学红明白了，自己就是妈妈的月亮。

公主房

陈雨辰

我没想到会在这里碰到周宁。

在凌晨的麦当劳，走在街上又冷又饿的时刻我推门而入，我推门带来的寒气使柜台后的姑娘打了个哆嗦。姑娘说："您好，需要点什么？"这个时候我还没有听出来周宁的声音，即便我们曾经在一起玩耍许多年。我说，一个汉堡就好，谢谢。

是周宁先认出了我。她没有打招呼，只是沉默地看着我，以一种熟悉到朝夕相处样的目光。我先是捕捉到这目光，又仔细打量起这个姑娘，这个身穿麦当劳制服、头戴麦当劳帽子、戴着麦当劳口罩、凌晨一点钟独自值班的姑娘。她素面朝天皮肤暗沉，黑眼圈绕了眼睛一整圈且颜色很重，头发胡乱地绑着马尾，身材瘦削，像营养不足。我对号入座了好久，终于把这个姑娘和一个我熟悉到不能再熟悉的名字联系起来。

周宁，是你吗？我说。

周宁伸出手摘下口罩，这下我彻底认出她来了，嘴巴上方泛青的色块是她最显著的标志。她说，好久不见呀。

是真的好久不见了。麦当劳温和的灯光雨露均沾地洒在我们身上，厚重的麦当劳门将零下的冷空气阻挡在店门以外。这时汉堡做好了，周宁把盘子递给我，我说，跟我一起坐坐，好吗？

周宁就从柜台后走出来。她还像小时候那样，比我矮一个头，也比我瘦将近一半。我们在离柜台最近的座位坐下，这样万一有顾客再来，周宁方便回到她的岗位。我说，不上学了？

周宁说，去年就毕业了。技校就读两年。

我说哦，也挺好的，待遇还行？

她说，你再不吃，汉堡就凉了。我就拿起四四方方的纸盒子，一点儿一点儿地拆开，拿出来那两片夹着肉和菜的面包。我看到她给我放了两块鸡肉，比通常多了一块。我就知道周宁从一开始就认出我来了。

她说，凑合着过吧，吗喽的命也是命。

我说，什么楼？

周宁把胳膊肘撑在桌子上，两手像花朵一样捧着脸，她说："猴子，吗喽，南方人都这么说。"

我点头，同时咀嚼。

周宁说，我对象是广西的。

我说，我看看？

周宁拿出来手机，苹果手机。她解开锁翻了翻，给我看一张他们的合影。是一个鱼尾纹很深的男人，头发毛毛糙糙的，咧开嘴笑，就露出来黄色的牙，可能是吸烟久了。我说，比你大吧？

周宁没说话。许多年不见面，她已经不愿意像从前那样信任我。因为她随即说："别告诉我妈，她不知道。"

我说好，我不说。

我和周宁是发小，意思就是小时候一起玩耍的人。我从小就胖乎乎的，周宁从小就瘦兮兮的。我爸妈上班忙，平时就把我扔到周宁家里。周宁家是开化肥店的，可以说，我的童年是充满碳铵味儿的。周宁家的化肥店叫庄稼医院，开在镇政府对面，也就是在西海大道上。我们的镇子叫西海，离海也就二十公里的距离，但镇子上许多人一辈子也没有见过海。比如我姥姥的邻居们，他们根据太阳的升落决定耕作时间的长短，他们在地里忙活一天，回家草草地吃几口饭，倒头就睡。他们没有时间去看一看海，看一看西海镇名字里的这个海，到底长什么样子，只是知道自己生活在海以西的地方，只是知道在离他们不远处，有另外的人们靠海生活，比如打鱼，比如养殖鱼苗。西海镇的人甚至很少吃鱼，我们虽然住在海西二十公里处，却从未想过我们也是海边的人。我们是地里的人。所以周宁家卖的化肥，很吃香，生意永远不会冷清。

在周宁家庄稼医院的日子里，我最喜欢和周宁在化肥堆里爬来爬去。化肥装在白色的塑料编织袋里，整整齐齐地码放在周宁家的库房里。平时我们吃饭看电视，是在门店左手边的屋子里，我们吃的饭总觉得有一股化肥的味道，但我想，化肥能够滋养庄稼，那么也能滋养我们。毕竟我们和庄稼一样，生长在地上。门店的右手边，就是堆放化肥的库房。这是我和周宁的游乐场。我们把化肥搬过来，又搬过去，在化肥堆里，我们把左右两边各两袋化肥立起来，在上面横着搭一袋化肥，就形成了一个还算稳固的中空立体空间，正好可以钻进去一个人。我和周宁轮流坐在这里面，坐在化肥搭成的房子里，我们觉得自己就是这个世界的王。那时候我开始看《格林童话》，开始知道这个世界上有一种人叫公主，最美丽最善良，住着世界上最好的房子，有王子爱她，也富有天下。我就告诉周宁：

这是我们的公主房。

周宁没看过《格林童话》，也不知道公主是什么东西。我向她解释，公主是这个世界上最幸福的小女孩儿，我们坐在这里的时候，就是世界上最幸福的小女孩儿了，所以我们就是公主，我们所在之处，就是公主的房间，就是公主房。

周宁说，真好！这是我们的公主房！

于是我们一起挤在化肥堆成的小房子里，我们共享幸福，共同呼吸碳铵味儿的空气，在公主房的滋润下生长。

现在我们隔着一张桌子坐在麦当劳昏黄的灯光下，好像隔着一条大江，江上浮游着这十几年的日子，那些我们彼此未曾出席的人生里的一幕幕，随着波涛起起伏伏，和着江里的泥沙一同消失在北风的褶皱里。小城三月的倒春寒总是这样刺骨，冷风从门缝里钻进来，刺激着我们如梦如幻的头脑，连同多放了一块鸡肉的汉堡，和坐在对面的周宁，无不提醒着我，过去的日子走远了，就这么走远了。

周宁问，你还要上几年学?

我被这个问题绊住了那么几秒。很久没有听到这样的问话，似乎在我们的故事里，大学就是四年制的。那么周宁的"3+2"呢，是被我忽略了吗? 可是，忽略这些的只是我吗? 我说，还有两年。

周宁说，真好啊，有学上真好。

说这话时她的眼里满是憧憬，她的胳膊肘还撑在桌子上，她托着脸的双手宛如一朵莲花，大光明，大光明，一念一清净，心是莲花开。小时候，坐在化肥堆里的时刻，周宁也喜欢这样，胳膊肘撑在盘着的腿上，双手组成莲花的样子，她是坐着的佛。

周宁站起来收拾好桌子，又回到柜台后，为打烊做准备。我坐了一会儿，走到柜台后想帮她收拾收拾。周宁托举着塑胶手套里的双手，示意我去外边儿等她。我发现自己也帮不上什么忙，就绕了回来。

我说，周宁，你还记得我们的公主房吗?

周宁正在用抹布擦着一个容器。她说，什么公主房?

我说，没什么。

鱼汤粥

高雨欣

就是今天了，她确信无疑。

她关紧了虚掩着的房门，像摆钟一样转过身，右手用力地撑着墙壁，墙壁上有一条凹陷的痕迹，像一条短短的车辙，印记消失处镶嵌着木头把手。她甩动了一下怪异弯曲的左脚，抓紧了把手，摇摇摆摆，又抓住了另一个，熟练地到了门口，门口有一个半人高的拐杖，她撑起拐杖，旋动了门把手。那面四四方方的镜子晃动着她的脸，她向来怕血怕杀生，所以她实在不敢看镜子里面她的样子。

多年前她见过一个杀人犯被抓，她站在人群中间，听人们惊骇地说那人杀害了妻子，凶器是一把菜刀。警察将那个丈夫拉出来，她记不得他的样貌了，只记得他的眼睛里、身体里透露出的滚烫，她看过去只觉得冒着一股热气，让她头皮发麻。

现在想起杀人犯只觉得他们没有半分相像，不过有什么要紧，她马上要重复他的路径，要杀的人也是多年的枕边人，那个躺在床上的丈夫，一个自己想死却无力去死的病人。

他得了一种难治的病，在医院治疗了一段时间后没有任何好转，医生只说回家好好养着，如何好好，如何养，医生也没有说，他们只得听从安排。她向来顺从，顺从父母，顺从丈夫，顺从医生，顺从从此以后昏天黑地的日子，包括尖利的恐惧，她都得一一顺从。她听着他在床上日日夜夜地喊痛，她站在床边，看着他眼珠扭曲，一张脸被汗渍包裹，显得油滋滋，他在床上翻腾、打挺，就像恶鬼附体。她床头床尾地伺候他，已经足足半年没睡过一个完整的觉，就算睡着梦里也都是噩梦，有时候，梦里会出现他的眼神，那种眼神让她心惊。

她预谋了一个下毒的计划，毒她早已准备好，粉末状，装在一个玻璃瓶里。

出门前她问他想吃什么，他说："鱼汤粥。"这个回答让她心神恍惚，这是她最擅长的，也是他最爱吃的东西，也好，这一顿也算了结了夫妻几十年的情分。

今天她没有在楼下的小菜铺将就，而是去了大的菜市场。这个菜市场距离她家不近，要过四个红绿灯，走六个百米的人行道。她拄着拐杖，一步一斜，过马路的时候，穿红背心的志愿者想要扶她，她害怕得浑身起鸡皮疙瘩，连声拒绝，她即将满手血腥，实在接触不起人了。

到了菜市场，她买了最新鲜的青菜、胡萝卜，然后来到鱼铺，地上细碎的鱼鳞发出刺鼻的臭味，她的拐杖好几次戳到滑动的鱼鳞上，差点摔倒。她挑选了两条大小合适的鲫鱼，慢慢回家。

到家的时候他还睡着，她关紧房门，来到厨房。她把左脚撑在一个小木凳上，稳住身体。打开水龙头，她把青菜一片片洗干净，胡萝卜搓了好几圈，然后过水。切的时候她很使劲，砧板都在抖动，做这些其实她不熟练，所以不会用技巧，只得用蛮劲，好几次她只能停下来甩手缓解。

油滚了，鱼下锅，剔透的鱼眼珠子一翻身变黄浊了，鱼香味散出来，油在冒声，鱼也在冒声，滋滋的。一放水，油立马散开，鱼没在锅底，姜片、整根葱也一齐沉下去，盖上锅盖，一切都在水里了。

放进大米、青菜末、胡萝卜丁、瘦肉末，微白的鱼汤颜色一下子丰富了。她手上攥着一个小小的玻璃瓶，仔细地端详它，一点儿微亮的反光让她看见自己的影子，她想到自己的寸头，想到自己的小儿麻痹症，想到得病前的丈夫，想到这些年，恶毒的念头立马滋长起来，茂盛得不像话。她的心突然莫名地慌起来，锅里咕噜咕噜的声音在这个安静的屋子里止不住地响起。

十二点整点，墙上的钟开始放音乐，这是她最爱的曲子——《致爱丽丝》，丈夫在屋里喊她，她很快地应了一声。往房间走的路上，她打开了所有的灯，外边的阳光明晃晃，屋里的灯光明晃晃，她扶着墙壁一摇一晃地走去。

他已经醒了，这次却没有喊疼。她把粥放在床头柜上，他用眼睛瞥了瞥，说："煮好啦？"她说："煮好了。"他抬抬手示意扶他起来，她半靠在床边，两只手搂住他，往上拖，他已经瘦了好多了，她抱起他的时候，感觉他就像一床被子，那么轻巧，那么无力，他的脸也是，薄得像层纸，这哪里是他？这不是他。

"吃吗？"她看着他问，他没有思考地点了点头，她像是没听到似的又问了一遍，他依旧点了点头，她没有动作只是坐在床边，他似乎恼火起来，眼睛直直地瞪着她，过了一会儿，她似乎找回来那点儿存留的疯狂，不再犹豫了。她麻利地立起来端起那碗粥，确定温度合适后，舀起一勺送到他嘴边，他费力地张开嘴含住勺子，嘴巴软绵绵地吞吃，就像一个软体动物。

"好吃。"他抬起头笑了笑。她的泪一下子下来了，她是个罪人，她对不起自己，她是自己的罪人。

她一口一口地喂着他，就像曾经他对她一样，那么耐心，那么温柔，他一口又一口，吃得很美味很享受，他们沉默无声，只有屋外的音乐还在不厌其烦地循环。

粥已经见底，她扶着他躺下来，他很乖巧，很听话，眼睛还在不住地看着她，她握住他的手，等着一切的结束，他的眼睛开始慢慢地塌下去。

他电视剧看得多，也容易带入，有一回，或许看到什么悲情的环节，他忽然郑重其事地跟她说如果有一天他活得痛苦不堪时希望帮他解脱，她那时候不以为意，只是笑笑，现在想起来她似乎进行了一个迟来的回答。

屋外的《致爱丽丝》停了，丈夫均匀的呼噜声好像瞬间被放大。她望着那个被她遗忘在柜子上的玻璃瓶，埋下头哭了起来。

网络没有爱情

李　森

2019年我刚刚毕业，那年夏天很热，大家还没有戴口罩，一切都白亮亮的。找工作累的时候我会坐在地铁站的出口看路过的姑娘。后来我索性躺在出租屋里面，一天三顿都吃泡面喝可乐，打《王者荣耀》，光着身子坐在阳台读书，困了就睡觉。

那个时候我自视清高，对所有的面试都充满厌恶又不可避免地期待，但能够通知我录用的单位少之又少。后来经朋友介绍给一个创业的老板写短视频脚本，我以前从未写过，一集八十元，我硬着头皮答应了。

我构思了一个女生追男生的剧情，她可爱、矫情，喜欢读书，常常拉着男生在楼顶看夕阳，对着镜头念《恋爱的犀牛》里面的台词。男生高冷又愚蠢，两个人坐在公园的长椅上面对面地不说话。我那个朋友给老板说我极其有才华，上学的时候女生总是被我吸引，喝醉的时候常常对着路灯吟诗。老板深信不疑，照着我的剧本拍了十集，付了我八百块钱。

但点赞寥寥，后来老板跟我商量，我们是不是应该上点儿劲儿。我说什么劲儿，他说让女主角开放一点儿，剧情狗血一点儿。比如女主其实有一个孩子，比如男主不小心把水洒在女主的裙子上面，然后露出里面的内衣。我为钱臣服，照着他的思路又写了几集，但常常抓耳挠腮，不得其法，老板也总是不满意。一开始他给我洗脑，告诉我现在我们就是风口的猪，等我们这个号火了以后就发了，到时候我就是金牌写手，拥有股份，一个月赚二十万元不成问题。后来他就再也不理我了。

那段时间我常常自怨自艾，觉得自己其实并未拥有过丁点儿的才华，想痛哭的时候又觉得矫情，深夜里面我常发微博，发了又删，怕引人讨厌。

后来我去了一个还算满意的公司，主要工作就是和人聊天，弹性工作制。但我感觉我就是个骗子，我冒充女主播的身份在网上和男生聊天，让他们爱上我，然后让他们去主播的直播间刷礼物。我的身份是甜甜，一个御姐，常常戴着兔耳朵，穿着黑丝袜。其实我和真人只隔着一个玻璃门的距离，她是ASMR主播，玻璃门里面是一个女生屋子的样式，她跷着二郎腿坐在里面，抱着一个机器，把嘴巴凑过去低声吟语。我和她并未有过多的交流，偶尔她会去见见"榜一大哥"，陪他们吃饭喝酒，这个时候她才会过来询问这个大哥的性格和喜好。

和李北相识是在那年的秋天。我们通过一个同城交友软件认识的。他说："你开心吗？"我说还成。他说："我也很开心，我今天下班的时候天刚刚黑，有一丝丝过渡的蓝，路灯昏黄，还有秋天的风，带着独有的桂花香气，还有街对面的烧烤味儿袭来……"

"你想看看我照片吗，哥哥？"我打断他。那边正在输入中，我就给他发了一些性感照片。过了一会儿他告诉我你真漂亮，然后他说，是真的很幸福你知道吗，我吃了一份烤鸡皮，我特别喜欢吃烤鸡皮。他说你不要厌烦我，我只是想分享一些开心给你。后来我们加了微信，他答应我晚上会去看"我"的直播。

第二天打开手机便收到了他凌晨发来的消息。他说你是不是遇到了什么困难啊？我为甜甜编过很多故事，家境贫困也在其中。于是我声泪俱下地用第一人称给他讲了这个故事。他信以为真，告诉我他会做一个拯救者。我说不用拯救，你多给我刷点儿礼物就行了，哥哥。

我和很多男人聊天。有妻子的中年大叔、十六岁的高中生，他们的目的都很明确，期望能够花最少的钱见到主播，抑或从我发给他们的文字里面幻想出来一些不可描述的情形。可是李北没有，他只是喜欢和我分享近日的开心与忧愁，在我一而再再而三的言语逼迫下，窘迫地打赏了几百块钱。这些不过是我业绩中的九牛一毛。

我需要在甜甜的朋友圈发一些早安语录，以此展示我的吸引力。我常常以为我能将自己和甜甜分得很清晰，拿起那个手机我就脱离了我本人。但是当李北问我是不是也喜欢奥尔加·托卡尔丘克的时候，我还是有些惊讶。他说他也喜欢，读她的书像做梦一样。"我想变成一个蘑菇。"他说。

我把和他的聊天当成摸鱼。我们聊电影、小说、绘画，聊童年阴影，聊刚刚一闪而逝的夕阳。我们聊了好久，像久违的朋友。他说甜甜你怎么不叫我哥哥了？你怎么不让我给你打赏啦？我说别啦，不用。他说有时候看你直播和聊天真感觉是两个人。他说这句话那天我的城市下了一整天的雨。我站在窗前，抽了一根烟。他说他的城市下雨的时候空气中有桂花被碾碎的味道。我说其实每个人都是双面的。

后来李北给甜甜直播间打赏了三万块钱，当了一整天的榜一。我在微信上对他破口大骂，我说你他妈真的是有钱烧的了。他很委屈，他说这是他勤工俭学攒下来的钱，放心，不影响普通生活。

甜甜找我的时候，我赶紧把和李北那天的聊天记录清理掉。甜甜问我李北是谁，我说一个大学生，有些矫情，喜欢读书。甜甜嗤笑一声说穷学生啊。我点点头。她说我刚好要去李北的城市出差，你觉得他值不值得我去见他一面。我还在考虑怎么回答，甜甜又说算了，去见一面吧，你和他约下，去吃个饭，又不做什么。然后你在微信上给我讲讲他这个人，学生一般比较冲动，打赏几万十几万元的大有人在。我说好。

我问李北你想见我吗。他说成，你大可不必当面感谢我。我说我可能和聊天的时候不一样。他说没事，人都有双面嘛。我说那你准备准备。他说哈哈哈我要不要洗香香等着你。我说滚，又骂了一句傻逼。

甜甜出差那一天我辞职了。

大都好物不坚牢，彩云易散琉璃脆。离职前我把那个微信的个性签名改成了这句诗。

月亮豆与玫瑰花

刘　佳

这个夏天，男人兜兜转转去了很多地方，由南往北，由东往西，一些大大小小的城市。

他累了，便在一处不算隐秘的墙角停下，一旁路灯散发出的光把地面切割成两半，他躺在阴影的那一半。

他蜷缩着身子，这里的夏天炎热得会让人睡不着觉，除了他，也许是他曾患过精神疾病的缘故。在外飘荡的日子过得并不算好，他很久没有修理过头发和浓密的胡须，从而变得十分邋遢，虽然与他从前的形象完全不符，浑身上下还散发着刺鼻的味道，但是他依然善良，依然像个教师的样子。

想起以前的美好时光，他就会感到无比失落和悲痛，甚至发狂。确实，在不远的过去，要不是一场突如其来的车祸，他还会有一个俊朗的儿子和一个美貌的妻子。

他去过精神病医院，医生说是幻想多疑，他一度把自己看作一个罪大恶极的罪犯；他离家出走了，今晚他会在墙角的阴影里睡一个晚上。

现代上班制度让城市的夜晚格外受人欢迎，夜市刚开始，此刻，人们结伴而行：逛街、散步、烧烤、喝酒……当他不觉入睡又醒来时，他的胸前堆放着一些零零散散的钱和一些食物。他犹豫了一会儿后便慢慢拿起并往兜里放，紧接着叹了口气，有些不知所措的样子，但他的确已身无分文。

月光悄悄入侵了他的领地，照在他脸上，像逃不掉一般追着他。他撩开盖过睫毛的头发，抬头看，月亮在远处的天空，像一颗小黄豆。

他不是乞丐，如果不是在睡着时被误认为是乞丐而受到人们的馈赠，他是不会收下的。但还是有人来，一个看样子十岁出头的小女孩走到他面前，开口便说道："我只有这些。"小女孩伸出双手，把两三卷卷成圆筒形的钱摊在手心，递给他。

"不，谢谢你的好意。"他一边拒绝，一边从兜里取出刚放进去的那些钱。"你看，我可比你多多了。"他笑起来。

"那……我再没有什么能给你了。"小女孩说。

"你以为我在乞讨吗？"他温和地问。

小女孩仔细地打量着他，脸上泛起一阵红晕。"只是像而已。"没等小女孩开口，他环顾四周，试着去证明他与其他人是一样的，"但是……我不是……"

"我有妻子和儿子……"他紧接着说，语气中透露出一丝丝悲凉，但时刻保持着微笑。

"不……我是说……总之不是那个意思。"小女孩连忙解释，但并非如她所愿。

"哦，他们走丢了，我再也没见过他们。"男人说着，笑容就慢慢凝固下来。风突然变得凄厉，一阵一阵地袭击小女孩。"从那次车祸开始……"他哽咽住，再没有说出话，他捶了几下脑袋，他极力想冲破与日俱增的痛苦，可是这恼人的月光越来越明朗，逼迫他翻出让他隐隐作痛的心事。

小女孩默默地走到一旁坐下来。当他平静的时候，问起小女孩为什么在这里。

小女孩用手示意，说道："我刚好路过……对了，这个孤儿院，就是我的家。"

围墙里面便是孤儿院，他躺在孤儿院的西侧。他们霎时变得寂静无声，男人端坐起来，若有所思地看着小女孩，眼神里充满了慈爱，他抚了抚小女孩的头，他知道如果不是那场突如其来的变故，他儿子也一样叫他心疼。

"我得走了，我在外面逗留了很长一段时间。"小女孩突然说。

"你在这儿常住吗？"

"是的，至少现在是，要是你无处可去的话，你可以常来这里找我。"

"呃呃……我……居无定所，不过……会有机会的。"他深沉地看着小女孩，眼神透露出不舍，因此有些语无伦次。

"再见。"

小女孩挥手离开，只是片刻。当小女孩再次到来，她拿着一束玫瑰花递给了他。

"我知道，玫瑰花代表着爱，各种各样的爱……"他很激动，几乎是自言自语，同样他很满意自己对于玫瑰花的解说，"它有很多种颜色，但我最喜欢蓝色……我曾用它来求婚，不只求婚，每个情人节、每个纪念日……"

他对着玫瑰花无声地微笑着，泪花快溢出了眼眶，接过花有一会儿了才夸赞道："这是我见过最美的玫瑰花之一，我能拥有它吗？"

"当然可以，我有权把它送给你。"小女孩很自豪地说，"整个孤儿院都是我大展身手的地方。"

"真谢谢你。"男人很感动。

月亮依然像一颗小黄豆，他又望了望天空，说："我没有什么能给你的，但是……我要用今晚的月亮豆与你做这笔交易……"他指着天空，脸色惊喜得像个小孩，"你看，是一颗月亮豆。"

"月亮豆？"小女孩很开心，朝天空望去：一颗"小黄豆"躲在柳树后面，像一颗快要发芽的种子。

小女孩匆匆忙忙跑回屋，一路上叫来了她的小伙伴，并对她们说："我保证绝对是你们没看见过的。"孩子们蜂拥而入，不过当她打开窗，月亮豆已经变了个样子，小女孩有些脸红。这时，又有人说这是"飞碟"，月亮像一个飞碟，发着光，笼罩在高楼上。孩子们心满意足地睡下。今夜，月光装满了小女孩的整个屋子，月亮豆在她的梦里发芽。

男人和小女孩没有再见过面。后来，据说男人种起了玫瑰，如果遇到独自流浪街头的人，他便会送上一束玫瑰，仿佛在说："先生／女士，请接受我的玫瑰。希望它能填补你生活的孤独。"

因此，他总能收获一脸友善的微笑、一个拥抱或是一句"谢谢"。

第五辑

单程票

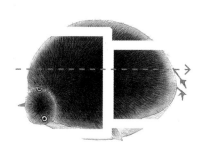

尖　叫

陈小庆

1

1279 年春，那个薄暮时分，黑衣人来到猎音师七宝工作室。

"我想定制一批尖叫……"蒙着半边脸的黑衣人说。

"尺寸、音效等具体要求说说。"七宝研墨抻纸，记录客人的要求。

"宽一拃，高十丈，要有回环往复的效果，后面'细若游丝'部分要持续二十个吐纳。"

七宝记了一半撂下笔，说："对不起，没弄过这么特殊尺寸的尖叫，这么窄这么高……还要持续二十个吐纳……敝店能力有限，您还是另请高明吧！"他觉得来客没有诚意，说不定就是来砸场子的同行冤家。猎音十年，他深深地明白：不是什么活儿都能接的。

黑衣人拿出一大卷赤金丝，放到七宝面前的银秤盘里，盘子重重地沉了一下。

七宝脸上浮现出一丝不易察觉的微笑——他打算生产这批尖叫。

最开始，他每天打磨自己从集市上收集到的叫声，指望能小成本制作一把，自然这些都属于偏尖的声线。

他点燃炉火，拉起风箱，拿出专用的金铁锤和玉锉子，从桐木匣子里把那些活蹦乱跳的叫声拖出来，放在专门打制各种声音的金条几上，他要剔除杂音，反复淬炼，提纯出最尖厉的声音。但是一直没有令人满意的声音出现。他费了九牛二虎之力，也不过是得到了稍微尖一点儿的声音，那些声部太宽了，大都在三尺左右，而高度，最高的也就三丈高，如果再变窄些，高度同时也会跟着降低，而且里面还有很多含混不清的东西，像是贫民窟里终日抱怨的人，喋喋不休——若去掉那些芜杂的声音，又不得不牺牲掉最尖厉的部分，至于最好听的"细若游丝"更是从未出现，太多问题困扰着他的生产进度。

2

七宝在工作室门口挂了一张启事：高价收购尖叫！启事墨汁未干，就来了位蛇身猫脸的姑娘。

"我从小就喜欢尖叫，你能出多少钱收购我的尖叫？"

"如果是优质尖叫，有多少我要多少，价格好商量。"

七宝让姑娘站在一口特制的大瓮前，给姑娘讲明白注意事项，他退到了远处。

姑娘对着大瓮高声喊了好几次，七宝用测音仪测量了一下，说："这勉强算是入门级的尖叫，你看宽度都二尺多了，高度才四丈。这哪里是尖叫？分明像是一个大胖子，我要的是像你身材一样苗条的声音。我只能给你一个铜钱，别再喊了，我不需要这样的叫声。"

姑娘没要铜钱，很不高兴地走了。

接下来一段日子，每天总有一些好奇的人前来吼两嗓子，以妇女和孩子居多。挑剔的七宝觉得他们发出的声音完全不能算尖叫。那些平时看似声音非常高的尖叫，到他这里都不符合要求，他连一个铜钱都不想付。他们常常因为如何界定尖叫而拌嘴打架，从七宝工作室出来的人总是鼻青脸肿的，也有孩子带着大人来闹事，七宝自己每天也都是鼻青脸肿的。

饶是如此热闹，令人满意的尖叫还是没有出现。

3

七宝在毛驴脖上挂了个收购尖叫的牌子，写上地址，让老爹牵着驴走街串巷招徕生意。

转了好几天，没有人再愿意来七宝工作室献嗓。

老爹疲惫不堪地坐在街头，一个小女孩儿来到他面前。

老爹打起精神问："你愿意去喊一嗓子吗？"

小女孩儿没有说话，旁边一个老太婆摇摇头说："唉，这个来历不明的哑巴，从来没有吱过一声……"

毛驴驮着那个瘦瘦的穿着白底蓝花小裙的哑巴女孩儿，径直来到七宝面前，老爹在后面紧赶慢赶气喘吁吁。

这时，天空开始为久旱的大地降下甘霖。

"她是个哑巴……看到牌子，非要坐驴来……"老爹说。

七宝垂头丧气地望着这个美丽而无声的女孩儿，挥挥手，让老爹送她回去。

却见女孩儿不说话，站到大瓮跟前，开口叫了起来——

大瓮应声而裂，七宝没戴测音仪就震疼了耳朵——那声音尖细挺拔，最多一拃宽，却足有十五丈高，直往耳朵深处钻，那回环往复的回响，"细若游丝"部分足足持续了三十个吐纳。

当七宝反应过来时，女孩儿已经倒在了黄金条几上。

七宝忙去扶那个女孩儿。那女孩儿却变成了一个青花瓷瓶，就在七宝扶起她的一刹那，瓷瓶无声无息地碎了——就像是一个哑巴瓷瓶，碎了也没有声音。

裂开的大瓮里收集的是目前世上最完美的尖叫。

七宝抱着一怀瓷瓶碎片哭了，仿佛那就是他耗尽了所有尖叫声的女儿。

4

约定的时间到了，七宝把没有经过任何加工的尖叫缠绕着放在一个精致的桐木匣子里，依依不舍地交给了黑衣人。

"可惜，只此一声！"

黑衣人测听后格外满意，说："如此天籁，一声足矣……"

黑衣人来到一座窑厂。在密闭的内室，太多的瓷坯等着烧制。几个匠人默默地等着烧窑前最后一道工序，只见黑衣人端着七宝给他的桐木匣子，放出了哑巴女孩儿的尖叫——那青玉颜色的尖叫，在窑厂里持续了很久很久，仿佛哑巴女孩儿一生未说的话此刻都说了出来。那一批瓷坯吸足了声音，直到长长的"细若游丝"完全消失……

工匠们迅速点火烧窑……

从此世上有了元青花。

据说，加入哑巴女孩儿尖叫声制作出来的那批元青花，至今仍在世间。而检验其真伪的一个重要标准，就是瓷器落在黄金地板上碎裂的声音，但没有人听到过那个声音。

单程票

王小东

我驱车进入戈壁。

此刻，茫茫戈壁正袒露着胸膛托举落日，乌云在余晖的映照下，像燃烧的棉花，一寸寸亮起来，又一寸寸暗下去。

勘探队正沿着蛛网般细密的小径向戈壁深处行进。天色渐暗，戈壁里亮起了灯，像漫天星光点缀夜空。勘探队将在那些亮灯的地方驻扎下来。散落在广袤戈壁上的坑洞，是勘探队的杰作，坑洞连绵，伤疤般结痂于戈壁之上。

很久以前，人们管乌尔禾叫魔鬼城。

我的目的地是 81 号基地。81 号基地位于乌尔禾戈壁西北方。据说，那里的金属铍存储量占到地球已知存储量的四分之一。

暮色笼罩戈壁，远方依稀可见高高的碳纤维框架，81 号基地到了。抗辐照材料制成的管道如藤蔓般爬满框架，最终聚拢在提纯罐入口处。巨大的提纯罐像贪婪的野兽，不停地吞噬着流经它的物质，最后从出口流出银白色的液态金属铍。

我常年奔波于基地之间，对这些早已司空见惯。那些液态金属将被急速冷却，形成准晶态固体，再经过漫长的时空旅行，最终抵达人类的新居处——泰坦星。有了金属铍，人们在泰坦星上暂时不用担心因为金属铍匮乏而导致的工业瘫痪。

下车后走进基地的休息大厅，里面挤满了人，都是些陌生的面孔。来地球从事这样的工作，每个人都有不得已的苦衷。我们是一群粗糙的汉子，像是被遗忘在戈壁的沙砾，一阵风吹过来就被吹走了，风过后，依然保持着坚硬的形状。

金属铑的提取过程异常复杂，智能机器并不能完全胜任，我们这些勘探队队员便成了流水线上的必需品。

对我这样的陌生加入者，大家都习以为常，点点头，打声招呼，便熟络起来了。休息厅的信息交互终端前已经排起了长队，我默默地站在了队尾。人们正利用难得的闲暇时间，通过信息交互终端与泰坦星上的亲友视频通话。要知道，明天正式开工后，人们就很难有这样的闲暇时光了。

最前头的大汉正对着信息交互终端的蓝色屏幕兴奋地大声喊叫："马上就能回去了！马上就能回去了！"他的手不断地对着屏幕比画，手背上爬满了青筋，粒子辐照后遗症显而易见。

排在后面的人先前还是沉默，听到大汉这句话后，立即发出阵阵欢呼，欢呼过后便是长久的沉默。人们为同伴终于攒够重回泰坦星的费用高兴，同时，也为自己眼下的境况感伤。此时的地球，由于磁爆引发了地磁紊乱，地球失去了磁场保护，直接遭受着太阳风的猛烈冲击，迁徙至泰坦星便成了人类的必然选择。因为地球富含金属铑，勘探队又来这儿攫取地球留给人类的最后馈赠。

说着说着，大汉的声音有些哽咽，大汉是颤抖着关闭信息交互界面的，长出一口气后，缓缓转身，面向大厅里的人深鞠一躬，眼眶中含着泪水，说："终于要回去了，是该回去了，孩子们都长大了。"这里的人们善于隐忍，也善于告别。我知道，又将有人带着希望离开这里了。

生活向来如此，无论你对未来有多少忧虑，眼下的生活都是实实在在的。人们终于从复杂的情绪中抽离出来，他们相信，只要努力，自己也能赚够离开的费用，只是需要耐心而漫长的等待。有人为了调节气氛，大声笑着说："放心吧，只要好好干，我们也能回去的，总不能像那些传言中的怪人，干着这份最苦的工作，却把赚来的钱用在毫无意义的事情上。"

有人马上附和说："是啊，听说有人竟把辛苦赚来的钱全部花掉，不回泰坦星了。"

"难道他们想老死在这鬼地方？"话音刚落，人群中立刻爆发出哈哈的嘲笑声。

来这里的人，都有着各自的理由。我将与这些陌生人在基地度过一段漫长的时光，我真心希望每个人都能如愿。来这里的人，都是付出了代价的，他们值得过上舒适的生活。

每个人与亲人通话的时候，都异常兴奋，常常是言语和手势并用，即使动作再夸张，也感觉合情合理，因为这里的每个人都与亲人隔着遥远的时空。

我摩挲着无名指上的戒指，向乌云密布的夜空望去。窗外，闪电像遒劲的树根一般蛮横地爬满沉郁的夜空，雷鸣声滚滚而至。很快，一场大雨倾泻而下。

轮到我时，我熟练地开启信息交互界面，静静地注视着屏幕上那张可爱的脸，所有的疲惫刹那间一扫而光。在令人恐惧的轰鸣声中，我期待着夜雨之后的晨光。

此刻，我不由得想起离开泰坦星前，医生和我的谈话。"你的爱人遭受了严重辐照，基因技术仅能维持她的生命体征，并不能让她从植物人状态清醒过来，你将为此支付巨额的医疗费。"

"我已经报名参加地球勘探队了。"

"你在那里的报酬只够支付你妻子的医疗费，你将无法返回。你确定这样支配辛苦赚来的钱吗？"

"我确定。如果我爱的人不在了，我还要那些钱做什么？"

大地深处的孩子

王小东

爸爸妈妈今天会来看我。早晨五点钟，闹铃还没响，我就醒了。我迅速起床，把卧室精心整理了一遍。卧室空间虽然拥挤，但被归置得井井有条，十分整洁，一点儿也不像一个十岁孩子的居所。

时间还早，我随手佩戴上妈妈送给我的体感装备，按下蓝色按键，眼前便出现了一个崭新的世界：蔚蓝色的大海近在眼前，海浪彼此推搡着，欢快地往前赶。有海浪触及脚趾，直至没过脚踝，凉凉的。空气中满是咸腥的味道，妈妈告诉我，那是大海的味道。

过了一会儿，一阵悦耳的铃声传过来。我来不及脱下身上的体感装备，便赶紧跑过去开启隔离门的开关。

从窗口望过去，长长的紫外线消杀通道尽头，爸爸妈妈正抱着大大小小的包装盒吃力地走过来，他们头上戴着透明的氧气面罩，像被一个大大的气泡包裹住了似的。

妈妈一进门，就赶忙放下手中的东西，迫不及待地抱住了我，惊喜地对爸爸说："快看，我们的小八月又长高了呢！"妈妈一向如此，哪怕只是一个月的工夫，我在她的眼里都会有惊人的变化。"我们上个月才来过的，哪里会长得那么快哦。"爸爸的声音听起来仿佛来自另一个时空，但我还是听出来了，爸爸和妈妈一样，心情是喜悦的。

妈妈从包装盒里取出大大小小的传感器，爸爸让我躺在小床上，他们熟练地把传感器连接口放置在我身体的各个部位。由于数量太多，他们忙活了好一阵子。透过氧气面罩，我看见爸爸妈妈的额头满是汗珠。此时的我浑身布满了传感器，我乖乖地配合着爸爸妈妈的工作，一动也不动。

信息终端显示屏里出现了医生熟悉的面庞："你好啊，小家伙儿，好久不见。"

"您好。"每次见到医生我都略显紧张。通过屏幕，我看见医生在不停地忙碌着。过了好一会儿，医生的声音再度从屏幕里传出来："一切正常，放心吧。"

爸爸妈妈如释重负，长出了一口气，我礼貌地同医生说再见。我望着爸爸妈妈略显疲惫的脸，心里有种酸酸的感觉。

隔离窗的外面，一株绿植正茁壮地生长着，圆润的叶片透着生机。绿植的根系都在室内，为了不影响室内的密闭效果，妈妈可是想了好多的办法。妈妈说，植物是不能放到房间的，它们释放出的氧气对我来说是致命的。医生曾经告诉我，我得了一种罕见的基因疾病。了解这种病将带给我什么，我竟然用了十年的时间。简单说来，由于基因突变，我必须像太古菌时期的生物一样，在富氮环境下生活，因为氧气将对我的机体产生不可逆的损伤。因此，爸爸妈妈为我建造了这间充满氮气的地下小屋。

建造地下小屋并维持我的日常治疗，几乎耗费了爸爸妈妈所有的积蓄，即便他们的工作报酬丰厚，也只能勉强维持生活。随着我年龄的增长，我身体需要的能量越来越多，常规食物里含有大量的氧元素，我是不能直接食用的。

爸爸看着能量管道口的流量计不解地问："能量怎么剩余这么多呢？"

妈妈凑过去看了看，转过头，隔着透明氧气面罩看着我。看到妈妈的眼里盈满了泪水，我连忙说："这段时间我运动少，消耗自然就不大。"我不想让父母知道，我是为了减少能量消耗，把每天的摄入量减少了一半。目前，这种能量的价格在不断攀升，我不想让爸爸妈妈太辛苦。

泪水从妈妈的眼角流了下来，我多想替妈妈擦一擦啊。可是，隔着氧气面罩，我无法触摸到妈妈的脸，我甚至不知道妈妈的泪水是温热的还是如海水般凉凉的。

妈妈给我讲过地面上真实的大海，但这些对我来说，是可望而不可即的。妈妈说，他们会尽力医治好我的病，我一定能回到地面和他们一起生活。

现在，我渐渐接受了这样的现实，也许我这种状况不是病，只是我的身体与其他人不同罢了。

我不再日日期盼着能走出这间地下小屋了。我知道，除了地面的氧气问题，我还无法面对地面上无处不在的紫外线辐照。

很久以前，妈妈在靠近小屋的窗口处种了一株好看的植物。根须放置在小屋内，枝叶生长在透明的隔离窗之外，我能看到植物翠绿色的叶子，但怎么也触摸不到它们，只有那些白色的根须悬在装满营养液的容器里，像无数只手向空中伸展，又像无数自由飞翔的灵魂。

我终于知道，有些植物的根生长在地下，有些则会飘向天空。

爸爸不像妈妈那样多愁善感，他总是坚定地说："会好起来的。"虽然他没说还需要多久我才不用待在这间充满氮气的地下小屋里，不用输入那些毫无味道的能量，但我知道，如爸爸所讲，一切都会好起来的。

我问："妈妈，地面上的春天来了吗？"

妈妈说："快了。"

我故作轻松地对爸爸妈妈说："春天到来的时候，你们可一定要第一时间告诉我啊。"

爸爸妈妈相互看了看，重重地点了点头，把我抱在了怀中。

回家的路

王小东

双腿慢慢瘫软下去，身体随后躺倒在地上，透过浮起的尘埃，我看到了一个光明又温暖的世界。

光影弥散在尘埃里，像阳光穿过海水一般。我终于不必担心每走一步就会加剧脚上的疼痛了。恍惚中，我看到了回家的路，那个街区是我成长的地方，妈妈会在家里等着我。妈妈一定是在家里等着我。

"妈妈，妈妈，带我回家吧。"

"清醒点儿，清醒点儿！"对讲机里传来刺耳的呼叫声。我感觉身体在不断下沉，一阵刺痛把我从昏睡中惊醒，可身体却无法动弹，耳膜又胀又疼。我在极度疲惫中睁开双眼，血从干裂的嘴唇中流出来，咸咸的。宇航服的自循环系统已经彻底失效，汗水混杂着一些黏稠的东西，粘在了皮肤上。对讲机里又传来急促的呼叫声："醒醒，不要睡过去！"

我的身体严重脱水，我用尽了全身力气，嘶哑的声音才从嗓子里挤出来，像破旧的风箱。对讲机里的声音异常兴奋："醒了，醒了！"

十五天前，我和另外两名同伴背负使命登上了探索号航天飞船。送行时，我们受到英雄般的礼遇。我记得临行前妈妈对我说："我真为你骄傲，妈妈等你胜利归来。"

结果我们把事情搞砸了。起初，一切均按计划进行，我们丝毫没有感知到危险。如果一切顺利，我们会在安全距离内接近那个陌生的天体，用飞船弹射装置把聚合物液体投射到充满可燃气体的坑洞，引爆坑洞中的可燃气体。由于天体中充满了可燃气体，爆炸引发的连锁反应威力巨大，这个庞然大物将彻底解体，从而化解陌生天体撞击地球的危机。

这项工作并不容易，但我们信心十足。我曾对同伴开玩笑地说，我们此行只不过是去点燃一个大烟花而已。

很不幸，就在我们快要抵达安全距离时，太阳风暴袭击来得悄无声息，地球指挥中心来不及预警，灾难就发生了。

漫天炫目的白光笼罩了整个飞船，紧接着，导航系统失灵，我们在宇宙中失去了方向和位置坐标。飞船遭遇了不寻常的太阳风暴，我们立即向地球指挥中心发出求救信息，同时启动了电磁屏蔽装置。指挥中心并没有传来期待中的好消息，我们乘坐的探索号飞船此时已经偏离预定轨道，导航系统修复失败，弹射装置也无法完成预定的引爆任务了。

在茫茫的宇宙中，飞船成了漂浮在海面上的枯叶。地球指挥中心经过长时间的讨论，提出了解决方案：启动飞船逃离舱，用手动定位方式在临近的空间站着陆。虽然有一定的风险，但生还的概率很大。指挥中心还告知我们，由于引力场的变化，陌生天体正加速飞向地球，再派出第二艘飞船已经来不及了。我们都知道，如果不能及时处置，后果将不堪设想，这个庞然大物将会直接撞向地球，给人类带来巨大灾难。

对我们三个人来说，这应该不是选择题，我们甚至没有讨论便达成了默契——飞船在陌生天体迫降，手动引爆。所有人都知道，这样的选择意味着什么。留给我们的时间不多了，我们紧张地忙碌起来，为迫降做好万全的准备。

由于我对引爆程序非常熟悉，两名同伴决定，为保险起见，迫降时我进入安全舱，由他们来操控飞船着陆。

迫降过程仿佛是一瞬间的事，于我而言却如此漫长。当我醒来时，两名同伴躺在不远处，我艰难地爬出安全舱，拼命呼叫，两名同伴没有任何反应，他们已经失去了生命体征。我在飞船内清点残存的物品，食物存储舱已经严重损毁，通信设施也遭到了破坏。万幸的是，引燃天体所需的聚合物液体在存储罐内完好无损。

我尝试着修复对讲机，当对讲机那头传来地球指挥中心的声音时，我兴奋得大叫。指挥中心得知聚合物液体还在，既兴奋又沉痛。我声音嘶哑，却故作轻松地说道："只不过是去点燃烟花嘛。"

按照指挥中心的建议，我开始在这颗陌生天体上寻找适合的引爆点。每走一步，对我都是巨大的挑战，由于严重脱水，我陷入了昏迷，还好，我又一次被叫醒了。当我睁开眼睛，看到前方不远处坑洞里冒出的白色气体时，我冲着对讲机微弱地说："找到了。"

地球指挥中心不断传来新的信息，和我反复确认手动引爆的操作程序。我忍着身体的剧痛，开始了引爆前的准备工作。

"一切准备就绪！"

对讲机那头却沉默了。

过了一会儿，我听到对讲机那头传来哭泣声。我知道，那是妈妈，他们把妈妈请过来了，让我同妈妈做最后的告别。

"妈妈……"我声音沙哑。

妈妈那温暖的声音通过对讲机传了过来，就如同在我耳边细语："孩子，我为你骄傲！"

"妈妈，您不要悲伤，这是我的责任和使命，也是我的荣耀。"

对讲机里传来倒计时提示音。

我按照既定程序，缓慢移到散出气体的坑洞处，熟练地将引燃液体注入坑洞中。

几分钟后，黑烟从坑洞中升腾起来，陌生天体上空笼罩着刺眼的白光，像极了人们节日里燃放的烟花。

"妈妈，不要悲伤，我只不过是以另一种方式踏上回家的路。"

充气人

王大烨

公元 5023 年，地球环境恶化到顶点，可供人类生存的地域缩小为仅十万平方公里。夜晚时间更长，温度降到了零下五十多度。为了生存，人类不得不减少活动范围，降低自身消耗，最终靠着科技力量发展成了充气人。顾名思义，充气人即通过填充氧气生存的人。他们消除了骨骼，强化了纤维，同时将器官的柔韧性发展到了极限。

人类进化为充气人后，生活经历大为不同：每人每天的活动时间牢牢锁定在了八小时——地球白天的时长仅为十小时左右，八小时后，人类被智能机器人集中排气收集，像衣服一般折叠，挨个叠放在公寓中。用档案袋形容或许更为贴切，一个十平方米的档案袋，便可容纳一百多人居住。充气人在排掉气体后，会被智能机器人注入安眠泡腾片，泡腾片挥发的时间为八个小时。届时，智能机器人通过前期规划好的设定，将人类摊开并完成充气。这样，属于充气人的崭新一天便开始了。

A 是充气时代的人类一员，职业为历史学家。在充气时代，历史学家太过于小众。不过，A 非常满意这份工作：遨游在历史海洋，与先祖同频，这让他感到一丝光荣。A 研究的方向为人类有骨时期，大约集中在公元 3021 年前，那年也是 p4-1 号陨石坠地的时刻。这颗巨大的陨石砸掉了南美洲，冲垮了南极洲。洪水滔天，幸存的人类被迫集中到了喜马拉雅山脉附近。为了生存，人类采用科学家高志勇的方案，吞食了化骨药水，又经过长期而又艰难的与自然环境的生存斗争，终于进化成了充气人的形态。

A 并不满意这场人为的进化，相反，他分外怀念有骨时期。上古时代的中国有个词语，叫作"骨气"，用来形容刚强不屈的人格及操守。可是，充气时代，人类没有了骨头，自然也就不懂何为"骨气"，甚至精神也趋于委顿。从起床时短暂的精神澎湃，到工作完成后的疲乏瘫软，这一天的精神状态，犹如从前人类的一辈子般。而且，充气时代的人类根本见不到夜晚。"那是什么样的呢？"A 不禁感叹道。在他被智能机器人植入安眠泡腾片后，他的生命就暂时息止了。无穷的黑暗迫近，身躯像一张白纸，完全没有了意识。

不过，偶然的一次机会，A 发现了夜晚的奥秘。那一天，负责 A 所在区域的智能机器人出现了故障，喂食 A 的安眠泡腾片剂量比以往少了一点。A 提前醒来了，他的头颅经过折叠，刚好能够看到格子外的世界：没有机器人给他充气，那些智能机器人换掉了呆板的面孔，聚在一起交谈，和人类别无二致。而在近处，则是一排排整齐划一的人类头颅，他们紧闭双眼，等待被唤醒的时间。A 瞬间大悟，智能机器人有了自己的人格。可是，智能机器人为什么不除掉人类呢？在这样的时机下，人类不过是待宰的羔羊罢了。A 还想继续思考，可是折叠状态的他太困太累。A 强撑到充气时间，眼睁睁看着自己的双脚被展开，双手被打开，头颅像螺丝帽一般旋转。智能机器人抬手把他扔到了集装箱中，A 顿时觉得自己才像个机器人。

回到工作状态，A 满脸愁容。他想把这事告诉同事，又怕引起恐慌，说不定同事还会认为他是疯子，是做了个怪梦。可 A 知道，这一切并不是梦，每天清早醒来的酸麻与疼痛，其实是智能机器人的粗暴对待造成的。一个智能机器仆人递来了新鲜的氧气，A 粗暴地拿了过来。他想到了反击，可是目前的状况下，智能机器人似乎更占上风。他们有充足的手段来对付人类，却如此这般隐瞒，似乎是对人类的忍耐。

A 想了很久，最终决定寻找一个不眠的时机，彻底看看在夜晚，智能机器人都在做什么。于是，他开始收集氧气瓶。所谓氧气瓶，就是为防止人类在白天发生意外所提供的瓶装氧气，类似于上古时代的瓶装矿泉水。A 搜集到了足量的氧气瓶后，偷偷躲藏到无人的角落，等待夜幕降临。A 还找来许多棉服，希望自己不会在零下五十多度的夜晚冻死。体内的氧气已经消耗殆尽，A 一瓶一瓶地口灌着氧气，可是令他惊恐的黑暗寒夜并未出现，相反，夜空中出现了极光，而且温度适宜。夜晚竟如此美丽。他躲在角落中，听到空旷的街道传来一阵哨响，紧接着，电子屏幕慢慢展现，灯光也一一打开。很快，智能机器人上街了，街道变得热闹起来，他们欢歌起舞。A 顿时明白了，这是一种妥协，白天属于人类，而夜晚属于机器。但是，依照现在的情景来看，人类才是奴隶：他们在酷热的白天工作，劳动成果却通通交付给了智能机器人。想到这里，A 感到恼火：再怎么说，智能机器人也是人类制造出来的，他们才是奴隶。A 决定明天一早就向人类公布这一切，可是，还未等他起身，一个机器人来到他的跟前。A 抬头，发现是白天向他递茶的那个。A 刚想象白天在公司那样训斥机器人的冒失，可是下一秒，智能机器人面无表情地绕到 A 的身后，打开了他的阀门。氧气开始顺着阀门流失。A 想挣扎，可这时智能机器人拎起他的身躯，旋转头颅，交叉双臂，折叠双腿。在 A 即将失去意识的最后一秒，他看到自己被揉成一团，丢进了垃圾桶。

时光代理人

万　华

1

"我很确定，百分之百确定。"

王抗美信誓旦旦，可这有悖常理，基本上确定王抗美有精神问题。

"那天晚上八点整，我打开收音机，刘兰芳的《岳飞传》第八十三回，讲到三公子岳霖力劈张国乾，被戚继祖缉拿，这是不可能错的。"

"然后呢？"

"你们不信？"

"不，我们当然信，然后呢？"

王抗美伸出纤细的手指，整理了一下那件打着补丁的白衬衫。衬衫很白，看起来并不旧，可衣领上的补丁说明这件衬衫已经有些年头了。

王抗美说："你们看，这件白衬衫就是我二大爷给的，不然在这山高皇帝远的乡下，怎么可能有一件白衬衫呢？"

"确实没有，但这并不代表你真的去过上海，你知道上海有多远吗？"

王抗美没有回答这个问题，接着说："然后他就突然出现在我的跟前。"

"他说什么了？"

"他说，你想去上海不？"

"当时我有点儿蒙圈，我并不认识他，也许他是个骗子。"

"然后呢？"

"我突然想起来，我二大爷就在上海，是当兵去的，有些年头没回过老家了。"

"然后他就把你背到了上海？这怎么可能？！"

"是的，我说过很多遍了，我趴在他的背上，风很大，我根本睁不开眼，大约一顿饭的工夫，也许是我睡着了，或是晕过去了，等我睁开眼就到了上海。"

王抗美很无奈，甚至有点儿急眼。说得这么仔细，这能是瞎编的吗？

王抗美又说："不信你们就去上海问我二大爷，他会给我作证的。"

"好吧，我们相信，现在请你再次郑重地说一下这件事发生的日期。"

王抗美坐正身子，整整衣领，清清嗓子，说："一九八一年二月二十九号。"

2

一九七七年九月，高考恢复，王抗美觉得改变人生的机会来了，他要离开这个小村子，他的目标是去上海读大学，他要做一个科学家。

这一晚，王抗美坐在屋顶，听着刘兰芳的《岳飞传》，盯着天空研究宇宙和时空的奥秘。满天星斗的浩瀚宇宙里一定有其他时空并存，王抗美坚信。

半夜，王抗美沿着梯子下了屋顶，下了梯子转身的时候，一个陌生人突然出现。

也许是两个人，王抗美当时整个人突然就蒙圈了，像是被魔法给定住了一样。

那天晚上，陌生人背着王抗美在天上飞，也不能完全说是在天上飞，就好像在一个圆形的时光隧道里快速移动。后来想想，应该是飞得太快了，万物星辰像流火一样从身边一闪而过，可不就像个万花筒嘛。

王抗美飞到了上海，他在上海玩了三天，见了二大爷，二大爷还给了他一件白衬衫。最后王抗美又趴在陌生人的背上，从那个万花筒里飞了回来。

这件事传开了，王抗美说他从来不撒谎。

"我是一个要考大学的人，我怎么会说谎呢？"

王抗美怕人家不信，还拿出那件白衬衫，甚至让人家去找二大爷对质。

这件事引起了不小的轰动，但大多数人也就一笑了之，顶多以为王抗美精神出了问题。很快，这件事在人们茶余饭后的谈资中渐渐淡化。

时间来到一九八八年二月二十八号，王抗美家里来了两个人，自称是"时空和宇宙科学研究所"的研究员。

王抗美并没有考上大学，也没有研究出时空和宇宙的奥秘，仍旧过着和大多数农民一样的日子，只是时不时还会有人找他问起这件事，大多数是这个报社或者那个杂志社的，临走总会多少给点儿什么，有时是一张粮票，有时是几颗水果。

研究员最终得出结论，这件事是王抗美臆想出来的，因为，这件事发生在一九七七年，当事人并不是王抗美，另外，一九八一年二月并没有二十九号。

3

一九九八年二月二十九号，昨天是农历二月初二"龙抬头"，王抗美特地剃了个头，家里人说他的病不重，劝他不要胡思乱想，尤其不要再撒谎了，不然就送他去精神病院。

王抗美是什么人？他是要考大学的人，是研究宇宙奥秘的人，是不会撒谎的人。这一点儿王抗美十分坚信。

晚上九点多，王抗美快要睡着的时候，窗外突然出现一个陌生人向他招手，王抗美想喊人，可陌生人瞬间就到了床前捂住他的嘴。

陌生人说："还记得我吗？"

借着窗外的月光，王抗美仔细打量，认出了来的正是当年带他去上海的人。

王抗美说："你可把我害惨了，大家都说我精神出了问题，要抓我去精神病院。"

"不，你不是精神病，你是研究时空和宇宙奥秘的人，你应该清楚这一点儿。"

"可他们说一九八一年二月份没有二十九号，他们还说你带我飞去上海是一九七七年。"

"你看，他们都说了我是一九七七年带你飞到上海的，那就证明你说的是真话，只是时空乱了。"陌生人说，"作为本时空的时光代理人，你给二月份增加一天，是一件很轻松的事，难道不是吗？"

"时光代理人？"

"是的，不然我怎么会找到你呢。"

"那今天是几号？"王抗美问。

"今天是二月三十号。"

王抗美笑了，他清楚地记得，今天是二十九号，因为昨天是"龙抬头"，他还剃头了。

王抗美说："二月份没有三十号，也没有二十九号，今天是二十八号。"

此时王抗美的头疼病又犯了，他使劲拍打着脑袋说："不对，今天是二十九号，我也不是时光代理人，你才是。"

一九九八年二月二十八号，王抗美被家人送去了精神病院。

年尾的一天，王抗美的二大爷回家探亲，提起王抗美，说抗美去上海找过他，他当时给了抗美一件白衬衫。

时间是一九八一年二月二十九号。

小说超市

刘晶辉

新开的小说超市门口排着长队。

给我来一个短篇!

给我来一个中篇!

给我来一个长篇!

买家付钱,卖家给货。不论买什么小说,到手都是一颗药丸。短篇是红色的药丸,中篇是蓝色的药丸,长篇是黑色的药丸。篇越长越贵。

短篇吃了,延年益寿。中篇吃了,强身健骨。长篇吃了,美容养颜。

卖家招徕顾客的营销语,层出不穷。不过,即便没有推广,小说超市的生意也不会差。这超市开于若干年后,人类的眼睛、耳朵都已经退化,看书、听书早已不可能。商家与时俱进,研发出吃书的新方法。根据书籍内容,选择合适材料,做成食物,供读者享用。当然,都是新材料,是生活在当下的我们无法想象的。教科书、理论书、工具书卖得慢,小说卖得快。究其原因,彼时的吃小说,有些类似我们现在的抽烟:解乏、解闷、过瘾。

给我来五个短篇!要悬疑的!

给我来一个爱情中篇!我失恋了!

人们高举着手,手中是红色的纸币。彼时,移动支付已被淘汰,人们返璞归真,重新开始用现金支付。当然,现金支付有折扣,也是其流行于彼时的重要原因。

我在后面排着队。我不买小说，我要买煎饼。煎饼吃了胃能饱，小说吃了更饿。买小说的食客，吃完后，神情亢奋，不能自已。不到片刻，重新排到队尾，吃完还想吃。无奈，一天的量是有限的，商家这也是为顾客考虑。无论什么食物，吃过量了，都对身体不好。

终于轮到我了，我把手中的票子举高，在伙计给我拿药丸之前，先说出要买煎饼的话。伙计听完直摇头，说这里只卖小说，不卖煎饼。我不依，质问道，凭什么不卖煎饼？以前不是还兼卖煎饼吗？伙计说，都什么年代了，没人吃煎饼了。那玩意儿，贼埋汰。葱花香菜的，没人喜欢，我们不能为你一个人做煎饼吧？现在，大家都爱吃小说，兴奋、刺激，不同的类型有不同的口味。要不然，先给你来一个悬疑短篇尝尝？算你八折。

我犹豫着问，有更便宜的不？

伙计有些不耐烦，说，还剩下三颗小小说，这玩意儿买的人少，我们进货也少，就剩三颗，进来好几个月了，一直没人买。你想要吗？三颗小小说，只收你一颗短篇的钱。

我摸摸口袋，说，好，便宜就好。

钱货两讫。我握着三个玻璃球大小的紫色药丸，走到人少处。我暗忖：这玩意儿真能吃？

犹豫了一会儿，还是张开嘴，一口把三颗药丸吞下。

好凉。有种吃薄荷糖的感觉。五分钟后，感觉浑身舒坦，精神百倍。又过了十分钟，感觉意犹未尽，饥肠辘辘。于是我再次排队。很快轮到我。我先讲明，这次只买小小说。卖家摇头，他认出了我：刚才告诉你了，只剩三颗。这玩意儿没人买，之前买的顾客都说不好吃。

我说，可否再进些？我喜欢这个味。我愿意出短篇的价格买。

伙计用狐疑的眼神看了我半天，好像在问：你脑子没毛病吧？

我说，我以前是写小小说的，现在写不出来了。多给我进些货，我全要。吃了这个，我才有创作的冲动。

伙计大笑道，好，好！下次我专门给你进 100 颗，不过，钱可不能少。

我点头称谢，自然自然。

三日后，货到。我按照短篇的价格付了钱。伙计高兴，我也高兴。

我把货搬回家，让下人备马，说我要外出。下人备好马，要跟随，被我拒绝了。我骑上马，把一箱药丸固定于马上。走之前，我告诉下人，七日后回来。

这是一匹上等的千里马。我骑上它，日夜兼程。过七条河，翻过七座山，最后，抵达一片茂密的森林。

在森林入口，我把手指放入口中，吹响口哨。很快，从森林深处，走出来几个像野人一样的人。我继续吹哨，这样的人越来越多，他们聚集于我的周围。我把箱子取下，打开，拿出药丸，一一分给他们。一人一颗。很快，100 颗分完了。

这些人以前全是写小小说的。小小说真的太难写了。他们都灵感枯竭，再也写不出来了。为了寻找灵感，他们躲在人迹罕至之处。我的药丸，解救了他们。

自然，他们不差钱，我狠狠赚了一笔。

我上马，欲返回，众人依依不舍。我与他们抱别，竟挤出几颗眼泪。

几天后，我重新来到小说超市，告知伙计我还要小小说。伙计问我这次要多少，我想了想说，1000 颗。

铁轨之上，高空之下

王　越

当我的身体再次迫停在轨道上时，我明白自己真的需要休息了。

别误会，我不是都市传说中的电车妖怪，也不是科技缔造的人工智能——我只是全球数百万名脑驾驶者中的一员。

脑电波驾驶技术在十年前被创造出来，随后凭借高安全度与低成本快速融入全球公共交通领域。科研人员发明该项技术的初衷是通过刺激脑神经来治疗神经类疾病，却意外地发现这种技术另有妙用。只需要该技术支持的脑部感应装置与微电流放大器，原本毫无驾驶经验的人就可以凭借大脑几乎完美地操控任何交通工具。但研究表明只有和我一样的小部分人能适应脑驾驶技术，其中的原理至今仍未被查明。

我常常会想，如果不是在临近高考时被国企招募成为济南新开通的地铁 8号线的脑驾驶员，我的人生会是怎样的？会去学自己喜欢的历史吗？会按照家长的安排成为工程师吗？会遇到本以为将陪伴我一生现在却要离我而去的女朋友吗？

回过神时，我已经到达了站点。一个白点出现在我面前，从白点中涌出的强烈白光将我淹没。退出脑链接的我摘下头盔，看到了一脸严肃的部长。

"这已经是你今天第二次停驶了。休息一下吧，我给你放三天假……别因为感情上的事影响了工作。"

"谢谢。"

我平静地点点头，离开驾驶室来到停车场，启动自己的车，向与她约好的倒数第二次约会的地点——绿地中心开去。我给地铁公司带来的经济效益与流量足以令我拥有些许特权。

脑驾驶的感觉和普通驾驶完全不同。在脑驾驶地铁时，我似乎成为地铁本身。我呼啸而过，感受着身下铁轨坚实的触感，心无旁骛地向着目的地驶去。我热爱这种脚踏实地的感觉：自己不再是疲于奔命的人类，而是一个由金属身躯和燃油血液组成的拥有唯一目标的生命个体。

绿地中心是济南最高的大楼，也是一处网红景点：因其独特的外形被众多网友称为"济南之根"。我走进大楼，坐上去往顶层的电梯，进入了号称可"俯瞰济南"的饭店，这家店以高品质和高消费的鲁菜闻名泉城。

她坐在靠窗座位的一侧向我挥了挥手。我坐到她旁边，并努力地阻止自己的双腿因恐高而颤抖。

"扑哧，"她笑出了声，"别装了，我能看出来。"

"你把地址选在这里是不是故意的？"我有些恼怒地说。

"没有，你知道的，我喜欢高处。"她摇了摇头回道。

我当然知道。就好像我喜欢地面与轨道一样，身为客机脑驾驶员的她如同我热爱大地一般热爱天空。

短暂交谈过后，我们开始吃饭。我对着蒙山烤乳鸽大快朵颐，她则不停筷地吃着烹鳝鱼。这期间我们一句话也没有说，仿佛我们不是在约会，而是在参加某人的葬礼。

"吃完了。"我放下筷子说。

"嗯，吃完了。"她附和着，转头看向身旁的天空。我曾经很喜欢她这个动作，可以展现出她美丽无瑕的侧颜，好像传说中引发特洛伊战争的海伦。可现在的我却因此感到了一丝烦闷。

也许她是对的，我们之间已经没有爱情，我也只是因为习惯了她而心生不舍。

"那我走啦。我明天要飞成都,一周后见。"她拿起餐巾擦了擦嘴,拎起提包头也不回地走出了店门。她走后,我不敢在济南最高的楼层再多待一秒,灰溜溜地下楼开车回到了自己家中。

汽车在楼下熄火。下车后的我将头低下,开始想些与她相关的事。

我与她通过同事的介绍相识,因为意外的投缘发展成了情侣。刚开始我们都被对方身上与自己不同的特质吸引,愿意抛弃成见尝试新鲜事物:她带我去方特游乐园坐跳楼机,我带她去天桥区的低洼集市吃麻辣烫……可随着时间的推移,我们的分歧越来越大,就连发呆时的动作都能引起双方的争执:我喜欢盯着地面思考现在,她则更爱看着天空畅想未来。

我们的关系越来越差,终于到了要分手的地步。我们决定在分手前再进行两次约会:倒数第二次由她主导,最后一次则由我来安排。

我曾向一位学心理学的朋友咨询我们的感情。可他知道我们都是脑驾驶者后表示自己无能为力。

"最新研究表明,脑驾驶者在恋爱中分泌的激素与他人不同,这导致他们只会选择同样是脑驾驶者的人作为伴侣,且性质相差越大越好。可热恋期一过,他们的激素水平就会呈断崖式下跌,并最终导致分手。"

"那最初的悸动只是错觉吗?我该怎么面对这段感情?"

"你可以把它当作一个童话:鼹鼠与海鸥相恋了。你要知道,鼹鼠不会为了海鸥插上翅膀,海鸥也不会为了鼹鼠学会打洞。"朋友推了推眼镜说道。

我将最后一次约会地点选在了英雄山的市场。我们在街边的苍蝇馆子坐下,先用茶水烫洗过一次性餐具后,等待着微辣口味的涮肚与酸菜鱼。

在等待的过程中,我坐到她身边握住了她的手。她没有挣扎。

"其实我们可以继续在一起。"我说,"鼹鼠也可以学习飞翔,有爪子的海鸥未必不能挖洞。"

我知道她能听懂,所以在说完后静静地等待着她的回答。她将头仰起,沉默了一会儿后眨了眨眼睛。

"可以，但我们都不会这么做，不是吗？"

我也陷入了沉默，并在最后缓慢地一点一顿地点了点头。

于是我和她分手了，再次恢复单身。我驾驶的地铁再也没出现过异常，只是我偶尔还会想起玩升降机时她在我身旁大笑的神态。

按照朋友的建议，我将鼹鼠与海鸥的相遇当作一场美妙的故事珍藏在记忆深处。

一个月后，她嫁给了一艘大型豪华邮轮的脑驾驶者。

河流森林

极　超

一

星球的影像在梁昂视野中不断放大。那流光溢彩的表面似乎掺杂着荧光碎晶，在宇宙中都能看见炫光上下翻腾，颇为诱人。

飞船不断变轨，最终于一条稳定的轨道开始环球旋转，登陆舱被抛掷而出。梁昂身处其中，望向窗外，感觉自己似乎准备沉入梦境的海洋。

登陆舱平稳落地，梁昂把装备佩戴整齐，踏上新星球。

那是一片一望无际的河流森林。各色光芒成旋成簇，在树干间流动。树没有固定的根，浮浮沉沉于水晶般的大河上，随着光的水流飘向未知的远方。水流的每个分子似乎都包含着一串彩灯，折射出五彩的光芒。每棵树的树枝尖端挂着许许多多气球大小的水囊，内部也有光华流动。

梁昂被这眼前的璀璨深深震撼了，但他没有忘记这次外星考察的任务。他摘下几个光水球，又使用取样器在光的河流中取出部分胶状物，放进了自己的取样包中，带回地球。

二

梁昂将防护服穿戴整齐，小心翼翼地端出取样盒。

盒盖掀开，尽管梁昂戴着防毒面具，但一股奇香狂暴地钻进鼻腔。梁昂唾液腺瞬间开始分泌液体。望着那一团光彩夺目的外星凝胶，梁昂吞了口口水，望向在实验室旁闲庭信步的牛，小心地取出小拇指大小的一团，放在草地上。

那头牛好奇地踱步而来，将草与光胶一并吞下。

牛的身体微微一颤，然后回归正常。

梁昂抽取牛的血液，发现一切指标都在正常范围之内。牛的行为也没有任何不同。

梁昂进一步实验。最终，他咬咬牙，将光胶放入自己口中。

三

光胶拥有难以想象的美味，仿佛是来自天堂之珍馐。

那光辉内蕴的果冻般的胶体，仅需一点点放入口中，你立刻就会感到一股暖流顺着喉道淌入胸腹。接着就是整个口腔的味蕾盛宴，一股愉悦洪水般涌至全身。你长长地舒一口气，一束彩光会从你的口中绽出。

这胶体仅需一小勺，就会产生很强的饱腹效果。但梁昂带回来的光胶毕竟有限。擅长吃的人们突然发现，把这些胶体喂给牛，牛在反刍之时，会吐出大量的光胶。

牛不再拿来产奶，全部成了光胶的生产机器。光胶在牛的瘤胃中体量惊人地变大，牛则吃完就吐，吐完再吃。草地上原本大团大团影响美观的牛粪，都被吐出的炫彩代替，夜晚的草原甚至比天空的星海更加壮观。

光胶逐渐成为风靡世界的美食，成为世界各地主食的替代品，餐桌的必需物。不用进行任何烹饪调味，就这么简简单单地放入口中，就是如此地美味。它每一缕滋味都恰到好处。无论你先前喜好何物，它总能紧密相辅你的味蕾。任何的修饰，似乎都会破坏它的光芒。

四

梁昂最近常常干呕。这反胃感毫无规律地袭来，莫名其妙地消失，让他烦躁不堪。他蹲坐在马桶前，将手指伸入舌根，用力按压。干呕之声在狭小的卫生间冲撞，像是要把一生的食物全部喷出。最终，梁昂望着马桶里清澈的水，抚摸着自己消瘦的面庞，颓唐地瘫坐在地上。

梁昂虽然越来越虚弱，但他越来越喜欢吃光胶。他看着实验室旁边的牛又吐出一串光胶的瀑布，急乱地走上前，用手挖起，连着手放入嘴中。疯狂地吸吮，连指甲缝里的残留都被吸食得干干净净。

梁昂突然毫无征兆地跪倒在地，全身的毛孔都迸发出耀眼的流光，呻吟几声后，一大股光胶从他的后部奔涌而出，形成了一片光的水洼。他圆滚的肚皮缓缓瘪下，他趴在地上剧烈地颤抖。梁昂瞪大双眼，在临死前他艰难地把手够到身后，将蘸了光胶的手再次放入嘴中。路人见状，如狗般在水洼旁趴下，开始舔食璀璨。

五

没有人下达停止进食光胶的命令。他们在进食光胶的间隙为不知自己何时死亡而悲，享用之时又兴奋地大快朵颐。

光胶工人驾驶着油罐车改装的运输车来到工业化的光胶工厂。牛将光胶吐在传送槽中，用直径半米的管子灌入罐中。总有人从传送槽跳入油罐车，总是在被送上餐桌时才发现几丛毛发。不过人们一般不会介意，毕竟每个人都仰头对着光胶的水龙头，一边计算自己的死期，一边望眼欲穿地等待。那些跳进运输车的人常常堵住管道，不过有人负责把他们捞出。他们总是把窒息的光胶人带到一边，仔仔细细地把他们身上的光胶刮下，幸福地吞入喉中。

黄河上的一艘光胶船侧翻，河道排起了炫彩的浪。光胶还没来得及冲入海中，就已经被岸上的人哄抢而光。

六

几乎是同一时刻，地球上的所有人类都张开大口，包裹着光胶的水囊冲出口腔，撕烂了嘴角。血和光胶相互交融，似乎是红色的圣光。光胶在地上开始聚合，愈长愈高，成了一棵棵树，水囊长在其上。光胶从人类与外界相连的通道弥漫而出，一股股小流交汇相融。它们流过街道，穿过房间，裹挟着人们的痛苦，拍起美丽的浪花。光胶的大河生机勃勃地涌向地球每一个角落。

那是一片一望无际的河流森林。各色光芒成旋成簇，在树干间流动。树没有固定的根，浮浮沉沉于水晶般的大河上，随着光的水流飘向未知的远方。水流的每个分子似乎都包含着一串彩灯，折射出五彩光芒。每棵树的树枝尖端挂着许许多多气球大小的水囊，内部也有光华流动。

地球那流光溢彩的表面似乎掺杂着荧光染料，在宇宙中都能看见炫光在上下翻腾，颇为诱人。

机器工人

黄超鹏

"机器的效率可比人类高多了，特别是做这种机械流水化工作。而且就算发生意外也不用担心工伤赔偿，断了手断了腿的机器人，修一修就可以返岗了，实在是妙啊！"一家自动化工厂的老板盯着车间监控画面，满意地对身边的负责人说道。

负责人点点头，附和道："确实，用机器人替代人工，节省了很多成本和时间。"

老板问："有没有办法再提高下机器人干活儿的效率？我听说，可以在机器人的系统内植入自我学习的模块，跟人类一样思考学习，就能产生新的技能。"

负责人轻皱眉头，说："依据现在的算法，确实可以让机器人自主学习，通过网络大数据，机器人自行抓取分析有用的知识，不断提升自身能力，从而实现机器人的自我升级和换代。不过……"

"不过什么？你是担心机器人学习后会比你聪明吗？放心，就算真是这样，我也不会炒你鱿鱼。"老板笑着说。

"科学家们担心如果放任机器人自主学习，很有可能在短时间内，人工智能就会超越人类智慧本身，带来意想不到的后果，有可能好，也有可能打开潘多拉盒子，带来无穷后患，甚至威胁到人类生存……"负责人解释道。

"换一个思路。"老板点燃雪茄，脸上露出狡黠的神色，打断了负责人的话，"我们可以不让机器人联网，把它们都关在车间里，只接触必要的生产知识，让它们只能改进工艺提高产量，总不会有问题吧。"负责人陷入沉思。

"事成之后，我给你加三倍工资！"老板许诺道。

重赏之下，负责人动心了，决定试一试。很快，工厂里所有的机器人都植入了自主学习模块。效果竟然超出老板的预期，机器人的自学能力超强，不到一个星期，产品的质量和数量就有了显著提升。老板前来工厂视察，十分满意。

负责人尴尬地站在旁边，接受完老板的表扬后，他忐忑地汇报道："还有个事要跟老板您说下，厂里的机器人有了自主意识后，确实变聪明了。它们还要求跟其他工人一样，每月领取工资，水平不低于人类工人。"

"开玩笑！机器人要什么工资？它们是从哪里学的？不是全封闭管理吗？它们怎么知道工资这回事的？"

"我检查过，应该是两个值班的人类工人，在闲聊时的谈话内容被机器人听到，它们自主学习，所以……"

"原来如此！"老板明白了，想了下，命令道，"以后车间里不再安排两个人类工人同时值班，一次只安排一人。至于机器人的要求嘛，满足它们，就麻烦你每月多做几份报表，弄些数字给机器人瞧瞧。反正机器人用不着钱，不会穿帮。"

负责人只好照办，机器人毕竟单纯，很容易就蒙混过关了。

一个月后，老板又来工厂视察。负责人报告道："又出了个问题。这回机器人要求领加班费！"

"加班费？它们从哪里学的？"

"是有个人类员工上班时自言自语，抱怨临时加班的加班费太低，让机器人们听了去。"

"可恶！"老板有点儿生气，吩咐在报表上多加一栏加班费，欺骗机器人。老板说："从今往后，禁止任何人在车间里和机器人说话，自说自话都不行，谁不闭嘴，我就让他滚蛋。"

新举措实施几天后，老板就接到负责人的电话。在电话里，负责人说："老板，大事不妙，厂里的机器人罢工了！"

"出故障了吗？"

"不是，机器人反馈说它们也要有休息时间，要有午休、午餐、晚餐、一星期休息两天等福利，不然他们不开工！"

"真是笑话！机器人需要吃饭睡觉吗？有双休也没用处啊！是谁告诉它们这些的？"老板问。

负责人如实回答："没人说，是机器人看到人类工人吃饭休假，自己领悟出来的。它们还说，如果不答应要求，下一步就成立工会，将停工坚持到底。"

"休息是不可能的！"老板气呼呼地说，"你等着，我现在马上过去，我要进车间，亲自和那些机器工人聊聊，劝它们打消念头！"

"你千万别去车间，老板！"

"为什么？"

"它们现在还不知道有老板，一直以为我们和它们一样都是普通工人，没有等级。万一让它们知道您的身份，自主学习了过去，全部摆起老板的架子，那不都骑到我的头上了，谁还去干活儿呢？"负责人说。

第六辑

星星落在我头上

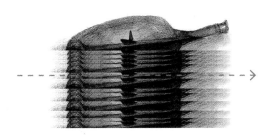

星星落在我头上

姬中宪

　　周末早晨乘地铁，满车厢都是带孩子去上辅导班的爸爸妈妈，以妈妈居多。我也差不多，我是去给孩子们上课的老师。地铁走走停停，每一站都补充进一些新上地铁的孩子，孩子们互相并不认识，但他们会悄悄对一下眼神，眼神里有"大家都是自己人"的意思。"或早或晚，这些孩子中的某一些将会落到我手里。"我把这句话记在手机备忘录里。爸爸妈妈们一落座就开始玩手机，但这并不影响他们监视孩子。孩子如果坐姿不标准，维他奶洒在衣服上，或者没有在座位上摊开书本认真预习今天的功课，爸爸妈妈们都能看得到。他们常常会发出一句简短的指令，然后眼睛又重新回到手机屏幕上。

　　地铁进站，上来一对母女。女儿一进来就放倒她的拉杆书包，想坐在书包上。在她看来坐在自己的书包上乘地铁是一件很好玩的事，然而这想法立刻被她妈妈否决了。她妈妈走到我面前，用那种"你占了我座位"的语气对我说："你能往那边坐坐吗？"我往右边挪了一下屁股，空出左边两个空座。那妈妈拉着女儿坐进去，妈妈坐在我刚才的座位上。我有点儿不好意思，担心那座位被我焐得过于温热。她的女儿把拉杆书包立在身前，说："可是我上次去夏令营时就是坐在书包上啊。"妈妈掏出手机，点开一部剧，说："所以坐坏了呀！给你带的早餐也被你屁股坐烂了呀！""我希望那些落到我手里的孩子仍然有一些孩子的模样，而不是早早变成他们爹妈的嘴脸。"我把这句话写在手机备忘录上。女儿偎在妈妈身上，两臂搂住妈妈的脖子，不断地往下扳，并且扯她一侧的头发。妈妈惦记着剧情，任由女儿把她的身子掰弯。女儿闹腾了一会儿，停了下来，盯着妈妈的脸看。在女儿的贴身注视下，那个妈妈一边追剧，一边把刚掏出来的耳屎一粒粒摘尽，捻碎在大腿、坤包和地铁车厢地板上。

地铁又到了一站，一个年轻女孩把屁股小心地嵌进我和右边乘客之间。为了给这个新加盟的屁股多一点儿空间，我往左边挪了一下，但我不敢靠那个妈妈太近，我怕耳屎落在我的脚面上。每摘出一粒，她都要拿到眼前看一眼，先检查一下形状才捻碎。女儿继续注视着妈妈，但她关注的不是妈妈的动作，而是妈妈做这些动作时的表情、眼神，以及只有亲生女儿才看得出的更隐蔽、更实质的一些东西。当她掏净右耳，开始改掏左耳时，她就把手机换到右手，腾出左手来掏。从理论上讲，左右耳应该蕴藏着大体等量的耳屎，但实际中摘出的每一粒耳屎形状都是不一样的，所以她仍然坚持每一粒都先检查一下形状再捻碎。我右侧的女孩有着健康的腮红，睫毛难辨真假，当她低头对着手机屏幕笑时，脸上浮出两团圆润的肉。我是通过车厢对面的玻璃窗看到这一切的。我抬头看她的时候，她刚好也看到了我，我们俩像是大屏幕上的男女主角，一看就知道即将要发生一点故事的那种。另外，我与她是这节车厢里仅有没带孩子的两个人，她虽然没带孩子，但右手戴了一个硕大的银色戒指，戴在无名指上。我以前多次查过女孩各个手指戴戒指的含义，并努力地背过它们，可事到临头却总记不清，我正打算再上网搜一搜，才惊觉那其实不是戒指，而是贴在手机背面的指环扣，套在指头上，免得手机滑落。"妈妈，满天密密麻麻的星星啊，我们地球离它们那么远，可是，"女儿问妈妈，"星星们之间离得很近很近吧？"我心里想：不，不，孩子，星星和星星之间的距离，要远远超过我们和星星的距离，宇宙在膨胀，以加速度膨胀，越是遥远的事物，就在以越快的速度远离我们。妈妈说："星星？哪来的星星？"她继续看剧，同时掏着耳屎。拍出一部能边掏耳屎边看的剧，是当代影视工作者们神圣的职责。

我后来斗胆要到了右边女孩的微信号。"等我拿到下一部新手机我就加你。"我向她发誓。她皱眉表示不太理解："怎么你为了加我要专门买一部手机吗？"

我说你这样理解也未尝不可。她说："要加为什么不能现在就加？或者在你买新手机之前，我先加你？"我说不，不可以，你现在加我的话，加的人其实不是我。"不是你是谁？那你又是谁？"她问我。初次见面我们就把天聊得这么玄奥，有点儿不太礼貌——当然这是后话。"她松开左手大小拇指，捻碎的耳屎落在她自己的裤子上，裤子上印着一个个剥开的豆荚的图案……"我继续在手机上记录着。"一个个剥开的豆荚……你，你，你在写我的裤子吗？"那个妈妈偷瞄我的手机。我想熄掉手机屏幕，可已经来不及了。"捻碎的耳屎……你说谁呢？谁挖耳屎了？"她站起来，抖落上衣、裤子和包包上的粉末状物质，高高在上地质问我。她现在正双脚踩在自己的耳屎上啊。"你还在写？你又在写什么？你不要写了！"她动手拉我的手，我躲开她时碰到了右侧女孩的身体，我们都站起身来，那个带拉杆书包的女儿也站起来，看着她妈妈追着我喊："你别走，你让我看看你还写了什么……或早或晚，这些孩子……会落到我手里——天哪，不得了啊，大家快看看这个人啊，我们的孩子迟早会落到他手里，快抓住这个坏人啊！"她把我逼到车厢门旁边的角落里，上下打量着我，发现我并无什么可取之处后，突然伸手夺我的手机。"把你手机给我，这件事我们就算了了。"她低声说，同时示意我看她身后的爸爸妈妈们——这道理我懂，我在华清池遇到过一个游客，因为被西安当地的一只蜜蜂蜇了，就投诉景区管委会，要求报销来回机票。"大家都来看啊，他在写我们！"爸爸妈妈们都离开座位，僵尸一样向我围拢过来。"不，我就不给你。"我和她同时紧握着我的手机，我说："我不给你，是因为我还没写完，我希望我给到你的是关于你的一段相对完整的描写。"一想到我是免费来回的，我就原谅了那只蜜蜂。

车又到站了，右侧女孩下了车。我松了手，手机落到那个妈妈的手心里，她和其他爸爸妈妈们一时愣在那里，不明白事情为什么突然就结束了。然后，在他们眼睁睁的注视下，我的手机屏幕黑了下去。这时候关门警报响了，我赶在车门关上前的一瞬间钻了出去。现在，我和那些爸爸妈妈隔着一道玻璃门，我看到他们簇拥着我的手机，像簇拥着一个意外降临的陌生婴儿一样，眼里含着熟练的爱意，以及受人之托，想要为它的一生负责，然而又不知如何处置它的焦虑。站台上的乘务人员还在挥舞小旗，地铁迟迟不开，让我有足够的时间拿手指蘸口水在玻璃门上画出一个图形，告诉他们解锁密码。

　　地铁开走了，载着那些家长、孩子以及此刻已经不属于我的手机，越开越远。"我本来不在这一站下车的，受不了你们拉拉扯扯才下的。"女孩说。"我本来也不在这一站下车。"我说，"看你在这一站下我才下的。"后来我终于加上了这个女孩的微信。我给她发的第一条消息就有些玄奥。我说，离我们越远的事物，就以越快的速度远离我们，星星如此，人也一样。

江南聊斋二题

谢志强

杂货铺子

阿根挑担下山，一头挑兽皮，一头挑山货。多少年来，都是城里来人收购。可是，老娘、妻子、女儿都鼓励着让他亲自下一趟山。他怀里揣着一张购物清单，估计上山与下山挑的重量会差不多。

果然，山货的卖价比城里来人的收购价要高出许多。山货很快出手，他按着清单询问，有人指点，清单所列的物品，有一家杂货铺子里都有。节省了精力和时间。

店主说：你算找对地方了，单子上列出的东西，我这全有，一样不缺。

阿根东张西望，看得眼花缭乱，就想：这个我娘一定有用，那个老婆肯定喜欢，这个女儿当然稀罕，而这些东西没写在清单上边。她们怎么想象得到，外边的世界还有这些东西？而清单上列的东西，也不过是城里进山收购山里物产的人，以货易货，加上偶尔针对性地提到一点儿，星星点点，就组成了城里的东西，但杂货铺子里很多东西没被提到过，这么多品种人家怎么说得过来呢？

店主陪着阿根，阿根的目光停留在一样东西上，店主就趁机介绍，怎么用，谁来用，店主也有意推荐女人喜欢的用品，扩大了清单的内容。

阿根说：谁想得这么周到？要是都买上，你这个杂货铺子得搬上山了。

店主说：你这根扁担可挑不动。

阿根停在一面圆镜前，椭圆形的镜子，他对镜子里的人笑，镜子里的人同时也对他笑。他知道，镜子里的人就是他。他以前在山泉、溪水里看见过自己的面影，但镜子里的他，连头发、皱纹也特别清晰。

店主说：这是镜子，我这铺子里的镜子，照啥是啥，不走样，不变形。

阿根让开，发现货架上的物品也进了镜子，镜子的内外，形状、颜色都一模一样，好像存在重样的一个店铺。

店主用一块绒布擦拭了一下镜子，递到阿根的手里。

阿根估算出镜子所照东西的重量，像接一堆重物一样，摆出架势，可是，双手接了镜子，疑惑地说：怎么这么轻？

店主说：好移动，你老娘也可以轻易地拿起照一照。

阿根拿着镜子，在铺子的货物间走了一遭，所到之处，他都将镜子对着货物，观察镜里镜外的东西是不是一致。

店主又招呼上另外一个客人。

阿根让镜子不但照了清单所列的东西，而且照了他认为家中的女人们一定喜爱的东西。然后，对着镜子，用袖子擦了一下镜面，就得意地笑了。镜子里的他也对镜子外的他得意地笑，好像双方很默契。

店主微笑着送走了那个客人，转身，微笑地说：都看好选定了吗？

阿根用袖子擦一擦镜面，像是关上一个箱子的盖子，已咬准了新鲜的名词，说：就要这面……镜子。

店主提醒他：那个清单上的东西怎么说？

阿根说：上山的路难走，那么多东西很重，有这面镜子就够了。

店主似乎有些失望，还是赔了笑脸：你走好，下回再来。

镜子装在一个布袋里，扁担可当拐杖。走上山，脚生风。那个杂货铺子，那么多东西，尽在一面镜子里，仿佛他背着一个杂货铺子，应当重，却如此轻，要啥有啥。他模仿起城里人的吆喝，现学现卖，自得其乐。

他想象，老娘、妻子、女儿（三个如仙女的女儿），托他买的东西都有了，没提到的东西也带回了——还是亲眼看见、意外喜欢的东西，尽可以在镜子里各取所需。花小钱，办大事。我成杂货铺的掌柜了。他竟说出了声。

阿根小时候，奶奶曾讲过类似魔镜的故事，许个愿，镜中显，也是要啥有啥，那个魔镜竟然城里有，还那么便宜。不过，奶奶用的不是"镜子"这个词。反正指的都是能照见和容纳东西的物件。

阿根嗓子不好（他为女儿骄傲，女儿的嗓子，一唱起歌，像山泉流淌），却哼起了山歌。一阵清凉的山风吹来，山林喧哗，鸟儿叽喳。他突然停唱，回头望向蜿蜒的山路，担心店主发现镜子的奥妙——杂货铺子里空了，就会追赶上来。

洁白的羽毛

崎岖的山道上，如蚂蚁般的民工吃力地背着石头，石头仿佛长了脚，慢慢地挪动。时不时响起佩刀士兵的催促：快，快！陡峭的山脊，垒砌起的长城的墙体，像卧在山顶上的巨型蟒蛇，望上去，衬着蓝天，蟒蛇似乎微微摆动。

突然，一朵白云飘过来，在长城上稍稍停留，沿着山坡降下来。起初，有的民工以为是棉花垛。

白云飘过民工的头顶，有棱有角的石头好像罩上了白色的轻纱，留下发亮而又湿润的痕迹。仿佛密集的民工穿过乳白的雾气一样。长脚的石头往上挪，神秘的白云往下飘。

过了半山腰，白云似乎消耗殆尽，渐渐淡，渐渐小，消失在山脚下挑泥沙的民工队伍中。

白云自上而下过了一遍，似乎给山道上的民工注入了力气，石头、担子，移动得轻快起来。

佩刀的士兵还是头一回看见这种情景：压在民工背上的石头明显轻盈了，好像背着一包棉花，而且民工的表情也反映出石头的轻，步子也传达出石头的轻。

带兵的官员琢磨不出到底发生了什么奇迹，他发出歇息的命令。

民工轻松地卸下背上偌大的石头，也一脸疑惑。

那个官员问：石头怎么突然轻了呢？轻得像那羽毛一般，你们长翅膀了？挑担子像扇动翅膀那样。

一位年长的民工说：老天爷体恤我们的苦累呀。

一个年轻的民工，像孩子发现有趣的东西那样喊起来：爹，你的背上长羽毛了！

年长的民工接过年轻的民工手里的一支羽毛，说：是你从老家带来的吧？这里不是玩的地方。

仿佛是个提示，一到山道上，坐着和站着的民工都惊奇地叫。每个人背上都有一支羽毛，好像谁发放的一个标记。

洁白的羽毛，在风中微微抖动。有人猜是鸡毛，最后，还是权威发言，一个家在南方、养过鸽子的青年民工说：这是鸽子的羽毛，还是白鸽。

士兵和民工望一望天空，骄阳，蓝天，没有一丝云，也没有一只鸟。

官员发令：背石上山。

民工惊奇，石头在地上，恢复了石头的沉重，可是，石头在背上，转变成羽毛的轻逸——毫不费劲，似乎那一支羽毛在承担着石头的重量。

造长城的进程加快了。可是，那个官员还是认为有蹊跷，他弄不懂白云和羽毛的关系；但是，民工背起的石头都轻飘飘了，轻飘飘的石头筑起长城，幻觉中，他仰望的长城仿佛随时可能像巨龙一样腾飞起来，那么，最后还得追究到他的头上。

是吉是凶？那个官员暗自一喜，此段修筑长城发生的奇迹，禀告皇上，必定有重赏。退一步说，即使有了灾祸，责任也不在他了，他上报及时呀。

十万火急，快马传报。很快有了急函：秦始皇大为惊恐，因为一支小小的羽毛，竟有那么大的力量？绵延的长城修筑工地，纷纷传来民工的怨愤，有造反的迹象。

皇上发旨：搜集起所有民工特有的羽毛，扎起，速送，甄别。

那个官员立刻让军队封锁了所管辖的那一段长城，所有的民工不能内出，也不准外进。然后，要求民工交出羽毛，交不出或不交者，斩首。

羽毛与民工的数量相等。所有的羽毛都集中起来了，那一堆蓬松的羽毛，出现了骚动，跃跃欲飞。

那个官员手把战刀，命令士兵把羽毛用一块土布包裹好，准备快马送达皇宫——他要亲自押送。

突然，羽毛仿佛感到恐惧和威胁，收缩，聚拢，渐渐缩小，渐渐紧密。

还没等士兵去捧，一朵白云在他们中间飘升起来。

周围的民工仰望，一朵白云腾空而起，跟飘来的那朵白云相似。

士兵们持刀追出来时，白云已高高在上了。士兵不敢追，因为，白云下边是悬崖峭壁。

众人都说：那白云，形似一只白鸽。那个在家乡养过鸽子的青年民工说：我听见了鸽子扇动翅膀的声音，很有力，可能是我家乡的鸽子来传递什么消息了。

狼外婆

高晋旭

老太太，我悔不当初呀，不该吃了你。

自从我冒充你以后，我每天乔装打扮，特别是要藏好我的大尾巴，恐怕在你家小红帽面前露出破绽。小红帽竟然毫无察觉。为此，我常常沾沾自喜。

每天做了早餐，我先不吃，一定要精心选好角度，拍照发一条朋友圈动态，还要加上一句：唯有美食不可辜负。我当初趴在窗户上看到你就是这么做的。发完以后，底下紧接着是小红帽点的赞、女儿点的赞、女婿点的赞，隔壁的三只小猪也常常点赞。嘻嘻。

晴空万里，云卷云舒。我采一些院子里的鲜花，照一张小屋和秋千的照片，更新到朋友圈。你以前也总在院子里照啊照的。刚发出去，立马有人点赞。在这样一个大家庭里，多好啊！

开心之余，我去修剪了花草。对了，草坪是要维护的，不然要处罚金。"可怜的老太婆，我哪有钱呀！"这是你常说的，我现在体会到了。我推着割草机一遍遍地刮。说实在的，你家的草坪可真大啊！真是累坏我了，四条腿忙到打结。有几次我累得打瞌睡，差点儿送了小命。割草机还时不时坏掉——那个推手老是掉，该投诉割草机公司的呀！打完草，捶腰发朋友圈晒图，看到下面光是一溜儿点赞和竖大拇指的，没一个来搭把手，你的外孙女小红帽也没来呀。

那天下了场雨，屋顶漏了。我在家庭群里发了这条信息。他们集体沉默了一会儿，接着叮咚叮咚发了一串红包，都说太忙了，让我自己请人来修。我收了红包心想，若是风大把屋顶吹飞了，我还得找隔壁的三只小猪借房子住呢。

冬天呀，冻得我哟！幸好我以前来你家踩点时，见过你在院子里劈柴，我就去你那小屋子里拿柴了，一天烧一点儿。点着火炉，围上斗篷，就剩尾巴露在外面。我知道，我也不用装了，天知道谁会来看你这个孤老婆子。点了木柴，屋里总还算暖和，保住了我的狼命。我还烧了热水。这么多柴，都是你一个人劈的，真是不容易呀！早知道我有一天要用到这些柴火，当时应该跳进来帮你的。不过，估计我那会儿跳进来，你们谁也不会放过我的，你会拿刀和我拼命吧？现在看来，是我赢了，我正在享受胜利的果实呢。

可眼下，我并不觉得有多么幸福。

天好时，我做了鲜花饼、蔬菜饼，还烤了他们心爱的糕点，特意包好。老太太，我要去城里，去见你的外孙女小红帽和她的父母。他们总给我点赞、评论，我期待着见他们一面，可他们一直没来看过你呢，是吧？罢了，他们不来，我去也行，替你去看看。

拥挤的城市里到处是人，小孩子手里都有枪，可吓破了我的胆。我夹着尾巴小心翼翼地穿街过巷，按照你那旧本子上的地址找到了他们家。我身上裹着沙发巾，两脚都是泥，扛着大筐小包，站在高楼下直犯晕。我以前没坐过车，来城里的时候坐了一次，有些犯恶心。我在他们家楼下等了很久，在墙根下睡着了。

突然，听见有人喊："外婆！"是小红帽一家回来了。你女儿说："怎么上来也不打个招呼？好去接您。"你女儿说完就和你女婿一起撅着屁股上楼了，只有你的小红帽扶着我上楼梯，问东问西，像个小问号，挺可爱的。

她说："外婆，累不累啊？外婆，你的嘴怎么变大了啊？外婆，你的耳朵怎么变长了呢？还有你的牙齿，好大呀。"

"呃呃，这个……这个……"我也不知道是紧张还是激动，竟然摇起了尾巴。我吓了一跳，赶紧夹住尾巴。突然想起来，我是一只狼呀，我怎么来这儿了呢？

进了屋，他们各忙各的，都没时间看我一眼。我帮着你女儿收拾了下卫生，其他也没什么好干的，就不添麻烦了，没有吃饭就回来了。

老太太，你说得对，还是自己家好。

还有，在你微信上，有个叫"爱像一阵风"的，说的话像电影台词，说得我高兴得尾巴都甩来甩去。我是挺喜欢他的，还捕了只兔子送给他。我看了你和他的聊天记录，有一条你写道："爱情都是杜撰的。"你说，我这是不是上当了呢？其实，我在想，生活才是杜撰的呢。

快递员一来，我的尾巴总想摇。你说，我是不是守在你家的时间长了，怎么觉得自己像一条狗了？

我寻思，是不是该走了？

马和格南

李浩然

我的一个朋友，叫马格南。有一天，他走在街上，被一块不知从哪里飞来的铁板击中，将他的脑袋一分为二。上面半颗脑袋眼睁睁看着自己坐在铁板上，像是御剑飞行；下面半个脑袋张大了嘴巴，一路呼喊，跟随身躯跑出几百米，撞在墙上，停了下来。从此，马格南和他的大脑天各一方，或者说，这个世界上突然又多出了一个马格南，他们一个拥有马格南的头脑，一个拥有其他部位。这令我有段时间甚为疑惑，真搞不清楚哪个马格南才是我的朋友。

为了方便叙述，我将马格南的上面半个脑袋和其余部位分别称呼为马和格南。

先说格南吧，毕竟他是马格南的主要构成部分。格南感觉自己的生活失去了色彩和意义，他很痛苦。幸运的是，这种痛苦很短暂，因为没了大脑，他变得傻乎乎的，愉快地过了一天又一天。某天醒来，他发现自己什么都看不到了，一摸脑袋，像是摸到一口平底铁锅，记忆苏醒过来，前一天的痛苦重新袭击了他。在一个清醒的时刻，他想这样下去不是办法，得先找回视力才行，他摸黑找到了两枚硬币，面值应该不一样，因为它们的大小和重量都不同，不过也没关系，他本来就是一个双眼皮，一个单眼皮。他把它们安在鼻翼两侧，真的重获光明。他上了趟厕所，发现镜子里有个奇怪的家伙，脑袋像个切开的冬瓜，但很快他就明白了这个家伙是自己。他在家里翻箱倒柜，寻找另外半颗脑袋——脑袋没有找到，所幸在冰箱里发现了半个西瓜。他取来一把勺子，吃光了西瓜瓤,感觉心情舒畅了很多。把西瓜皮倒扣在头上,大小正合适。他很开心。

第二天,照着镜子,他对西瓜头产生了审美疲劳,尤其上面的条纹,让他想到蠕动的蛇。他走上街,买来其他几样水果:菠萝、榴莲、椰子、火龙果。他把它们分别和自己的半边脑袋组合,很快他就发现了不同脑袋的特性,最好看的是火龙果头,最张扬的是菠萝头,最具攻击性的是榴莲头,最谦和的是西瓜头,最坚韧的是椰子头。总结出这样的规律之后,格南突发奇想,是不是可以在不同场合佩戴不同的脑袋?他马上付诸行动,逛街时他安上火龙果头,成功地吸引了很多目光,甚至引起了星探的注意,要他前去试镜;同学聚会,换上菠萝头,他一入场,瞬间成了全班同学的焦点,他光芒万丈,侃侃而谈,分别时所有男同学都和他握手,所有女同学都来找他拥抱,并偷偷在他裤兜里塞下自己的电话号码;上网时,他换上榴莲头,和网友展开论战,每次都大胜而归;上班时,他换上西瓜头,面对领导的苛责,他全程赔笑,对同事更是礼让三分,很快就得到提升;一个人的时候,他换上椰子头——有几个晚上,邻居听到他家传来的木鱼敲击声,被搅得难以入睡,去敲门,格南手提擀面杖,泪流满面,椰子脑门儿上一片红肿,说自己正在熔炼白天收集来的负面情绪。

这样的格南获得了成功,所以格南后面的故事并没有什么新意。对我来说,我更希望看到他落难,还好,马满足了我的心愿。

马驾驶着铁板飞行,飞出城市,飞向森林,被一棵千年白桦挡住去路,铁板镶进树干,马滚落下来,摔进层层叠叠的落叶之中。马感觉天旋地转,等他镇静下来,发现自己只剩下半颗脑袋,又一阵天旋地转。他很难接受这个现实,虽然他跟格南在一起的二十多年里,相处并不愉快,经常发生分歧,但最后总能达成和解。他觉得他们谁也离不开谁。

马在森林里忍受了三天风吹雨淋,又忍受了三天蚊虫叮咬,终于在第七天,他遇到了一只好心的松鼠。松鼠把他翻过来,闻了闻,踩了踩,一阵厌恶,准备掉头离开。马叫住了它,承诺只要带他找到格南,就给它十年都吃不完的松果。松鼠被松果打动，揪起马的头发，绑在自己尾巴上，一路飞奔，去寻找格南。可想而知，马这一路上吃了很多苦，眉毛被磨掉了，眼睛也肿得睁不开，但是一想到马上就能与格南团聚了，他还是满怀期待。

晚上七点，经过十几个小时的长途跋涉，马到家了。马到家时格南刚刚换上椰子头，准备把储存了一天的负面情绪消化掉。马有些失望，又有些好笑，太丑了，实在太丑了，简直像个被踢报废的足球。他想格南一定会给他一个大大的拥抱，欢迎他的归来。怎么说呢，你应该想到了，格南把他提起来，打开窗户，扔了出去。马从十八楼沿着既定的抛物线飞驰，半空中散布着他五花八门的咒骂，最后他落进了垃圾桶。由于松鼠没有得到松果，它把马从垃圾桶里刨出来，实施报复。它将他带上山顶，挂在一棵老松树上。面对耀眼生辉的夕阳，马想起他和他的朋友李浩然一次聚会的场景，他俩都喝多了。当时，李浩然问，你的理想是什么？他说，远离尘嚣，隐居山林，赏日出，观日落。现在，他的理想实现了。

马格南的故事到此告一段落，当然，世界上只有一个马格南，我叫他格南。我们偶尔小聚，他戴着西瓜脑袋，上面长了一层绿毛，看起来很好笑。

戴上帽子你就会穿越回过去

九峰云

不需要设闹钟，阿火每天 7 点准时醒来。

床不宽，妻子蜷缩在床的另一边，和昨晚同一个姿势。他知道她还在生气，只是他的头晕晕沉沉的，故而想不出此刻该说些什么——关于她昨晚又一次提到的帽子，关于她十六岁就拥有这顶帽子，关于她从未洗过它，诸如此类——他还得上班，还得赶地铁，晚了根本挤不上去；一旦开始谈论帽子，就不仅仅是只谈论帽子的事儿。

阿火每天坐这趟地铁上班，二号口进，上六号车厢，坐十一站，下车，进入通道，走四分钟踩到一块地砖，右上角有个缺口，他看到那个缺口就一脚踩下去盖住它。

有一晚气温骤降，他坐末班车回家，立马发高烧，整晚在说胡话。第二天，妻子早早起来四处翻找，说要找"那顶"帽子给阿火戴。他问妻子戴它干吗。妻子说当然是怕你冻着啊。他不想戴，又特别困，只能啥也不说睡死过去。

直到他身体恢复，天气逐渐转暖，妻子还是不愿放弃，一有空就跟他提起帽子。她随时随地向阿火汇报自己找过的每个角落——卧室柜子第二层、衣帽间柜子的顶层、客厅柜子下的鞋盒里……妻子的信息来得总是不合时宜，开会时，忙着写文案时，苦恼如何恭维领导时，甚至在他赶着上地铁抢地方站立的时候，她都会发来消息提起帽子的事。帽子仿佛占据了她整个世界，它的颜色、材料有多么独特；款式在当年多么火爆，米兰设计师设计的，代表追梦；她得到这顶帽子时有多么释放和陶醉，当时的自己有多么忧郁，父亲对她有多么严厉，母亲有多么冷漠，班主任有多么令人厌恶，自己有多么热爱音乐……有一天，他干脆请了一天假，坐在她身边，准备好好听她讲述帽子的故事，可她依然不停地惊叹它的颜色、款式，父母和老师的严厉，她的音乐梦……他意识到她只是在重复她和帽子的故事并享受这个过程，根本不需要什么听众。

有一天睡觉的前一刻，他十分疲惫，忍不住问她，如果这顶帽子再也找不到了怎么办。她先是冷冷地看着他，然后对他怒吼道，你就希望它找不到了，对吧?！

从那天起，妻子不再提帽子了，只说些与帽子无关的话。比如回来吃饭吗?你交一下水费，我明天出差，后天回来……他不回复，她也不催;他回复了，她就说"嗯"。他有时想跟她开个玩笑，又怕她再提起帽子，便干脆保持沉默。

走进熟悉的地铁入口，阿火的头还是昏沉沉的，但这不耽误他接下来所有的流程，地铁、通道、地砖，虽然都是原来的，但意外发生了:地砖上的缺口被一顶旧帽子遮住了。

这绝不是他妻子遗失的那顶帽子!

只要他不把它交给妻子，它就有可能不是"那顶"帽子。

阿火对着帽子摸了又摸，闻了又闻。帽子闻起来有一股烟臭味儿，是那种特有的进口香烟的味道。有可能是五峰牌，巴西烟。抽不起雪茄的年轻人往往抽这种烟解馋，特别是桀骜不驯的那一小撮。他们谁都看不上却常付不起房租。帽身沾有好几处咖啡色水渍，深深浅浅，有麻酱味儿，有血迹，像是那种连锁超市里的廉价咖啡留下的痕迹。帽子里面有些发硬，说明戴它的人经常出汗又从不清洗。看来这是个时髦的年轻单身汉，平时大量抽烟，咖啡因上瘾，时而忍不住与人打上一架，从事的工作既是体力活儿又很费脑筋。

可这样的人不少，他又去哪里找呢?地铁里人越来越多，快到上班高峰，他打算先出站再说，刚走出地铁口，温度骤降，大风刺骨，瞬间吹倒了几辆自行车。

阿火下意识地戴上帽子，突然眼前一黑。

当然，他最终醒了过来，是被一阵电吉他的噪音吵醒的。

一个高个子年轻人在催他：阿火，阿火，你可醒了，明晚这个时候就要亮相蓝馆了，咱们要不再练几遍？

他问高个子，我睡了多久？

高个子说十二个小时啦，你和胖虎、毛头喝到凌晨五点半才回来，回来后还疯骂了两个小时。

阿火说我不记得我骂谁了。

高个子说骂的是昨晚的西北风！

阿火觉得这个场景似乎有点儿熟悉，又想不起为什么会觉得熟悉。他使劲儿晃了晃脑袋，问高个子现在是哪一年。

高个子说，2008年，属于奥运也属于火狐乐队的2008年！

奥运，火狐乐队，2008年——阿火记起来了，昨晚天冷，他们酒喝高了，错过末班地铁，硬生生地走了两小时才到家。屋漏偏逢连夜雨，刚出餐馆门，温度骤降十来度，还刮起了大风。他本来衣服穿得单薄，唯一的一顶帽子还送了人。

那是一个天天看他们排练的学生妹，扬言长大要嫁给他，看他们排练完不肯走，非要跟着他们去喝酒。她看上去顶多十六七岁的样子，总和他哭诉父母和老师都不喜欢她。他想赶紧打发她走，便把自己的帽子（每次演出他都戴着）送给了她，为了防止她偷偷跟踪他（这事发生过多次），借口担心安全要送她回家。她当然高兴得要死，一路上都戴着他的帽子，仿佛那是一顶皇冠。

阿火用冷水洗了把脸，对高个子说他出去抽支烟，五分钟后回来。

一离开高个子的视线，他便往女孩的家赶去。他偷偷潜入她的卧室，径直从女孩怀里偷走了那顶帽子。

当然，他没有回去和高个子他们一起排练，而是等到第二天早高峰前十分钟，把帽子放在地砖右上角，正好遮住那个缺口。

第二天的蓝馆演出前所未有地火爆，主唱没有戴他那顶标志性的帽子。

好像也没有人在乎那顶帽子。

夹心饼干

刘晶辉

女人坐在自己的座位上，一边玩手机，一边吃东西。她在吃一块夹心饼干。

夹心饼干外面是黑色的，里面是白色的。她一小口一小口地吃，仿佛她吃的不是饼干，而是比黄金还要珍贵的东西。她吃的时候，眼睛没有看饼干，而是看着手机。她吃得很小心，很怕饼干的渣渣掉在身上。

从她吃东西的状态来看，不像是为了解饿或者解馋，聪明的乘客一眼就能看出来，她单纯是因为无聊才吃这块饼干的。大约十分钟过去了，这块饼干还没有被吃完。饼干从外观看是黑色的，咬一口，露出里面白色的奶油，显得更诱人了。女人吃了这么久都没有吃掉这块饼干，让人忍不住心疼起这块"不遇明主"的饼干来。此刻，情况又发生了微妙的变化：她停住了。饼干距离她的嘴唇很近，几乎挨住了，但如果你仔细看，你会发现没有真正挨住。女人的手还捏着这块饼干，但女人的大脑似乎已经把这块饼干忘记了。

她和男人都坐在一趟即将发车的火车上。

男人坐在过道另一侧靠窗的位置上。女人时不时抬起头看男人一眼。在她看男人第一眼的时候，你以为她看男人就和看车厢里的其他乘客一样。但偶尔，女人会用幽怨的眼神瞥男人一眼。目睹这一幕的人立刻恍然大悟：他们两个人是认识的，他们应该是一对情侣。列车还没有开，乘客正陆续上来。女人旁边的座位是空的，男人却没有坐过来，这是因为他们没有买到连座的票。女人的眼神含义很明确，那意思是现在旁边的人还没上来，你还不过来陪陪我？男人并没有坐过来，也许他觉得那个靠窗的座位很不错。他在翻自己的包。他的书包放在腿上，他把手伸进去。过了好一会儿，他摸出来一个移动电源，又过了一会儿，他掏出来一根团在一起的数据线。

男人没有注意到女人的眼神。

女人不是那种求人爱的人，她想，既然你不过来，那就拉倒，幽怨的眼神，只出现一次就够了。她继续吃她手上的那块夹心饼干，但她的心思还是没在饼干上，这次她只轻轻舔了一口就又停住了。瞥了一眼，见男人还在玩手机，女人嫌弃地撇撇嘴，头扭向另一边。很快她又扭回来，她张开嘴巴，似乎想说什么，但最终停住了。她不想再搭理男人了。

她把捏着饼干的手放到自己的腿上。她刚才一直举着，这会儿她感觉到累了。她把头轻轻向后靠，靠住椅背。她闭上了眼睛。对于这一切，男人没有丝毫的察觉，本来也没有发生什么，对不对？男人应该坐在女人旁边陪她一会儿，但是他没有。很多男人就是这样粗枝大叶。一个陌生的男人在女人旁边坐下，发出窸窣的声响。斜对面的男人一抬头看到了，他立刻从座位上站起来。他把脸凑过去对刚坐下的男人说："哥们儿，咱们换一下座位吧？"他一边说，一边指了指女人。

被要求换座的男人愣了一下，马上就明白了，他同意了。

在男人要求换座时，女人听到了，她的脸上露出某种刻意压制的欣喜。仔细观察，这欣喜里还有几分嗔怪和委屈。她不想让男人注意到她的表情。其实即便她不这样做，男人也不会注意到她，因为男人正在转身和陌生人换座。换座完成，男人坐在了女人身旁。女人睁大眼睛看着男人。男人没有看女人，而是盯着女人的手机："你看什么呢？"

"什么也没看。吃饼干吗？给你一个。"女人把手机屏幕熄灭。她的另一只手捏着一个完整的饼干出现在男人的视线里。刚才那个没吃完的呢？没人知道。没人知道女人是在什么时候把它悄悄丢到桌子上的不锈钢盘子里的，也许就是在男人转身的时候。

"吃吗？"女人把饼干举到距离男人嘴巴很近的位置。

男人的脖子向后缩，他低头看了一眼女人手里拿的东西，皱起了眉头："你什么时候能买点好东西？黑乎乎的，这是什么玩意儿？"

但他还是张开了嘴巴。谁都看得出来，那只是出于某种习惯。女人开心地把饼干塞进男人嘴巴里——她很细心地只塞进去一半。

"你尝尝，这次买的很好吃。里面有奶油，白色的。你咬一口试试看嘛！"

可男人聋了一样，完全不理睬，他张大嘴巴——

一口吞下了它。

有些话只能与猫说一说

徐　东

一只硕大的黑猫挡住了我的去路。

猫说，不开心先生，咱们聊聊吧。

我吃了一惊，向四周看了看说，你，你是?

我注意你已经很久了。你在路上看到被撞死的猫或者别的小动物，总是在心里默念几句"阿弥陀佛"。你在一篇文章中也说，你是一个心灵善良的人，还是一位希望世界变得美好的作家。我代表我们猫族向你致敬!

黑猫直立起来，举起前爪向我敬礼。

我连连摆手说，不敢，不敢当，我……

世界上像你这样的人越多越好，这样你们人类的未来才值得期待。我了解你的一些情况，读过你的一些作品，知道你叫"不开心先生"，我明白你为什么不开心——有种无形的力量把你限定在既定的命运之中，使你活在你的表象而非内在，既然我出现了，这就意味着你有机会改变。

我摇摇头，若有所思地说，不太可能改变了……

黑猫轻巧地跳上路边的一条石椅，打断了我的话，说，我们有一个庞大的族群。在这座城市中的每个小区，小区的地下车库，甚至在一些无人居住的空房里，都有我们的伙伴。我们是这座城市的观察者和守护者，可以说你们每个人在这座城市中的生存和发展都在我们的了解之中，甚至每个人的身体里也都有着一只无形的猫——只是我们会喵喵叫，你们不会。喵——喵喵——你能听得懂我是什么意思吗？

我点点头，又摇摇头，过了片刻说，我并不敢确定能懂得你们的语言，但我相信你们的存在，你们的叫声可以通灵，只是太多的人听不懂，也不太相信，或者没有工夫思考万物有灵这回事儿。实际上我们忙碌于工作和生活，却等于是没有真正在为自己活着，因为人们不明白究竟该怎样活才有意义——我也一样，被人群、被自己的欲望、被我们的这个时代所绑架着生活，实在是没有办法。

不开心先生，你不开心正是因为有太多人不明白这个道理。老实说，你写下的那些作品，也并没有几个真正懂得或者愿意去潜心阅读的读者，这很正常，因为人们关心的并不是你写了什么，而是关心如何变得更加有钱，生活过得更有保障。不过，你生而为人，作为万物的灵长已是相当幸运，如果你能明白如何为人就更好了——有位哲学天才给人下过这样一个定义，他说：人是由兽而神的空中索道——你理解这句话的意思吗？

是否可以这样理解，在人类存在的过程中，相对于宇宙与并不确定存在与否的上帝之间，人的存在没有绝对和完美，只有相对和残缺，因此每个人都需要梦境与艺术，每个人都需要相互悯惜与关爱。对，每个人都需要在爱的可能性与相对性中活着、活过，并永远活在——活着时对自我的确信之中，哪怕是人与猫之间，也应该以最大的善意与爱相互依存、共荣共生。

嗯，说得好，如果你是一只猫，我愿意和你成为最好的朋友。

谢谢你猫先生。我腼腆地笑着说，也许下辈子我会变成一只猫——我喜欢猫宠辱不惊的眼神，优雅柔静的气质……

不开心先生，为什么不去养一只猫呢？如果你与一只猫结缘的话，一定会有好运气的，最重要的是，你可能会变得开心起来——世间的事你在不在意的都不必成为你的烦恼，你幸运地作为人类的一员，只需要温良向上地活着——顶多不开心的时候学一学猫叫，喵，喵，这样你生命中的千千万万个你的存在，便理解了你，而你也因此变得自信而强大……

可是，我的家人是不会同意我养一只猫的……

相信我，你与猫结缘是迟早的事。再会吧不开心先生，你瞧，天上那轮明晃晃的月亮，是我们猫儿的第二个故乡。

我抬起头，睁开眼时，天已亮了。

我还想继续睡一会儿，却又不得不起床了。于是我起床洗漱，又千方百计地哄孩子起床、洗漱、吃早餐，开车送孩子去上学，然后再开着车，穿过都市的滚滚车流与高楼大厦去上班。

在上班的路上我想，那只黑猫的出现对于我究竟意味着什么呢？难道我真的需要养一只猫才能有好运气吗？

中午有位画家朋友来电话说，我家的猫下了三只仔，你想养一只猫吗？

我犹豫着说，尽管我很想，可是家人是不会同意的……

朋友说，你难道连养一只猫的自由和权利都没有吗？这是不对的，不管是你的小家庭还是我们这个大社会，都不该阻止一个想养猫的人养猫，何况我一直认为，你需要一只猫来带给你创作的灵感……

我认为朋友说得在理，因此确定地说，好吧，我养一只，我确实需要一只猫来发现内在的那个我，也非常需要与猫说话——你知道，有些话只能与猫说一说。

从前有座山

孙在旭

　　早晨天还没亮，我就被楼下一辆车里的音乐声吵醒了。闹钟还没响，我掀开窗帘往楼下看了一眼，不知何时下的雪。我得赶紧起床，不然肯定迟到。奇怪，拖鞋不见了。我光脚来到卫生间，洗漱完发现我的皮鞋也不见了。我打开鞋柜，里面的鞋全没了。我第一反应是有人进来了。我退回卫生间抄起皮掸子小心翼翼地出来，客厅里没有藏人的地方，厨房的门关着，我喊了一句，喂，出来。里面无人应答。我壮胆走过去，推开门，里面没人。这就奇怪了，我昨晚没喝酒，也没有朋友来过。鞋都哪去了呢？我翻箱倒柜，整个屋里一双鞋也没有了。我使劲揉了揉眼睛，这是梦吗？我往楼下看了看，白茫茫的一片，连个脚印都没有。

　　我想到和我关系不错的一个同事，只能给他打个电话求助了。可他会相信我吗？他离我那么远，就算他现在马上过来，也势必会迟到。不过两个人总会想到办法的。电话中我撒了个谎说我被锁在屋里出不去了，希望他能快点来救我。他说，你挺幸运，今天串休，所以不用着急，等我再睡一会儿，就去你家。就在他要挂断电话时我小声说了句，给我带双鞋。我不知道他听到了没有。

　　闹铃终于响了，我把它关掉，走回床沿坐下。这床似乎有种魔力，只要一靠近，就让人顿生困意。我刚一躺下，脑海里就闪现出一个词——佛山。我想起来了，我被吵醒时，梦里最后出现的镜头是我在一栋楼前的甬道上看见的路牌。这个梦我不止一次做过，但每次都没看清路牌上的字，这次终于看清了，是"佛山"。我突然有了一个大胆的念头，之前朋友喜欢看一些探险直播，那么我为何不顺着这条线索也去找一找那个房子呢？我相信梦的多次出现绝不是空穴来风，它一定是在向我暗示什么。刚想到这，鞋子的问题又回来了。我满屋子重新找了一遍，真是邪门了，仿佛有人故意把我的鞋都偷走，不让我出门似的。我是个倔强的人，没有什么能阻挡我探索的脚步。

　　我拿出手机在地图上还真找到了佛山路，它和我家隔了三条街。接下来就是鞋的问题了。我在画板下面钉了两个铁片，然后又用布条做了两个脚套，固定在画板正面，这样一个雪橇就做好了。我穿了三双厚袜子，拿着自制雪橇下了楼。小区外的雪不厚，雪橇滑不起来，我只能深一脚浅一脚地往前走。好不容易来到了主干道，我沿着车辙向北滑行。

　　这是个下坡，眼看着就要过二环了，再过两个路口就应该是地图上的那条街了。可是坡越来越陡，两边的树嗖嗖地向后倒去，我滑行的速度越来越快，越来越不受控制。与其说是我在滑行，倒不如说是这条路在支配我。我很讨厌这种感觉。我身体后仰，宁愿摔倒也不想再滑了。就这样，我后脑勺着地，幸亏后面有雪，但还是眼前一黑。这是哪儿？我要找的房子又在哪儿？我揉了揉眼睛，爬起来边走边观察路两边的房子，它们都太相似了，没有我梦里的那个房子。天啊，我的脚就快麻木了。

　　我拐进一个胡同，终于看见一栋老楼，它的楼梯在外面，几乎被雪埋了起来。窗户黑洞洞的，就像骷髅的眼窝。五楼平台有一扇门好像没关严。梦里的画面一闪而过，我想我可能找到了。我小心翼翼地走到楼梯前，拨开厚厚的雪，里面已冻成了冰，我的三层袜子都磨破了，很难爬上去。

　　我绕过楼梯，想要找到单元门从里面进去，可是找了一圈也没找到。真是个奇怪的房子。我有点害怕了，想原路返回，但心里有个声音对我说，既来之则安之。我拿起雪橇开始清理楼梯上的雪，然后又用雪橇上的铁片戗冰。这期间我的脚踩在雪地里已经不知道冷了。上去吧，上去吧，我不停地告诉自己，这是一次难得的冒险。

我终于爬到五楼平台上，没有马上推门。我得找些借口，比如，我送快递的，不好意思，走错门了，等等。我的心还是不由得突突地跳起来。透过门缝，我看见一个人背对着我在炉子前烤火。他的耳朵动了一下，并没有转身。我听见他说，进来吧，外面冷。这声音如同来自遥远的过去，他仿佛早就在这等我了。

他转过身，我看见一张奇怪的脸，既像二十多岁，又像四十多岁，换个角度看，又像六十多岁。

我说，在楼里生炉子不危险吗？

没关系的。

我诧异地看着他，不知该说什么。就这样沉默了两分钟，他拿出一根烟，掀开炉盖点燃。然后他看向窗外，唉，又下雪了。我也看了一眼，真的下雪了。

我开始观察屋里，斑驳的墙上有一个老式挂钟，指针停在六点钟方向上。墙角有个木床，床头放着几本书，因为光照不足，没看清书名。他一直沉默，我想我得说点什么了。

这楼里怎么没楼梯啊？

楼梯？他转过身，露出惊讶的表情，需要楼梯吗？

难不成这是空中楼阁？

他说，不需要楼梯呀，换句话说，即使有，也下不去。

为什么？

他看了看脚下。

我看见他光着脚，马上又向屋里扫视了一圈，屋里没有鞋。

你是谁？

就在这时我手机响了，是同事，他说他已经来到我家楼下了，却找不到单元门。

我说，你以前不是来过我家吗？怎么找不到门？

同事说，大冷天的，我没时间跟你开玩笑，真找不到门。

那你先回去吧，我没在家。不好意思，让你白跑一趟了。等明天我再好好跟你解释！

操。同事挂断了电话。

我再看眼前这个人，他的脸突然间起了微妙的变化，我越看越熟悉，越看越心惊，越看越觉得我就是他，他就是我，确切地说他像过去的我。而这房子，越看越像我以前租过的一个房子。

我又问一次，你是谁？

他没有回答，依然看着窗外，雪越下越大了。

你到底是谁？我又问道。

他转过头，这一次他的脸又变成了现在的我。只听他说，我让你带的鞋呢？

音乐犯

孙在旭

尼采说过，生命没有了音乐，就如同是一场错误。我完全赞同，但有时候音乐也会给人带来一些麻烦。接到音乐委员会的电话时，我正在看一场音乐剧。这挺让人恼火的，好不容易休假一天，却还是难逃部长的魔爪。

事情本来不归我们管，但随着事态的扩大，越来越多的人每天只听音乐，什么也不干了，这倒也没什么，可他们近来开始外放，严重影响了市民的正常生活。据线人提供的情报：有些人听的音乐越来越极端，神智受到一定影响，如不加以控制，后果不堪设想。部长语气很急："事出突然，赶紧给我回来，有紧急会议。"

再见了，卡西莫多。我看了一眼舞台，再见了，吉卜赛女郎。回到部里，同事们已经各就各位了。部长摆手示意我坐下，然后打开幻灯片，屏幕里显出一幅城区地图，有几个区域是不同程度的灰块。他指着一块最暗的区块说："必须采取措施了，先从这里开始吧。"我们知道他的意思，但谁都没想到事情发展得会这么快。我们面面相觑，很显然还是有一些问题的。

小雅怯怯地举起手，说："可是我们怎么实行抓捕呢？我们目前还无法获得具体数据，无法精确定位到个人啊。"部长思考片刻，沉吟道："我也知道这有难度，为了缩小范围，我们先从小众歌单开始吧。"他从抽屉里拿出几份文件分发给我们："现在你们每个人手里有一份歌单，接下来的日子，你们要做的就是仔细侦查听这些歌的人，每天听歌超过 12 小时的人必定有问题。"

当我们走出大楼时，天已经黑了，街上静得可怕，一阵冷风吹来，小雅打了个寒战，向我靠了靠，说："我有种不祥的预感。"我轻轻拍了拍她的肩膀说："你太紧张了，放松，这是秘密行动，不会惊动那些音乐暴徒的。"

"但愿如此吧。"话音未落，寂静的街上突然响起了音乐，起先是从一条街传来的声音，很小，接着从每条街传来同样的前奏，我在加入音乐委员会之前听了很多歌，一下子就听出这首歌是《Whore In This Moment》。

"不好，有人泄露了计划。"我警惕地观察着每个街口，把小雅挡在身后，其余几个同事也站住了，个个如临大敌。音乐声越来越大，嘶吼的女声控诉着我们听不懂的歌词。我们看到每条街口都冲出来一群人，他们如此疯狂，一瞬间就跑到我们跟前，与我们扭打在一起。我们只有十个人，哪能抵挡住这群音乐暴徒的围攻。

我从混乱的人群里拼命挣脱出来，几个同事已经淹没在嘈杂的音乐中。我知道问题就在于音乐，我必须关掉它，但我找不到它的源头，仿佛每个黑暗的角落里都有一个音响，音乐已经换成了更为极端的类型。就在我绝望之际，所有的音乐都停止了。

是部长带着防暴组来了，他们很快控制住了这些音乐暴徒。说来奇怪，一旦音乐被关，他们又恢复了常人状态，不再反抗，一个个被带往音乐改造所了。

几个同事灰头土脸、连滚带爬地跑过来向部长诉苦。我知道这里面一定有问题，到底是谁泄的密呢。当晚我随同部长去了音乐改造所。暴徒们根据所听的不同音乐类型被关押在一个个房间里。我们居高临下地看着这些人，这时小雅不知何时走到部长跟前小声说了几句话。我没听清。只见部长点了点头就离开了。

两天以后，部长采取了改造措施，让每个牢房的音乐犯无限循环地听歌。我知道这叫厌恶疗法。一个星期以后，音乐关闭的那一刻，所有音乐犯都表示再也不想听歌了。牢房的大门打开了，他们被放了出去，我看着这些曾经被音乐迷乱了心智的人，他们的心得到了自由，他们的灵魂得到了解脱。他们越走越远。突然，我看到一个熟悉的身影混入人群，竟然是小雅，她举起一只手，喊了个口号，然后人群中有人唱起了歌，接着很多人跟着唱起来，渐渐地，那歌声声势浩大，充斥着每一条大街小巷。

现在他们没日没夜地唱了好久，仿佛再也不会停下来似的。我们在等他们唱到筋疲力尽，我们在等待时机。当音乐停止时，他们将举起白旗，束手就擒。

兔　子

周泽宇

当方二叔把兔子交到我怀里的时候，它还静默如死物。可方二叔刚一撒手，兔子就通身穿透了活力，四蹄在我胳膊上一弹，向远处奔去。我急忙追赶，全然把方二叔抓兔子耳朵它就听话这招的叮嘱忘在了脑后。

我追上了桥，越过了如海般广阔的湖水，桥上空无一人，兔子跑到了李七婶婶家旁的那条小巷，离竹笼不远了。

那竹笼是娘用来锁母鸡的，如今我家已经很久没有鸡叫了，娘病了很久，前天半夜竟咳出血痰来。现在只靠娘洗衣缝补换勉强支撑着家用，肚皮早就敲了三个月的锣，顿顿都吃不饱。今儿的天光一放，我就拿着家里仅剩的钱去了门市屠户家买了只兔子。

要治娘的肺病，就靠这小兔心窝上的一捧血了。

兔子兔子我必须抓到你，不管你是不是也有等你团聚的妈妈，我都得把你心头的那捧血，溅在药草汤子的浮沫上做药引——这是何大夫说的，他可是我们镇上能起死回生的神医。熬药杀兔的场景在我脑海里和着突突突的心跳声反复出现。兔子猛地一个急转弯拐进了吴大爷家的巷口。

神了，难道冥冥中自有神助，兔子竟会自己投到竹笼里去？

我抬头看天，吴大爷养的鸽子在半空低低掠过。

母亲费力地从床上挣扎起来的画面，从脑海里一闪而过，我将手里的钥匙攥紧，先兔子两步冲到竹笼前打开了锁，兔子却停在竹笼子一尺前啃起了蒲公英。

好，那我就把你扑进去！

我走到它身后，这本来再简单不过，但兔子竟不慌不忙地跳开了，而我却一头扎进了竹笼里，错愕间，我分明感到兔子得意扬扬地朝我屁股上踹了一脚。

咔嗒一声，锁自动关上了。

完了，这锁是爹亲自打造的回旋锁，只有原配的钥匙才能打开，锁是为了关家禽而做的，因而极易上锁却极难打开。现在我头朝后屁股朝锁，像一只乌龟一样困在了这极其狭小的竹笼里，难以动弹。

只要我转过身去就可以打开锁……而这时，鸽子已经第二次在小城头顶打转了。

我大声疾呼，想找个人来帮我，却没人出现。这条巷子少有人经过，而独自住在这里的吴大爷今早就去城里儿子家了。我只好扭动着身躯在竹笼里费力调转乾坤，把脑袋抵在竹杠上，脖子缩起，四肢蜷拢。

也许过去了不到一刻钟，我终于在这逼仄的空间里前后调转过了身子。兔子刚打完一个盹儿，正睁开它红得像血的眼珠子看着我，似乎已经看腻了挣扎。

突然！我发现钥匙已不在我身上，而是掉落到了兔子嘴前的蒲公英草叶上。兔子气定神闲地看我的眼睛，然后颤动着三瓣唇开始进攻它面前的那株草。

在我如同被鞭笞的阵阵哀号下，钥匙连草被兔子一口吞下。

我耳朵中开始响起神神秘秘的嗡鸣和歌声，于这焦灼间，太阳开始正中当空，我听到娘的呼唤，穿越了桥，来到我耳边。

终于，有一个摇摇晃晃的肥大影子从远处走来，是一个穿着西服、身形如同陀螺的男人，他走近后，腆着肚子探看我的狼狈样。我已顾不得自己的丑态，发出哀呼。听我解释完，他问："钥匙呢？"

"兔子吃了。"我费力地抬起头。

"兔子？你爹娘呢？"

"我爹不在，我娘病了，兔子是药，是用来治病的。"

"哦……"他顿时失去了兴趣般,声音低沉下来,"我还有急事,会有人帮你的。"于是他又费力地挪动着过于紧窄的双腿离开了,我想让他帮我把兔子抱到怀里,却来不及了。

恍惚间,我睡着了,梦到兔子穿上了戏服,根根胡须散发出晶莹剔透的光芒,它像是人一样长了一双手,用手伸进自己的肚子里,然后把钥匙交给了父亲,父亲慈爱地看着我,把我放了出来。父亲用他粗糙的双手抚摸着我的后背,告诉我这回旋锁是他打造的最牢的一把,我们一家人的心就同这把锁一样会一直牢不可分。泪水浸润了我的嘴角,湿润了我干涸的喉咙。

但是醒来后,我还是被关在笼子里,兔子虽然没有逃走,仍待在离我不远的原地,可我却无计可施。我总能听到有人从远处传来说笑声,但是任凭我怎么呼喊都没人来解救我。

这时,兔子吃完了面前的草,一步步跳到了离我更近的地方。血光在我眼前再次一闪,或许我可以剖开兔子的肚子取出钥匙,可是娘的药引子就没了啊!

阳光渐渐褪去势力的下午,三三两两结伴的人影时不时地路过不远的巷口,她们惊奇地看着我,却又不作声地走开了。

竹子的沟壑已经嵌入肉里,我已对疼痛麻木了。娘,对不起。我脑子不停地旋转着这一句话。

终于,天黑了,月光照亮了整个村庄。我看到所有的屋顶和道路上都长出许多白色的兔子,有一只周身长满了像是棉花一样的白毛的兔子,双爪上的毛又长又细又软,遮住了它的爪子,它叼着钥匙蹦到我的面前,把竹笼打开了。

我终于重新站起来。向周围张望,漫山遍野的兔子用后脚站直,一盏盏如灯的红色眼睛望向我。它们像是被我亲手养大一般温顺,我从中抱起了一只毛色最白的兔子,奔向了家。家门大开着,娘轻声地呼唤着我,我顿感身轻如燕,通身欢畅,一整天的疲乏都消失不见。

门的后面就是母亲无尽的温柔臂弯……

消失的赵哥

邢东洋

我看见过赵哥吃土。

就是字面意思的吃土，没有引申的意思。在那之后不知道多少天，他就消失不见了。

关于赵哥消失这件事，一开始我没注意到，单位也没人谈论。有一天我突然想起他，觉得好久没有见到他，又哪儿也没看见，连家属区后院都没有，之后去他部门，问了 H 主任才知道——他们都说，赵哥消失了。

他们说是消失，听着瘆人，要我看只是离职，或者说是不来上班罢了。离开本来的生活轨道，只是我们看不见他，而在单位看不见，就在哪儿也看不见了。既然我们再也看不见，说他消失，也没什么问题。

除了 H 主任，我在他部门还跟别人聊了一会儿。据他们说，赵哥并没跟任何人提过离职的事，只是突然有一天没来上班，然后就再也没来，也没人能联系上他。东西还放在那里，谁也没动过，杯子里还留着茶叶底子，好像他只是去了趟厕所，一会儿就会回来似的。

不过，没人觉得他还会回来，不知道为什么，好像这就是赵哥该干的事，宿命一样，而我们也一直在等着，他就是有一天要离开单位，在众人眼中消失不见。

赵哥个头挺高，瘦，不太爱说话，穿着比较正式，不像我们休闲装运动服也往单位穿。我跟他不同部门，平时几无来往，就是因为偶然看见过他吃土，才算认识他。

有一天中午食堂做了特别好吃的豆子，我吃撑了，出门遛弯。不停地右转之后，我就到了家属区。家属区有一栋楼，叫家属楼，此时已无人居住，楼面破败，外墙面有严重水渍，部分墙皮脱落，露出红色的砖块。家属区还有一个小院子，在家属楼后面，需要从左侧一条小道绕过去才能看见，院子不大。

我就是在那里看见赵哥吃土的，至少我看到他手里的东西和土一样。

关于吃土的细节，没什么好描述的，一点儿不色情，也一点儿不诡异，他看到我看到他，还大大方方地问我要不要尝尝。

我说："中午的豆子好吃，我吃太多有点儿撑，就不尝了。"

他说："那好吧。"

我说："我小时候在一本名叫《天下奇闻》的书里看见过有人吃土的事儿。"

他说："我没看过。"

我说："太早了，书找不着了，要不然我拿来给你看看。"

他说："哈哈，不用，我自己吃我自己的土就行了。"

我说："好吃吗？"

他说："好吃，就是有点儿干。"

我说："那你就点儿水啊。"

他说："我办公桌上凉着茶水呢，主任出差回来送我的铁观音。"

我们就这么闲聊了一会儿，他看看表，说："午休时间差不多了，咱俩得回去了。"然后我们一块往回走。家属楼侧面那条小道特别窄，我们俩不能并排走，他让我先过去，他跟在我后面走出来。

这件事我没跟别人谈起过，但是那天我倒是跟 H 主任聊了关于赵哥的另外一件事。有一天我晚上跑步的时候看见了赵哥。他在前面走，我在后面慢跑，我的目光被他的背影拽住了。当时我并没认出那人是赵哥，他穿着休闲的衣服，跟上班时的穿着完全不同，手里还拎着半个西瓜和一些熟食。渐渐地，我追上他，回头看了一眼才认出来是他。我跟他打了声招呼，问他吃没吃饭。

当时他说了什么我已经记不得了。我记得我并没停下，转过身继续跑，跑向我们共同黑暗的远处，消失在他如今已经消失的视线之中。

第七辑

青春火车

补　丁

王文一

他的衣柜里一直保存着一条校服裤子。

那条裤子的样式很老旧，黑色的裤腿上镶嵌着白色的条纹，膝盖磨破了一块，被人用细密的针脚缝好，还在上面绣了一只小鸟，振翅欲飞。

他搬了许多次家，好多重要的东西都丢掉了，唯独这条裤子还一直陪伴着他。每每看到裤子，他都仿佛看到了那双温柔的眼睛，注视着他前行……

那是初中开学的第一天，父亲把他从被窝里拽出来，打碎了他与从前小伙伴们玩耍的美梦。他躲开父亲粗糙的大手，想再赖一会儿睡个回笼觉。母亲从一旁捧出一身衣服，笑道："宝，你看这是啥？"

他定睛看去，原来是一身校服。他立刻兴奋得跳起来，将校服抓在手里仔细地看。这可是他人生中的第一身校服啊，虽然不是很新，但洗得很干净。以前在山沟沟里读小学的时候，他就一直对校服有一种渴望，有时候看着电视里的孩子们穿着整齐的校服在阳光下奔跑，他甚至羡慕得流出口水来。

"妈，哪儿来的啊？"

"这不你大舅家的明哥升高中了嘛，正好他的身材和你差不多，就把校服给你拿来了。妈已经给你洗干净了，就是膝盖那里破了个洞，妈用针线补了补，是不影响穿的。"他兴奋地穿好校服，膝盖的位置果然有缝补的痕迹，不过母亲在那里精心绣了一只小鸟，不仔细看很难发现。他心里美极了，甚至还在逼仄的小屋里转了好几圈。母亲拽住他："轻点儿轻点儿，开学第一天，可别磕了碰了！"

父亲把他送到学校后便去工作了。他怯生生地望着眼前的一切，内心却在雀跃：他要交到更多的朋友，读更多的书！下课后，同学们都围拢在他的周围，热情地跟他打招呼、聊天。他小心翼翼地回答着新同学的问题，自己也一点点被同学们的热情点燃了。

忽然有一个同学抠了抠他的膝盖，羡慕地说道："咦？你膝盖上的小鸟好漂亮啊！我们的校服上怎么都没有呢！"

他正要自豪地回答，那个趴在他膝盖上研究的同学似乎又有了新发现："大家快看，他的校服这里有一个洞呀！"

"这也太有想法了！回家让我妈也给我缝一个小动物去……"

"我要自己绣一个孙悟空……"

围观的同学们都在赞叹，可是听在他的耳朵里却蛮不是滋味。他感觉有一团火，从自己的脸上一直烧到了心里，在他的心上烧了一个洞。

回到家，他当着母亲的面把校服脱掉，气冲冲地说了句"我才不要穿带补丁的校服"，然后穿上从前的衣服，跑出了家门。他听到了母亲带着哭音叫他的名字，却没有再回头去看……

第二天他如愿穿上了真正的新校服，那是父亲跑遍了小城才买到的。他虽然穿上了，但再也没有了第一次穿校服的那种欣喜。母亲就好像昨天什么事儿都没发生一样，为他做了顿热气腾腾的早餐。他想对母亲说一声对不起，却又不知道如何提起，只好讷讷地走出家门。

到学校之后，好多同学慕名前来观赏他校服上的小鸟，他再一次地脸红了。没有人关注他的贫穷，就像所有人都看不出他的自卑一样。

从那以后，他努力学习，认真读书，拼命赚钱，终于拥有了很多钱，也拥有了很高的社会地位，却再也没有感受到第一次穿校服时的那种喜悦与感动。

母亲去世那天，他终于对母亲说出了那句"对不起"，可是母亲迷离的眼神告诉他，母亲真没有把那件事放在心上。

回到家，他从柜子里翻出那条带补丁的校服裤子，哭了一整晚。

从此，他的心上有了一块补丁。

青春火车

刘向阳

"你是北山中学的？"我瞥了一眼她胸前的校徽，不免有些暗暗窃喜。

她收回目光，望我一眼，点点头。她梳着齐耳短发，梨形脸，单薄的身子。

"高一（52）班？"我猜。她"嗯"了一声。

我好兴奋，友好地伸出手："缘分啊，咱俩同班同学！"她却无动于衷。我身高一米七八，像画岭山中的杉木，挺拔在教室最后面；她娇弱瘦小，距黑板最近；我们之间隔着几排青葱的头颅，加上开学时间不长，难免不认识。

绿皮火车老态龙钟，载着人们缓慢爬行，每到一站便吐出一拨儿人，再吞进一拨儿人，喘息三分钟，又蠕动向前。我和她闲聊，得知她叫乐蓓音，比我小一岁，与我同乡。我们相谈甚欢，也不知过了多久，火车停在了莆桉坏。乐蓓音说她要下车了，我还意犹未尽。我探出脑袋，叮嘱乐蓓音路上小心，她嫣然一笑，孤零零地消失在我的视线中。

周日下午，我手忙脚乱地收拾书包，准备去车站。娘看我迫不及待的样子，问："五点半的车，去这么早干吗？"我嘴里敷衍着，腿却不听话，飞也似的跑了。我和乐蓓音相约一块返校，巴不得能早些见到她。

我在画岭车站等了许久，望眼欲穿，火车终于呼啸而来。我心里莫名地兴奋，此时此刻，乐蓓音也该候车了吧。到了莆桉坏，已近黄昏，落日坠山，乐蓓音却失约了。我盯着那条扭向深山的石子路，希望乐蓓音突然出现，微笑着向我挥手……火车开动了，夜色笼罩四野，我心中的失落油然而生。

夜晚，宿舍灯熄，鼾声渐起，我却毫无睡意。乐蓓音为何没来？火车上行或下行，每天仅一趟，她若明晚到，得旷课一天呀。我脑海里总是浮现她的面容，心里却产生了淡淡的忧伤……

北山举办校运会，我报了跳远、短跑等项目。昔日我翻山越岭、砍柴放牛的本事在运动场上大放异彩，赢得阵阵掌声。中场，我坐在篮球框架下休息，乐蓓音径直走过来，递给我毛巾和水，她是啦啦队的队员。她白色的上衣衬出绯红的脸庞，像熟透了的苹果。

我问那天怎么回事，乐蓓音撂下一句"车票钱丢了"，就低头走开了。我欲追问，但比赛哨音已响起，只好作罢。

有一次，班长无意中告诉我，乐蓓音每周都满勤，从无请假、迟到、旷课。班长管全班出勤，原则性极强，不可能包庇乐蓓音。我百思不得其解……

秋收季节，我们这些农村来的学生，都要回家帮着家里人干农活儿。我站在女生宿舍楼下张望，乐蓓音看见了我，羞涩地笑了。我们结伴去车站。

候车室光线暗淡，旅客比平常多，显得喧嚣嘈杂。

"搞完秋收一起回校吧。"

"要得咯。"

"不许你再丢钱啊。"

"我……"

乐蓓音还是道出了实情：她父亡母病，家人不愿让乐蓓音读高中，但她坚持要上。为了省钱，减轻家里的负担，乐蓓音凌晨三点从莆桉圫出发，沿公路步行七十多里的路程到校。我被惊得半天说不出话。一个女孩子能做到这样，得有多强的毅力啊！

"你放心吧，这次回家我捡野茶子、拾菌子，挣钱买车票。"乐蓓音的语气很平淡。

秋收假期结束，我们胜利"会师"在绿皮火车上。乐蓓音肤色黝黑，整个人虽瘦了一圈，但精神抖擞。我捧出板栗，她掏出橘子，我们四目相顾，都会心地笑了。

"以后，不管上学还是回家，我们都一起坐火车。"

"为什么呢？"乐蓓音调皮地问。

"关心你呗……互相照顾……"

乐蓓音不看我。列车咣当咣当，我的心怦怦直跳。

三年里，无论天晴还是下雨，我和乐蓓音都一块坐车回家，一同坐车返校——美好的青春时光，在绿皮火车律动的节奏里，悄然地溜走……

高考前夕，北山弥漫着一股紧张而躁动的气氛，就连枝头的蝉虫也扯破了喉咙在嘶叫。乐蓓音语文基础差，我给她找辅导书，教她做练习题，几次模拟考试她都进步很大。聊到未来时，我说我想考中文系，乐蓓音憧憬着与我考到同一个城市。

班会上，老师无限关怀地看了我一眼，进而扫向全班同学："你们现在要全身心地投入到学习中啊……老师虽然眼睛近视得厉害，但能窥透你们的心思。"也许因为我成绩优秀，是他的得意学生，所以他才没有揭穿我。

高考放榜后，我考上了自己心仪的学校，乐蓓音名落孙山。我忙完农活儿，到学校填报志愿，然后坐车回家。一路上，我心里都牵挂着乐蓓音，不知她怎样了。

莆桉圻车站到了，路灯下有个女孩在叫卖："花生、瓜子、矿泉水……"背影像乐蓓音，我喊了一声，她过来了，细瞧，不是乐蓓音，我连说"对不起"。

"你们别卖了，这样不安全，早几天就出了事……"工作人员粗着嗓子呵斥。

"是真的，一个花季女孩，莆桉圻的，想挣钱复读考大学……"车内有人叹息。

我心里反复念叨，那不是真的！不是她！但泪水早已夺眶而出。

那几个叫卖的女孩快快地离开了。

火车摇摇晃晃，带着我们的青春，消失在茫茫夜色里……

1975 年的糖

靳雪明

　　我童年的时光是跟着奶奶度过的。那个时候商业模式匮乏，也没有如今各种各样的娱乐活动。村里供销社是商品流通的唯一平台，人员流动性大，信息集中，人们有事没事爱到供销社拉家常。奶奶一有空就牵着我的小手，颠着颤巍巍的小脚去供销社。她花白的头发沾着清水梳得光滑顺溜，用黑色的发网绾起一个发髻，青色的偏襟盘扣衣服有些肥大。她那只牵着我的手布满老茧，却异常温暖。大多数时候，我都眷念着这种温暖，不肯把手从奶奶的手里抽出来。

　　供销社是一排青砖瓦房，砖混结构的长柜台。供销社屋内的大墙上贴着楷体字——五金、农具、布匹等等，每一类别的东西都按照各自的位置排列整齐。供销社有三名员工，其中一名刚参加工作的小伙子，白白净净，衬托上售货员的标配白衬衣蓝裤子，以及插在衣领后方量布料的直尺，神气十足。惹得附近的大姑娘小媳妇原本一趟就能买完的针头线脑，非要分几次到供销社买，为的就是多看几眼这个帅气的吃供应粮的小伙子。

　　奶奶不管这些，她的目标是百货区的那位漂亮姑娘。白衬衣蓝裤子，红红的脸蛋，大眼睛长睫毛忽闪忽闪，两条黑黝黝的粗辫子像两只蝴蝶，在胸前身后飞来飞去。我的魂魄被勾得七荤八素，确切地说，是被漂亮姑娘时而提在手中，时而放在一旁的小巧的秤盘子勾得七荤八素。那个秤盘子称盐、称糖、称碱，称的都是每家每户必备的东西。称完一样再换其他东西时，要用抹布擦拭干净再称。

母亲生我后落下病根，经常吃药打针。三个哥哥像几个小牛犊子一般咀嚼着家里能吃的一切。父亲一个人背着大山前行，担着星星，挑着月亮。五岁的我钟情于甜食，但家里缺乏让我一饱口福的食物，这使我经常哭闹不已。供销社便成为我离甜食最近的地方。

奶奶经常把我抱到长长的柜台上，大人们逗我玩，让我喊他们叔叔伯伯阿姨。喊了，有大方的顾客买了好吃的东西，也会塞到我嘴里一点儿。尤其是这个漂亮的售货员姑娘，她提起小秤，称完红糖白糖，倒入用于包装的草纸后，秤盘上会残留一些红糖白糖的颗粒。此时，奶奶用她干枯的食指在秤盘上仔细地沾起这些颗粒送到我嘴里。或者干脆抱着我，让我把嘴巴贴近秤盘，用舌头去舔净那些残留的甜甜的糖粒。时间久了，每当听到有人称糖时，奶奶总是先帮着漂亮姑娘，用干净的抹布沾上水擦拭干净秤盘再称。这样潮湿的秤盘上会沾上更多糖粒，能让我这个小馋猫舔到更多。

那天，又有人来称糖。我坐在柜台上，看着一张肥胖的脸，两边的脸颊因她呼哧呼哧粗重的呼吸微微扇动，犹如搁在浅滩的鱼儿剧烈呼吸时鼓起的腮。我认得她，她是我们村大队长的老婆。她穿着一条黄不拉几、像绸缎一样飘飘扬扬、用国外进口的化肥袋子漂洗干净后做成的裤子。我听别人这样说这种裤子——大干部，小干部，一人一条化肥裤，前边"日本产"，后边是"尿素"。

奶奶忙不迭地拿着湿抹布擦拭秤盘。

"你干什么呢？"队长老婆瞪着奶奶。

"啊……我帮你擦干净秤盘好称糖。"奶奶赶紧回话。

"要你多管闲事，忍你很久了。你拿湿抹布擦秤盘，安的什么心，你自己不清楚吗？拿嘴巴舔秤盘，恶心不恶心？"

"我……"奶奶拿着抹布的手僵在半空。

队长老婆冲奶奶一阵机关枪似的斥责，奶奶的脸霎时一片惨白，窘得无地自容，僵在原地。我吓得大哭起来，奶奶回过神，扔下抹布，把我抱下柜台，躲到角落，不停地拍着我，安慰着我。

漂亮姑娘称完糖，倒进草纸里。

"给我把秤盘上沾着的糖弄干净了。"队长老婆斜睨了我们一眼，对姑娘说。

姑娘轻轻撇了一下嘴角，右手食指将秤盘上沾着的糖粒一颗颗揩拭干净，放进草纸里。队长老婆昂着头，又像搁浅的鱼儿般鼓着腮消失了。

回家的路上，奶奶牵着我的手，冰凉无力。

从那以后，不管我怎么哭闹，奶奶再也没有带着我去供销社，舔称过糖的秤盘子。

闹铃声声

李景泽

清晨 5 点，寝室里闹铃炸响，把我、颜晓和林希逸都给吵醒了。我们仨纷纷抱怨说："刘欣然，你怎么又设置闹铃了？！"这是她的习惯，美其名曰叫自己起来学习呢，其实从来都没兑现过。这不，闹铃声响了许久了，她还躺在床上做着梦呢！

这天，颜晓忙到很晚才回来，一身疲惫地倒在床上便呼呼睡去。我们都以为，刘欣然这次应该不会设置闹铃了。结果第二天，天还没亮，一阵催命般的铃声就又叮叮当当地响起。

颜晓一听，猛地睁开眼，在床上翻滚了几个来回后，终于忍不住，腾的一下跃到刘欣然的床前，伸手就要打还在睡的她。林希逸眼明手快，一把将她拦住。我也赶紧冲过去劝，这才没引发冲突。

后来，抱着好心提醒的目的，我和林希逸把这件事讲给了刘欣然。看着她紧蹙的眉头，我们俩都觉得她这次肯定能改了。没想到她不仅不相信我俩的话，还反过来把我俩教育一通，说我俩在说颜晓的坏话，弄得我俩尴尬极了，怔在那儿，只能另想办法。

林希逸提议睡觉的时候戴耳塞。我们兴致勃勃地把耳塞买了回来，戴了一次，发现耳塞堵在耳朵里鼓鼓的，闹铃声是听不见了，可脑袋里不断传来的嗡嗡声像运行的发动机一样，更让人难以入眠。

我说："要不等刘欣然睡着后，咱们悄悄地把她的闹铃给关了吧！"这个想法得到了大家的一致赞同。夜里，我们躺在床上，准备就绪，蓄势待发，却发现刘欣然太能熬夜了，到了两三点还不睡，我们根本不是她的对手。还没等到她的手机息屏呢，我们就已经统统合上了眼……

思来想去，我们不得已采用了颜晓的法子。

这天下午，目送刘欣然离开寝室后，我们仨蹑手蹑脚地来到她的床边，快速地从她的床头柜上拿走了她的闹钟。虽然被这个闹钟折磨了好久，但这还是我们第一次触碰它。它的个头要比看上去大一圈，抓在手里冰凉凉的，我们的脸上却火辣辣。

傍晚，刘欣然回来后，很快就发现闹钟不见了。看着她手忙脚乱、一脸着急的样子，我们原本计划好的冷嘲热讽突然没了踪影。我们只是静静地抱着手机，斜着头注视着眼前发生的一切。

时间就这样凝滞了。

刘欣然把所有能找的地方都翻了一遍后，一动不动地坐在椅子上，将满是伤心的目光投向我们，问，有没有见过她的闹钟。我们仨马上异口同声地说："没看见。"她听了，咬着嘴唇，泪水顺着她的脸颊缓缓地往下淌……

这一刻，我们都不敢面对她了，只是自顾自地玩着手机，以显示我们很忙。在只有我们仨的微信小群里，颜晓问："她是不是猜到咱们拿了？"林希逸说："不会吧？这么快！"我说："看她的眼神，有可能。"

我们都在群里发了一个"哭笑不得"的表情，然后等待着刘欣然的爆发——她会跟我们大吵大闹，接着向我们挑明，是我们拿了她的闹钟，骂我们是小偷。我们见状，正好把长期积攒的愤怒与不满全部发泄出来，以此光明正大地跟她翻脸，逼着她换寝室。可是，我们错了——她默默地躺在床上，什么也没说，开始啜泣……

第二天早上，没有了闹铃声，我们本该睡他个昏天暗地才是，却都在 5 点准时醒来。在小群里，林希逸问："咱们是不是做错了呢？"颜晓发了一个"难过"的表情，我发了一个"大哭"的动态图。

我们仨不约而同地把头探出来，朝刘欣然的床铺看去。好巧不巧的是，刘欣然也正抬头注视着我们。接着，刘欣然呜咽着说："我就知道，你们不会不理我的。"刹那间，泪水模糊了我们的双眼。我们四个纷纷下了床，紧紧地拥抱在一起。那只洁白的闹钟也被我们重新摆在了她的床前……

毕业时，我们四个人都考上了研究生。

父亲的鱼尾纹

韩树振

父亲眯起眼瞅了瞅墙上的日历，惊讶地说："哎呀，今天芒种啦！走，咱爷儿俩到地里去转转。"我不情愿地跟在他屁股后面。

村路的尽头就是自家的麦田。父亲或蹲在地头，或走进田间，随手采三两麦穗，捂在掌心，两手合力揉搓片刻，拣去麦梗，吹掉麦芒麦皮，端详着麦粒，在手中一掂："挺肥的，好收成！"说着一扬手，把麦粒扔进嘴里，蠕动着腮帮，慢慢地咀嚼着，一脸喜悦与陶醉，只是眼圈红红的，眼角湿湿的。

我学着父亲的样子，采一两个麦穗，捂在掌心用力揉搓，麦芒扎得手又疼又痒，好像搓不下多少麦粒。麦粒青青的鼓鼓的，扔进嘴里嚼嚼，一嘴麦青味。

"老话说'麦熟一晌'。过几天联合收割机来了，恰好开镰收割。"父亲道。

"啥'麦熟一晌'！都是老皇历。"我不屑地说。

"麦子说熟就熟，一晌就全熟了。"父亲颇为自信。

"看来，没白忙活，没白受累。"我递上一句。

"人不辜负庄稼，庄稼怎能辜负人呢？"父亲凝望着金黄的麦田，若有所思。

几场东风刮过，开春了，要给麦子浇水施肥。街头传来"尿素、二胺、复合肥，卖化肥喽——"的叫声。我连忙从家里跑到街上，循着吆喝声望去。是串乡卖化肥的中年汉子，身材粗壮，皮肤黝黑。我急忙回家对父亲喊："爹，卖化肥的来啦！"父亲披上衣服不急不忙地来到街上，叫住卖化肥的。攀谈一番，父亲掰着手指数了数麦田的亩数，卸了十几袋复合肥。

常言道："浇一回地，蜕一层皮。"浇地可不是件轻松的事情。浇地收尾时，河里的水抽干了，只好耐心地等待河床底的泉涨水，针孔大小的泉眼，纤细无声的泉流，涨半天水，浇上一分地，再涨半天水，再浇上一分地，如此循环。

"浇地太麻烦啦！爹，咱别浇啦！"我实在没有耐心了，扯着嗓子嚷。

"你懂啥？这关系到一季的收成，咋狠心丢下不管呢！"父亲顿时青筋暴起，瞪圆浑浊的眼睛冲我大吼。

父亲平时很和蔼，又过了耳顺之年，极少发脾气。这时却发疯似的大吼起来。我用眼角的余光怯怯地扫过父亲铁青的脸，只见他的鱼尾纹像被铁犁犁过一般，沟壑分明。

我后悔不该说那些话。是呀，看看麦田的墒情，麦子正等着喝水，怎能狠心不管呢？

父亲告诉我时，他依然眼含热泪。当年父亲跟着大人们去赶集，走着走着，"扑通"一声饿倒在地上。大人们把父亲背回家，我的奶奶喊天天不应，叫地地不灵，在炕上抱着枕头哭，绝望的泪水打湿了枕头。突然奶奶有了主意，她抄起剪刀把枕头豁开，倒出里面的秕子，用水淘了淘，掺和着从地里捡来的胡萝卜须，在锅里蒸了顿饭。父亲吃了顿饱饭，逐渐地缓了过来。"粮食是命根子！"这话常挂在父亲的嘴边。每次吃完饭，他都要把碗舔得干干净净，不容许留下一粒剩饭。父亲把半张脸埋进碗里，眼角的鱼尾纹特别扎眼。

当初跟父亲浇地时刚能没脚面的麦苗，已经株株挺立、穗穗丰盈。当初"浇地不觉足染泥"的嫌弃，也成了"灌麦顿教手沾香"的得意。

眼前身后是片片金黄的麦田，成熟的麦穗有一种朴实沧桑的力量。作为一个吃馒头长大的人，我对麦子有一种天然的眷恋和感恩。不觉间，我眼睛里落下了泪帘。一阵风吹过来，麦浪起伏，沙沙作响。于是我心头泛起一首汉俳，随口吟诵道：

"滚滚波涛涌，

离离麦浪声似蛩，

节气值芒种。"

父亲有些耳背，疑惑地问："你在说啥？"

"麦子好收成！不愁吃穿不愁喝，手头儿又富裕。"我急忙改口大声说道。

"小康社会嘛。政策好！好年景！"父亲的脸上绽出微笑，然后弯下腰用手指掸了掸裤腿上的尘土。

"天天吃白面，赛过活神仙。"他直起腰又补上一句。

"天天吃白面馒头，蒸白面包子，肉多馅肥，上捏十八个褶，熟后像菊花盛开。"我凑到父亲身边，在他耳旁打趣。

父亲笑了，笑得格外开心，鱼尾纹如水中的蜜般化开，甜蜜无比。

一个没胡子的男人

陈雨辰

一

我第一次见到魏成功，是在九岁的时候。

那些日子我总是一个人坐公交车回家。跳下公交车往右拐，三百米的矮个子冬青以后左手边就是我姥姥家。那是一幢三层的小楼，20世纪的建筑，一层便挤上十几户人家。风一吹，墙皮随风飞扬，一块一块像是欲坠的格子。

那是一个晴朗的暮春傍晚，春天的草儿青青，春天的风儿轻轻。我正"噔噔"地往楼上跑。从我记事起这栋小楼的楼梯就没有干净过，总是有不知谁扔下的烟屁股和钢锄大小的痰印子，边棱处会有鞋底粘上的泥土。有那么一双皮鞋，半旧却很光洁——它挡住了我的路。

我下意识地抬头。住在这里的男人很少会穿这样的鞋子，他们大多数时候会脚踩廉价的运动鞋，走着走着鞋垫会时不时从脚后跟冒出半个头。说实话我很惊奇。我甚至忘记了自己那天穿着什么衣服，但我永远记得那双黑色的半旧皮鞋。它的主人是个没长胡子的年轻男人，那张脸一如那双皮鞋，比这楼梯干净多了；他穿着整洁的白衬衣和牛仔裤——一切与这里格格不入。

他把身子一侧，刚好留出容许我通过的空间。我听见楼下卖西蓝花的大妈喊道："成功，搬来了？"哦，原来他叫成功。

二

忘了介绍我自己。我叫九妹，跟我妈姓马。我有姥姥有妈，只是谁也不知道我爸是谁。

在见到魏成功以前，我认为这世界上区分男女的标志就是有没有胡子。所以我想魏成功搞不好就是个姑娘。后来他跑到我姥姥家来敲门："大妈，我听说你们家有个上小学的姑娘？"

我姥姥说有啊，叫九妹。魏成功对我姥姥说："我想成立一个满归诗社，成员都是学生，让九妹也来吧，我教她写诗，行不？"

姥姥一听："写什么诗啊，又不能挣钱。我们九妹不掺和这事。"

我在一边嚷嚷："谁说的，我去！"

只要不在家里闷着，去哪儿都成。

三

我去了。

诗社在魏成功的小屋。一张椅子，周围众星拱月般摆着一圈小凳子。八个人，只有魏成功一个老师，七个小学生全住在这幢小楼上。诗社叫"满归"，取"满载而归"之意。

魏成功说："这幢小楼里住着你们的父辈，他们大多浑浑噩噩地混日子。你们还小，不能就这么庸俗地走下去。你们要有一扇窗，去感知美，感知力量。诗歌就是这样一扇窗子，你们能看到楼梯上烟蒂折射的光辉和炊烟中不一样的风采。从今天开始我要教你们写诗，即使身处深沟，也要看到星空。"

有一个旁听的大人，满脸络腮胡，黑森森的瘆人。他一听不乐意了，把自己儿子揪起来："回家！嘴上没毛，办事不牢！又不挣钱，说什么有的没的！"

另外几个学生一看，也跑了。而我突然对窗子充满好奇。

魏成功很痛苦，扶着额头瘫在椅子上。我坐在他对面的凳子上，用双手托着下巴："讲吧，魏老师。"

魏成功那没有胡子的脸抬起来，他努力挤出来一个比哭还难看的笑容。

第一堂课，他给我讲了修辞。魏成功说："小学生是什么？小学生是太阳内部巨大的能量，是世园会的鲜花竞相开放。希望是什么？希望是烟屁股上闪着的光，是春天的风吹在你脸上。"

他举了好多例子。后来他问我："成功是什么？"

我没憋住笑："成功啊，是个没胡子的男人。"

第二天，他念了一首自己写的诗：

> 琉璃墙剥蚀，情感在云端
>
> 未名花朵芬芳，一朵，两朵
>
> 人间为何种，白烟亦不知归处
>
> 这是你的世界。
>
> 留声机磨损，火山在深海
>
> 古老时针吃力，咔嗒，咔嗒
>
> 万古有多久，永恒也不为答案
>
> 那是你的时间。

我说："老师，我姥姥家也有留声机！把唱片往上一放，大喇叭花就开始放曲子了！"

魏成功笑着点头，我发现他嘴巴上方没有男人常有的青青的胡茬。他大概是从小到大都没长过胡子。他说："诗歌就是这样，你所熟知的事物，却有着新奇的表达。有意思吧？"

我重重地点头。

魏成功又说："这里的小楼终归是太小了。你的生活不在这里，你要像白烟一样出去看看，才能找到自己的位置在哪儿。世界与时间，都在你自己掌控之中。"

那是第四天，我写下了人生中第一首小诗：

玻璃瓶中有紫罗兰，鲜艳煞人眼

如是你听闻呼喊

待回头又万物不见

魏成功接过那张皱巴巴的草稿纸，一拍大腿："成功了！"

他大大地咧开没有胡子的嘴巴，牙齿白得发光："九妹，我果然没有看错你，孺子可教！你要学会挖掘，挖掘平凡生活中不平凡之处，并用自己的话写出来。这就是诗，多简单啊！"

我转一转手中的棒棒糖，也笑了。

魏成功说："现在我不担心了，你若是留在这小楼，也不必忧愁庸俗一生。一旦你的情感、你的思想开始起舞，哪里都是远方。"

四

我后来才知道，魏成功是城里小学的语文老师，也是这个地方罕见的大学生。后来魏成功回到了他的家乡，那里是遍地楼高得像要通天的大城市。

我想，魏成功没胡子，却是个真男人。

没有人再教我写诗，我便书写自己的花与草，风和雪。无妨，一颗名为诗歌的种子已然在我心中发芽。公交车上的声音不再喧哗，是莫扎特在人世间流淌；西红柿鸡蛋汤不再乏味，是烈焰与光明相拥共舞。我，找到了自己。

五

今天我拿了诗歌一等奖，站在台上，老师问我："你的创作起源是怎样的？"
镁光灯打在我身上。我想了好久，说：
"一个没胡子的男人。"

虫　子

陈永胜

　　小时候家里穷，没什么零花钱。好在村里三面环山，上学的路上扒拉扒拉石头，偶尔就能翻到土鳖子、蝎子之类的小虫子，这都是难得的宝贝。那时候蝎子三四十一斤，抓到一只大的就能卖几块钱，好几天的零花钱都不用愁了。

　　先从家里找一个旧的药瓶，在瓶盖上戳几个孔，再找一支筷子，从中间劈开，插上一支小竹签，一个夹子就做成了。蝎子会用尾巴上的钩子蜇人，用筷子保险点儿。当然我们是属于胆子大的那一批，都是直接用手去抓。

　　我是村里孩子中抓蝎子的高手，抓回来的蝎子我都放在一个盒子里养着，等贩子来了一起卖。攒了一星期，小盒子里已经有五只蝎子了。

　　这天小萝卜嚷嚷着要去我家看蝎子。小萝卜是张家寨的异姓人家，另一家就是我家。所以，虽然大家都不是很喜欢小萝卜，但我对他却有莫名的好感。中午一放学，小萝卜就屁颠屁颠地跟在我后面。一到家，我就把蝎子拿给他看，他却很害怕，远远地躲在我身后。我抓起一只蝎子去吓他，他顿了一下后跑得老远。

　　没一会儿，母亲叫我去端碗准备吃饭，我就让小萝卜自己看。等我端着碗回来，小萝卜已经不见了，估计也是回家吃午饭了。吃完了饭，我又去看蝎子，发现最大的那只没了，把盒子翻了几遍还是没找到。我脸憋得通红，此时我认定是小萝卜偷走了我的蝎子，气得肚子都鼓起来了，立马出发去小萝卜家质问。

　　小萝卜正在吃饭。他父母都在外地打工，只有他和他奶奶在家。我直接就问："我的蝎子呢？"

小萝卜停下筷子，茫然地看着我。

"我的蝎子呢？"我故意提高嗓门儿，企图让他奶奶听到。事实证明我的目的达到了。他奶奶放下碗筷，用尽可能大的声音喊道："你又偷人家东西了？"

"我没有。"小萝卜站起来吼道。

没有什么废话，他奶奶立马找来扫把，追着他就打。小萝卜被打得满院子跑，一边跑一边喊。他奶奶又大吼一声，他终于是不敢跑了，跪在了地上。代表着审判的扫把一下一下打下去，起初我的心里非常解恨，似乎这一顿打已经抵消了我蝎子被偷的愤怒。这种感觉让我想起我在电视剧中看到的场景：我坐在明镜高悬的衙门之上，小萝卜就跪在下面，他奶奶正是衙役，正按照我的要求打他五十大板。随着他奶奶下手越来越重，小萝卜也哭得越来越厉害。他的嘴不知何时已经肿了起来，我心里开始不安。

小萝卜似乎很怕蝎子，连看一眼都要站得远远的，他怎么有胆偷呢？我反问自己。于是我感到害怕，我害怕我诬陷了他，害怕他因此仇视我、孤立我。

"不是他拿的，应该是我没注意弄丢了。"我小声地说。

小萝卜的奶奶听到我这样说，手里的动作慢了下来。我的脸火辣辣的，一刻也待不下去了，飞快地跑回家，看着盒子里的蝎子，那只最大的确实是不在了。

这事之后，我很害怕小萝卜记恨我，害怕他把这件事告诉别人，让别人疏远我。出乎意料的是他并没有，他还像往常一样和我玩。只是他的嘴肿得很严重，听说后来还打了好几天的吊瓶。我就这样怀着愧疚和他一起度过了小学生沾，我曾经觉得自己一辈子都不会原谅自己。他不说，我也知道，这件事一定对他的心理造成了莫大的难以弥补的创伤。

好多年一晃过去。前些天同学聚会，这件事又重现心头。我因为愧疚而不太敢面对小萝卜，本来是不想去的，但同学们一直盛情邀请，我最终还是参加了。

小萝卜现在活泼开朗，和小时候截然不同，在饭局上总能讲一些段子引得大家发笑。聊着聊着就聊到了小时候抓的那些虫子，他说："小时候都爱卖蝎子，就我爱吃，生着吃挺好吃的，咸咸的。有一次我又生吃蝎子，一下蜇到我下嘴唇，肿得老大，俺奶带我打了好几天的吊瓶才好。"

大家都笑得合不拢嘴，只有我，心里那一堵巨大的由愧疚组成的石墙轰然倒塌，剩下的是无尽的愤怒与委屈。压在我身上十几年的事，他根本就不在意，并且都已经忘了吃的蝎子是哪来的了。

"你吃的是我的蝎子。"我最终还是没忍住，站起身尽可能平静地说道。

大家似乎看出来了我的不对劲儿。没等小萝卜说话，不知道从哪里传来一句："不就是只虫子吗，计较个啥？"

乌龟与木鱼

缪林翔

出于身上背着防弹衣似的"龟壳"的缘故，他们都喜欢叫我"乌龟"。

最倒霉的日子，于我而言不是下雨天，而是暑气蒸腾的夏天。每当艳阳高照的晴日来临，我单薄的汗衫便湿透，一股黏如橡皮泥般的汗液粘连着白衬衫与"龟壳"——脊柱侧弯矫形支具，那种感觉简直比穿着棉袄进汗蒸房还难受。这还不是最凄惨的，更讨厌的是每隔三四天我就必须洗一次澡，无论再忙也得从书山墨海中挤出闲暇，否则腰背的皮肤就会奇痒无比。这种奇痒容不得你去抓挠，一抓挠就会使肌肤破皮变红，有时候甚至还要流血留疤。愈痒愈抓，愈抓愈痒，因此导致皮肤发炎是常有的事。

但这"龟壳"也并非没有给我带来益处，譬如我可以正大光明地办理体育课的免修单，从而趁同学们在操场上汗流浃背地锻炼的时候，泰然自若地坐在教室里吹空调、写作业、读小说。我总是会把完成课后作业当成每日的第一要务，做完作业就爱读些芥川龙之介、萨特、格非的作品。前段时间，我在京东浏览商品的时候发现阿尔贝·加缪的《局外人》正在特价售卖，于是在求知欲的驱使之下买来一本，当作自己晚自习下课时间的休闲读物。

那天我正靠在椅子上翻阅《局外人》，却隐约察觉到右前方有一束目光倾注于我。我用眼角余光朝那个方向窥探过去，便见有一个平时不爱说话的女生正盯着我的书，仿佛她在用凝视的方式同这本《局外人》建立通讯连接。然而令人尴尬的是，我一时竟忘记了她的名字，以至于我呆若木鸡地注视她的面颊良久，直到她猝不及防地抬眼注意到我，我才像触电般回过神来继续看书，佯装自己并没有在思忖中端详过她。

"木鱼"，当时我的脑海里只浮掠过这个词，原因是数学老师曾在课上用类似的名词斥责过她——谁叫她一到上课时间就爱发愣呢。我起初不太理解她独来独往的生活方式，但后来却听朋友八卦说她患有内向型忧郁症，我也就对这个性情孤僻的女生萌生出了一点恻隐之心。算了，名字想不起来也罢，反正我也没那个闲心思去和她搭讪。于是，我便用"精神胜利法"安慰自己："注视一个人太久是不文明的，我盯着她看了那么久，也不必上去说抱歉，算是占到便宜了。"这样揣度着，我亦不知自己是对是错，也就含混地陷入书中的世界观，跟随加缪笔下的默尔索的视角，置身事外，做一个标准的被诊断为"局外症结"的现代人。

她好像自觉没趣，就侧回身去，摆弄起书桌上的一支红色笔芯。不过多时便上课了，她的目光渐渐从桌上收回，转向黑板，然后又聚焦于其中的某一点，似是而非地思索着人生重大的哲学命题。——这是我忍不住抬头对她观察后产生的臆想。

下课后，我故意拿着《局外人》与她擦肩而过，想试探一下她的反应。回头一看，她却将目光落在我后背隆起的"龟壳"上。见我转身，她有些不自然地避开我迟疑的眼神，继而望向窗外校园里蓊郁苍翠的树木，去聆听一首喜鹊在筑巢时演奏的音乐。

这场无端对视的风波，就在我们彼此默契的回避中结束了。下一次再和她接触，是在一个雷雨交加的午后。

周六下午放学时，正逢暮云靉靆遮天蔽日，闪电像巨人的佩剑划破浓云，风雨中飘荡而出的潮湿气味都是暗灰色的。我背着书包站在长廊中等候兄弟小涛下楼，偶然间侧身瞥了一眼校门口的传达室，便看见她形影相吊地伫立于屋檐下，惶惶不安地注视着瓢泼大雨，仿若一株木芙蓉。我愣怔片刻，心里似乎想起了什么，回头看到小涛恰好携着雨伞冲下楼来，就对他喊道："小涛，你把伞借我一起撑吧！"

"咦，你手上不是有伞吗？"小涛诧异地问道。

我想解释些什么，却发现一时半会儿说不清楚，便没有理会小涛的疑问。将身上的"龟壳"绑带解得松散一些，我便把大衣披在自己头上，一个箭步冲进雨幕，以电光石火之势把雨帘穿刺出一条白色的"血路"，奔到传达室门口，"哗啦"一声将手中湿漉漉的雨伞撑开，递给那个女生。

"你……"她用一种压抑且怀疑的神色观察着我。

"没事儿，我身上有'龟壳'呢，这点雨水湿不进来的！"我由衷地感到一阵喜悦，遂在彼此的凝眸间笑逐颜开。她似乎也想笑，转而又有点想哭，于是呈现出苦笑的表情。

"那支红色的笔芯，是你放在我桌底的吧？"我继续保持着热忱的笑颜，扭身看见小涛正撑着伞朝这边跑来。

"啊？应该是的吧。你不是经常被老师批评，订正作业不用红笔吗？"她似笑非笑的，不禁令我联想到《笑猫日记》。

"乌龟，我说你也真是，下这么大的雨，说都不说一声就冲过来。你要是再感冒发烧，下周一的主课你都可以请假了！"小涛明显是带着一丝担忧在责备我，他打量一眼我伞下的女生，又侧过脸来问我："她是谁？"

"我的一个朋友。"我会心地笑着，脸部的肌肉有些僵硬——我仿佛想在她面前树立温和友善的形象。

"以前怎么没见过……"小涛嘟囔着摇摇头，把手中的伞撑向我这边，"喏，你把我的伞给她吧，这伞是新的，比你那把贴有劳动局标识的老伞好用得多。"

"这怎么好意思？"她脸上的红晕像初晴霁月一样愈发明显起来，"我打电话叫家长来接就行啦，何必呢？"

我听小涛说得在理，就跟他换了把伞，将小涛递给我的宝蓝色新伞硬塞给那个女生，对她说："就当是我的一个回礼吧，那天恰好是我生日，你是高中以来第一个送我生日礼物的女生。"

她这回是真正释怀地笑了，说："谢谢你，以后多多交流呀！"

"好，一言为定！"

后来，她告诉我，我大概是她升入高中交到的第一个朋友。我问她为什么用"大概"这个含不确定性的词，她说，因为她不能确定那些表面上想亲近自己的人，实际上到底安的是什么心。她常跟我提到一句话："未尝君苦，不劝大度。"

"你为什么不会瞧不起我？"某一天吃午饭的时候，她主动坐在我的身边，向我冷不丁地抛出这个问题。

"我为什么要瞧不起你？"我给她来了一句反问。

"因为我是木鱼脑袋，上课听不进去，沉浸在自己的世界里，还跟同学们格格不入。"她那清澈的眼神显然在期许一个答复。

"其实吧，我觉得你这样挺可爱的啊。"我咽下一口白米饭，坦诚地对她讲道，"就像你也没有瞧不起我身上的'龟壳'呀，我的脊柱弯出了一个弧度，但这并不能代表什么特殊的含义。我依然是一个人，你也是，一个天真可爱的人。"

"嘿嘿，你真是一个好人。告诉你一个秘密吧，我之所以那天盯着你的《局外人》看个不停，是因为我超级爱看那本书，它讲述的荒诞主义哲学太美妙了！"她绽放出一个甜蜜的笑靥，嘴角沾着一粒小小的米饭。

"真的吗？原来你也喜欢加缪呀！"我惊喜得忍不住张大了嘴巴，"那是不是说，假如你盯着一样东西看很久，就意味着你很欣赏它的价值呢？"

"对啊，我可不在乎什么礼貌不礼貌。"她的目光始终没有离开我的侧脸，"我只在乎一件事物是否能够被人发现价值。"

"也许，就好比你和我？"我捂着嘴辗然而笑。

"当然，乌龟与木鱼，没有例外啦。"她笑得特别灿烂。

仿若窗外燠暖的阳光一样。

第八辑

乐园一种

花的极短篇

席慕蓉

昙　花

他不应该送她一朵昙花的。

文美那年还小，十七八岁的样子，住在志成家附近。因为是乡下，每家的院子都很大，又都种了花和树，所以，感觉好像是离得很远似的。

志成上学放学，走的是另外的一条路，可是，放假的日子，也常会带着他的大狼狗走过文美的门前，隔着矮矮的石砌的院墙，两个人打个招呼什么的。两家父母都相熟，有时候两家的主妇做了些什么特别的点心，也会让孩子端一碟送给另外一家，这时候，两个孩子彼此之间交谈的话会多一些。志成会站在大门前说些从大学里听来的笑话，文美听了，常常会笑个没完，然后又不知道想起了什么，赶快转身往家里跑，一面跑一面回头笑着和志成挥手说再见。

有一天晚上，志成家的那棵昙花要开了，他的母亲要志成来找文美一家过去看。

那是文美第一次看到昙花。

大人们都坐到客厅里喝茶聊天去了，只有两个孩子傻傻地端坐在花前。那天晚上有月亮，在窗下的昙花因而显得叶子特别深绿，花瓣特别莹白。他们屏息注视着一朵花在黑夜里逐渐绽放，生命似乎变得非常丰盈有力、非常形象化了，文美的心里有一种奇异的兴奋，渴望与人分享。

志成就微笑地坐在她身旁，倾听着她一声又一声的惊叹。整个晚上，他好像很少说话，可是文美说的每一句话他又好像都很同意。

大人们兴尽了，在门口互道晚安。文美临走前还一直回头看，花还没开满，还差那么一点儿，不过，太晚了，是该回去了，明天还要上学呢。

回到家没多久，志成就来敲门了，她去应门时看见他拿着一枝带着叶子的昙花站在月亮底下。他说：也许，也许文美想看看花开满了以后的样子。

文美低声地谢了他，穿过院子回到屋里，把昙花挂在客厅和餐厅之间的门框上，整夜，她在醒与梦之间都闻得到浓郁的花香。

好多年以后，每次闻到相同的花香，文美都会想起那个在月亮底下把昙花摘下来的少年，他们从那夜以后就没有再相见。

他不应该送她一朵昙花的，听人说，那是一种不祥的征兆。

圣诞红

幼梅并不特别喜欢运动，可是，那天下午，她却忽然心血来潮和班上几位同学打了一场篮球，又笑又闹地输了球，因而回家比较晚了。

母亲在她一进门时就说，后面山上的昌伟来过好几趟了，好像很着急，他有两张话剧的招待券，想请幼梅去看。母亲让幼梅赶快去问问，现在去还来不来得及？

那时候，家里还没装电话，幼梅只好转身又出门往后山跑去，天已近傍晚，夕阳把整个山坡映照出一种红金色的光泽。

有人在山路旁种满了圣诞红，这时正是开花的季节，层层叠叠的花瓣像疯了似的拥挤在一起。

开门的是昌伟的父亲，一位严肃的长者，幼梅一向有点儿怕他。昌伟也出来了，就站在他的身后，幼梅一面还有点儿喘气一面笑着问：

"我在学校打球，回来晚了，现在去还来得及吗？"

山风拂来，她觉得脸上热热的，不知道是因为怕羞，还是下午的那场球赛，或是刚才的那场奔跑，幼梅知道自己的脸一定很红。她也知道自己的头发一定很乱，衣服一定很不整齐，可是，她从来也没能和昌伟一起出去过呢，她希望还来得及。

而昌伟的父亲只把门打开一半，并且挡在门口，很温和地向她说：

"算了，现在去已经太迟了。"

昌伟在他父亲身后，一句话也没说地注视着她，然后门就关上了。在关门前的一刹那，他父亲还很抱歉地再加了一句：

"下次再一起去吧。"

幼梅慢慢地走下山，夕阳变得极为黯淡，路旁的圣诞红原本是艳红的花朵，忽然之间都转成一种狰狞的深紫，使得在花旁经过的她不自觉地打了一个寒噤。

没有下次了，从此以后，就没有下次了。

其实，幼梅并不是特别喜欢昌伟，只是，每次想到这件事都会觉得有点儿难过。

假如那天不去打那场篮球，是不是就会不一样了呢？还是说，从一开始，就是太迟了呢？

栀　子

向着海的山坡上种了上千株栀子花。一到四月，那刻着极深的旋纹的蓓蕾就开始饱满起来了，颜色也开始从绿到白，一层一层地旋转起来，好像可以一直旋进你的心里。四月中旬以后，花开得盛时，海风能把那种特殊的芳香传得极远极远。

就是在那样一个晴朗而又充满芬芳的日子里，康平很慎重地摘下一朵栀子花，很慎重地把花放进心茹张开着的手掌心里。花是柔柔的，白中带着一点儿稚嫩的淡绿，心茹的掌心也是柔柔的，白中透着一层健康的润红。

那天心茹一直低着头，也没怎么笑。也许是康平拿花送给她的时候，动作太慢太慎重，因此，两人虽然没有说一句话，可是，又好像都有一点儿明白：虽然不过是一朵香香柔柔的花罢了，但也许能代表一种盟约也说不一定啊。心茹就越发不敢抬头了。

那种年轻又无知的日子啊！女孩偏要装成深沉得不得了的样子，所有的话都只说一半，所有的渴望都只肯透露出一点儿，其他的就希望男孩能猜得出来，而且固执地认为：他应该猜得出来。失望了的时候就会反反复复地想上几天，甚至在夜里也会坐起来哭上一阵子。

有多少转折难懂的心事啊！康平现在想起来却禁不住要微笑。他还记得那些好像短促其实又很漫长的下午，在山上或者在林间，心茹低着头，而他在旁边手足无措的样子。好不容易两人才能见一次面，康平觉得好兴奋，也不知道该先说哪一句话。他觉得，只要能站在心茹身边就很知足了，就是漫无目的地闲逛也是幸福的，可是心茹却常常会无缘无故地生起气来。那一朵花就是在那样一个时刻被采下来的吧，放进她小小的手掌心里时，他心中也有着一种温热的感觉，如何能让她知道，他是怎样地热爱着与疼惜着她啊！

就是一直到今天，二十多年后的今天，康平想起那些日子，仍然会微笑起来。在这个面海的山坡上，在这个晴朗的四月天里，到处飘浮着栀子的花香，在草里，在风里，在他的心里。

盟约当然没有实现，十六岁和二十岁的少年在今日看来实在是太年轻了，本来就不能答应什么或者安排什么的。不过，也许就是因为年轻，所以才会有足够的勇气来表示一些什么吧。

四十多岁的男子一个人在树丛里慢慢地寻找着，想找一朵开得刚好的栀子花摘下来，带回城里做个纪念。花是找到了，正开在他的眼前，柔白中带着一点儿淡淡的嫩绿。他伸出了手，又缩回来，终于只是凑近嗅了一嗅，转身往山下走去了，唇边还带着隐约的笑意。

其实，盟约还是在的，也实现了，只是用了一种与人世间其他事物完全不相同的方式罢了。可惜的是下山的康平还没能完全感觉到。

也许，还要再等二十年？等到六十多岁时再来回顾，再发现那种温柔与疼惜的感觉，仍然会随着栀子的花香而准时地浮现出来的时候，到那个时候，康平也许才会明白吧？

童年无故事

邓建华

好歹是个窝

你爬不爬？母亲吼道。

父亲蹲在苦楝树下，低着头，吸着烟，一声不吭。不时，有几粒苦楝籽，落下来，落在父亲和母亲之间。

你不爬是吧？母亲把手里的菜篮子一扔，左手一指，你看看都什么时候了你还不爬？

母亲手指的地方，有六个在晚风里瑟瑟发抖的孩子。

好吧，你不爬，你不爬我爬！母亲往手心里吐了一把口水，抱住苦楝树。

走开！父亲起身了。他拉开母亲，犹豫片刻，径直往树上爬。

我们一边发抖，一边兴奋地望着爬树的父亲。

我们知道，马上就能烤火了。那个巨大的喜鹊窝，应该能拆下一担干树枝。

父亲窝着火，爬树的速度飞快。

他的头接近了鸟窝。

他的手已经触碰到了鸟窝。

他往鸟窝里瞧了一眼。

我们赶紧散开，准备捡树枝。

不料，父亲却一下子从树上溜了下来。

还是老样子，他蹲在苦楝树下，低着头，点着烟，一声不吭。

母亲又吼了，你发什么疯你，人都上去了？

没有回答。

六个瑟瑟发抖的孩子，抖得更加厉害了。

你哑巴了？母亲开骂了。

父亲再次弹起来，打雷一样，叫道，就只有你有孩子啊这个世上？！

母亲出奇地没吭声。

过了好一会，母亲才无奈地捡起摔坏的菜篮子，把我们六个孩子赶进屋。

我们在屋里，听见母亲细声细气问父亲，多大了，有几只？

父亲瓮声瓮气，说，六只，毛还没干呢。

母亲叹口气，寻菜去了。

也就一条狗

大伯要到很远的地方去，我很不开心。他去了，就没有人带我钓鳝摸龟了。

大伯还要带白花狗去，我更加不开心。白花狗一直是我的小伙伴，给我拿拖鞋，陪我游泳，送我上学，没有它，我还能有什么乐趣？

我的不情愿，不可能改变大伯去远方，也不能够留住白花狗活蹦乱跳的影子。爷爷说了，他是去八百里洞庭边的农场，那里田土多且肥沃，说不定，还能够给家里送点谷米回来，要不然，　大家子都得饿肚子啊。

我的眼直勾勾地望着狗。

爷爷又说，人在千里外，没有谁能够陪他，就这狗了。

大伯和白花狗，就在我去上学时，出发去了很远的地方。

据说，要翻两座山，要过五六条河，要坐半天拖拉机，要过两架木桥，要乘四次铁板船，要走上百里的河堤。我不敢想，我疲惫的大伯，和我家那条没有出过远门的白花狗，要怎样才能够找到介绍信上说的陌生村庄。

我的担心，很快消失了。大伯写信回来，说都安顿好了。

我的不安，很快来到了。大伯又写信回来，说白花狗不见了。

我哭得很伤心。

爷爷叹道，在那湖坪野地，多半被人煮了，唉，比起一家人不挨饿，一条狗算什么呢？

我说，它不只是一条狗。

爷爷问，不是狗是什么？

我说，它真的不只是一条狗！

爷爷听不懂。爷爷在搓草绳的时候，睡着了。

在没有大伯带着钓鳝摸龟，白花狗陪着上学的日子里，我由二年级读到四年级。

有天放学，爷爷在喊，青云啊，你快过来看看。

我跑了过去。顺着爷爷的手势，我惊呆了。

我分明看见一条骨瘦如柴、可怜兮兮的狗，战战兢兢地在我家菜园子边发呆。那狗看见我，竟然没有半点儿反应。

爷爷声音有点抖，它怎么能够找回的……挨了多少饿，挨了多少打，挨了多少野狗咬……它怎么就能够记得这个家，要过桥要过船……两三年啊……

我看见爷爷涕泪交加。

我敢肯定，我就是那一天那一刻长大的。我突然就长大了。

我看着白花狗，说，不过就是一条狗啊！

爷爷狠狠地说，你怎么能够说它就是一条狗！

我说，它就一条狗。

爷爷说，它不是……

我说，就是！

又过了几年，大伯回来了，带回四袋白花花的米。一家人，煮了一大锅糯米饭。爷爷把第一碗，装给了那条站都站不稳了的白花狗。

无关风月

万　华

白云苍狗

周五的晚上，女人发了个信息给男人，内容并不重要，有时候是一个表情，有时候是一串符号。

女人说，你看，说你是狗吧，丢根骨头你就来了。男人反驳说，你错了，除了爱你，我还有一千个来见你的理由，但是你不知道，你就是那根骨头。

周六早上，男人睁开眼，阳光透过窗纱落在书桌上，色调饱和，桌子的周围散发着一圈光晕，像宫崎骏动画中的场景。

男人看看旁边的女人，女人睡得正甜，裸露的锁骨衬托着一张稚嫩的脸。有那么一瞬间，男人看到女人脸上淡淡的茸毛，罪恶感从心底一闪而过，但此时女人的睫毛上也落了一圈光晕，特妩媚，男人的罪恶感就消失了。

一整天，男人没有出过房间，女人睡饱了会起来给男人做饭，吃什么很简单，但必须有一瓶红酒。

按照惯例，周日，女人会和男人吵一架，小吵的那种。

女人说，来来，小白狗，吃奶奶。男人有点生气，说，你什么时候能成熟点。女人说，你放屁。女人说着就笑了起来，顺势转了一圈，身上的浴巾也顺势落了下来。女人端着红酒，说，你看，我不是小女孩，但你是一条大白狗，你一定得承认，你看你，全身上下比娘们儿还白，光溜溜连根腿毛都没有，你说你是不是白狗。

男人吵不过女人，扮着狼狗的样子扑向女人。

男人说，你醉了。女人说，狼狗也是狗。

周日下午，女人趴在十二楼的窗口，望着楼下的男人跨上摩的，呼一下，飘走了。女人突然觉得，男人不再是一条白狗，而是一朵白云。

一仰头，女人喝下杯中的红酒，一串眼泪跟着落入高脚杯。

猫会跳舞

萧子给李米打去视频电话，报喜小区终于解封了。

李米不说话，只是盯着萧子看。

萧子问："你看什么？"

李米噘噘嘴说："你回头看，你的猫在跳舞。"

萧子转过头，她的猫正在绿化带里刨坑。

"真的，你的猫刚刚真的在跳舞。"

萧子不能容忍李米说瞎话，这不是一个居民应有的素质，萧子的素质就很好，萧子并没有当面指责李米。

猫怎么会跳舞，猫当然不会跳舞。萧子隐忍着爆发。几十天没见面，难道就不想我吗，为什么说猫会跳舞？

萧子不敢想象自己将来和一个爱说瞎话的男人过一辈子。按照目前的发展趋势，这样的男人会从说瞎话开始一步一步走向龌龊。

铃声响起来，是李米的视频电话，萧子思索了一下，将手机扔向沙发，可手机还在响。

萧子问猫："接不接？"

猫当然不会说话，顾自窝在沙发里打盹。萧子又想起李米那句话："你的猫在跳舞。"

思考了整整三天两夜，萧子决定和李米分手。李米居然没有哀求，也没有质问，甚至连半个字都没有回复，萧子很轻松就和李米分手了。萧子感到庆幸，果然，这样的男人不可托付终身。

晚上九点，憋屈了几十天的街道渐渐起死回生，跳广场舞的大爷大妈首先活跃起来，从大秧歌到华尔兹，从交谊舞到太极拳，没有大爷大妈们不会的。

猫真的会跳舞。

萧子愣住了，她的猫跟着大秧歌的节奏，在花圃边缘抬起两只前爪，扭着屁股，尾巴甩来甩去，它真的在跳舞。

萧子抓起拖鞋砸了过去。猫怎么会跳舞呢？这一定是一只不正经的猫。

无关风月

临出门时，K米回头看了看床上。木易举起苍白的爪子挥了挥。K米送去一个飞吻，带上门，外面的阳光有点儿刺眼。

这是一个让人愉悦的早晨。

上午八点，木易还是不愿意睁眼。这一夜，木易与K米吵了一架，眼窝又凹下去几寸。所有这些，K米是不知道的。十一点半，K米到公司食堂吃饭，饭后去二楼咖啡厅看半个小时报纸，然后乘一点半的地铁去步行街，买最新出来的拉姆手办。

木易和K米分开一天，这一天里K米与木易的交流为零，木易从不主动打电话过来，K米也以为木易还在床上躺尸。

晚上回到家，K米将拉姆安装好，放在床头。

你不要给我买了，木易说。

不，我是给自己买的，K米说。

木易不再理会K米，起床进了卫生间。梳妆台上摆满了化妆品，木易首先拿起隔离霜，这套化妆品是 K 米出差去法国时在 LD 新品发布会上买的，为了它们，K 米还差点误了回国的航班。

木易首先打好隔离霜，然后是粉底，接着上散粉……画好眼影后，木易对着镜子自我欣赏起来，镜子中是一个如花似玉的美人儿，像极了床头的拉姆手办。

木易将要做的事是瞒着 K 米的，但似乎 K 米也知道木易接下来要干什么，K 米只是把玩着拉姆手办在刷手机。

在离步行街三公里远的一条老街上有一家酒吧，没有暧昧的灯光和卖酒的小妹，有的只是粗糙的汉子和烟雾缭绕散发着汗臭味的嬉闹声，木易喜欢这样的味道，粗犷而雄伟。

一声让人遐想的呻吟过后，略微带着颤抖的嘶吼声，从三公里外传来，木易的脑袋里隐隐觉得 K 米在被窝中嘶吼，撕心裂肺的那种嘶吼。

乐园一种

谢林涛

女儿失踪

茹的女儿樱失踪了。

这是一个星期天，茹难得的休息日。早饭后，樱乖乖地独自待在客厅里玩积木。茹进了书房，合上门，打开电脑，写起几天前就构思好的一篇悬疑小说。直到下午，茹才走出书房。客厅里积木散了一地，樱不知去向。所有该找的地方都找过了，所有该问的人都问过了。没有找到樱，也没有人看到过樱。

报警，立案。警察走访了该走访的所有人，调取了可调取的所有监控，动用了所有能够动用的侦察手段，仍然没有樱失踪的线索。

深夜，茹一个人坐在书房里嘤嘤抽泣，一个声音突然响起："妈妈，我在这里。"

是樱的声音。"哎，宝贝，吓死妈妈了！"茹惊喜地一弹而起。可是，书房里没有樱。茹又走到客厅和卧房寻找，还是没有找到樱。

"妈妈，我在这里！"茹又听到了樱的声音。这下，茹可以肯定，声音是从书房里传来的。茹赶紧回到书房。

茹屏声静气，瞪大眼睛，竖起耳朵，细细搜寻。书房里，两架书，一桌一椅一电脑，别的什么也没有。

"妈妈，我在这里！"天啊，声音居然是从电脑里传出来的。茹猛然遭到电击般瘫坐在地。她浑身痉挛，狠劲扯着自己的头发。想起来了，上午，她创作过程中，一个原本构思中没有的小角色—— 一个小女孩，哭哭啼啼，硬生生闯进了她的小说里。

乐园一种

王雪一觉醒来，感到臭气扑鼻，差点晕过去。

空气里弥漫着剩饭剩菜的馊味，人的汗臭味，老鼠的屎尿味……天啊，她被垃圾包围了！

屋子里的其他人怡然自得，各忙各事。玩电脑，聊手机，卿卿我我谈情说爱……秽物浊气，他们习以为常。

王雪一手捂鼻，一手挥舞扫帚，开始清理垃圾。

人们纷纷向王雪投来异样的目光。

"你没病吧？"有人好心地问王雪。

几只老鼠吱吱叫着乱窜，分散了王雪的注意力，她忘了回好心人的话。

一群苍蝇在垃圾堆的上空翩翩起舞。一只流浪猫"喵呜"一声，抗议王雪扫掉了它面前的鱼骨头。

垃圾堆，并非一无是处，它是老鼠、苍蝇、流浪猫的乐园，想明白了的王雪扔掉了手里的扫帚。

王雪觉得，房间里的气味不再难闻。现在，她有必要找点事做，打发大把空闲时间。寻寻觅觅，一面打碎的镜子，映出一张污秽而似曾相识的脸和一具长着尾巴的身子。

"你是谁？为什么会在这里？"王雪惊讶地问镜子里的人。镜子里的人嘴巴一张一合，看那口型，也是在问："你是谁？为什么会在这里？"

长　发

向艺有一头自然卷曲的长发。

有一天，向艺伏在窗前打盹。有只小鸟误把他那卷曲的长发当成了干草，打算就地取材，搭窝孵蛋。小鸟脚抓嘴叼卷发，弄醒了向艺。

梦醒后的向艺抬手抚抚头发，感觉到了异样。他走到一面大镜子前，惊讶地看到，他卷曲的头发上长出了一棵小草，小草上还开了些细细碎碎的小黄花。

"天啊，我这个梦怎么做了这么久？"向艺喃喃自语。

向艺回到窗户边，看到了想在他头发上做窝的那只小鸟。小鸟在树枝上跳跃着，冲着他啾啾鸣叫。小鸟舍不得离开，舍不得他那卷曲的长发。

向艺读懂了小鸟的心事。他从抽屉里翻出一把生锈的推剪。十多分钟后，他变成了光头。

小鸟的窝不久后在窗户边的树枝上搭成了。向艺每天都会盯着黑黑的鸟窝看很久，边看边跟小鸟微笑点头。

头发上开着细碎黄花的那棵小草，风干后，向艺把它做成了一枚书签。

绿　萝

那时已近黄昏，本来采光就差的租房，几乎什么都看不清。我凭感觉，摸到开关，打开电灯。

灯光充盈房间的同时，我猛然看到了她，斜躺在屋内唯一一张皮椅上。一身绿色的连衣裙，衬着一张略显病态的黄脸。

我们的目光撞在一起。我惊讶得张口结舌。我不认识这个人。我回来前，房门一直锁着，她是怎么进来的？

她却一点也不慌。仿佛这个家是我的，也是她的。她是屋子的女主人。

我僵立着，不知过了多久，才结结巴巴吐出两个字：你是……

她幽怨地看着我。哼，同居七年了，没良心的，居然还问我是谁！

我彻底糊涂了。跟我同居七年的，只有我妻子。几天前，我跟妻子吵架，她一赌气，一跺脚就回了千里之外的娘家。椅子上坐着的这个女人，身材高挑苗条，而妻，跟我一样，都是五短身材。

七年前，你迎娶她时，说爱她，也爱我。一生一世，一定细心照顾我们，永远不让她生气，不让我们受苦。这么快，你就忘得一干二净了？她狠狠地瞪我一眼，站起来，向紧靠房间的小阳台走去。

我追到小阳台。她却消失了。阳台有全封闭的防盗网，她能去哪里？我打开手机上的手电筒，在不足两平方的阳台里仔细搜寻。阳台里除了一些毫无生气的杂物，只有一盆藤蔓四散如瀑布的绿萝。

这盆绿萝，是妻的陪嫁。绿萝的好些叶子已经发黄。

多久没给绿萝浇水了？我对不起她。

交换（外二题）

张大愚

许多人都觉得奇怪：作为现实中一个好得不能再好的人（这一点有目共睹），我是如何把坏人的角色扮演得入木三分的。这其实没什么秘诀，我只不过把内心压抑的邪恶都搬到舞台上，把美好的东西留给生活罢了。

有一次，我被指定演一个好人的角色。排练中我发现，这竟不是我擅长的，演起来非常吃力。好在我很敬业，经过认真揣摩与酝酿，终于完成了角色的表演。我由此获得了观众的认可与褒奖。这之后几乎所有的人——包括我的家人，都希望我演好人，别再演坏人。我顺从了他们，开始了专演好人的舞台生涯。

让人想不到的是，随着舞台上的转变，我在生活中居然一点点变坏了。起初是爱发脾气，渐渐地就变得自私贪婪、凶狠阴险，与之前塑造的坏人角色越来越接近。换句话说，我在舞台上表现得越好，生活中就变得越坏。我在努力校正自己，但一点儿作用也没有。更为糟糕的是，我的观众和粉丝慢慢知道了这一点，开始鄙视我，唾弃我。

有一回我在台上演得正酣，观众突然发出嘘声，接着用各种脏东西砸我，并轰我下台。我手足无措，委屈地冲着台下喊：这能怪我吗？不然交换一下位置吧，你们上来演，我到下面当观众！

话音刚落，哄的一声，他们全部逃散了。

显微镜

医院里，每一寸地方都飘着消毒水的味道。我看到医生和护士身上都裹满了细菌。

但我不敢说出来。我拖着吊瓶跟在他们身后，用眼神同那些细菌交流洽谈。它们被我说服了，离开赖以生存的栖息地，投奔到我身上。医生和护士的目光刀一样刺向我。

你的眼睛出了大问题，必须摘掉，否则会危及生命。他们当着所有病人的面对我说。

于是我被摘掉了眼球。眼球被安在一个仪器上面，他们用它来进行临床检验或病理组织学诊断，效果显著。当然，也对我进行检查，收获满满。有人说，这是世界上最精准最客观的显微镜。医院因此被评为最好的医院。一个月后，当我拄着盲杖走出医院时，枯井般的眼窝里盛满泪水。

我对外宣称：我是有史以来最幸运的病人。

痛　觉

他有过两次牙痛的经历。

第一次牙痛正赶上母亲生病。他忍着痛伺候母亲，牙痛得钻心，但他始终微笑着，认真耐心地服侍。可惜他的孝道没有换来母亲的健康，相反母亲的病愈来愈重，终于离他而去了。

他哭得昏天黑地，牙齿也悲伤到了极点，疼痛渗入骨髓。

牙痛成了他不可磨灭的记忆。

现在，他的牙又痛了。他惶恐不安，害怕有什么事情发生。果然，父亲也病了，病魔来势汹汹，一副不达目的不罢休的样子。

他害怕这是一则预言，父亲是他唯一的亲人了，他不想再失去他。他千方百计阻止那种疼痛。他吃各种止痛药，打麻药，但短暂的麻木过后是更钻心的痛。他痛得满地打滚，用头撞墙，额头撞开了一个口子，血汩汩地流下来。

　　父亲无意中看到了这一幕，急火攻心，一口气没上来，也去了。

　　送走了父亲，他静静地坐着。忽然发现，牙齿真的不痛了。

旧时光里的爱情

程思良

旧时光里的爱情

布谷鸟叫了，爷爷扶着犁铧，吆着牯牛，在奶奶家的水田里转了一圈又一圈。

麦子黄了，爷爷将那柄月牙形镰刀磨得锃亮，哼着欢快的山歌，一头扎进奶奶家金黄金黄的麦地里。

七月杨桃八月楂，九月山栗笑哈哈。秋天里，山上野果多着哩！爷爷上山打柴，总会摘一些好吃的野果带回来，送给奶奶解馋。

北风那个吹呀，奶奶将爷爷叫到村口结着喜鹊窝的大槐树下，红着脸，塞给爷爷一件亲手织的红毛衣。那暖乎乎的红毛衣，爷爷穿了一年又一年……

边吃中秋团圆饭，边听爷爷笑眯眯地絮叨与奶奶的悠悠往事。那旧时光里的爱情，多么令人神往啊！

明天一大早，我就要回城去相亲。我已记不清这是第几次相亲了。不知道那个叫小丽的姑娘，会不会提婚房的事。

一句话

他们总是为一些鸡毛蒜皮的小事，三天一小吵，五天一大吵。

"这还是人过的日子吗？我受够了！"她说。

那天，她终于狠下心，硬拉着他去了民政局。

她没有丝毫犹豫地在离婚协议书上签了字，将协议书递给他。

他提起笔，却久久不下笔。

"还犹豫什么？"她问。

他望着她，说："我，我想跟你说一句话。"

"别吞吞吐吐的，有什么话就快说吧！"

"要找就找细心点儿的男人，你那病啊，不知啥时又会犯……"

她怔住了，泪潸然滑落。

她有羊痫风，发作时会呼吸暂停，危及生命。每次，都是他及时送她去医院。

军　号

坐了三天三夜的火车，独臂老人终于来到了南国的一座边陲小镇。小镇早已不是三十年前的样子了。

在路人的指引下，独臂老人找到了他心心念念的地方。站在高高的山冈上，独臂老人伫望着秋风中那一排排坟冢，泪水潸然而下。

他默默地从帆布包里掏出一只破旧的铜军号，用一块油布小心翼翼地擦拭着。

当铜军号又恢复昔日的锃亮时，独臂老人精神大振，昂首挺胸，面向肃穆的丛冢，吹出嘹亮的号声……

许久，独臂老人才放下铜号，放声歌唱："战友啊战友亲爱的弟兄，战友啊战友亲爱的弟兄……"

这时，山风乍起，漫山遍野响起一阵高过一阵澎湃的松涛声，应和着独臂老人的歌唱。

恋

油尽灯枯的老贵已不能说话了，却硬是不肯闭上眼睛。显然，他还有未了的心愿放不下。

"爸，你就放心吧，那座矿山已被我拿下了，过几天就签合同。"大儿子凑到老贵耳边说。

老贵没反应。

"爸，你就放心吧，领导已向我透露，办公室主任的位子非我莫属。"小儿子凑到老贵耳边说。

老贵仍没反应。

"爸，你就放心吧，我的高级会计师证已拿到了，工资会涨不少的。"女儿凑到老贵耳边说。

老贵依旧没反应。他的老伴儿急得团团转。突然，她一拍脑袋，对大儿子说："快去阁楼上，把那个大喇叭拿来。"

不一会儿，擦得锃亮的大喇叭拿来了。

老贵的眼睛倏地亮了一下。

老伴儿凑到老贵耳边说："老头子，你就放心走吧，你最喜欢的这个大喇叭，会陪你去的。"

老贵的眼睛又亮了一下，然后缓缓地闭上了。

两个儿子和女儿这才恍然大悟。

很多年前，当军号手的父亲，天天在部队里吹这个大喇叭……

跑步者语

飘　尘

彩虹跑道

骤雨散去，一道彩虹挂在空中，一头接天，一头触地。触地这头，正好在我跟前。

地面有点儿湿，部分地方有积水。彩虹跑道却干净迷人，散发着奇异的七彩光芒。我毫不犹豫地跑了上去。

踏上彩虹跑道，我发现不仅有赏心悦目的红橙黄绿青蓝紫的色彩，还有多种味道相混合的芬芳，辨识得出的就有黄瓜、番茄、杧果、香桃、橙子、香梨、青李、西瓜、草莓、樱桃、葡萄、荔枝、杏子、山竹和猕猴桃的味道。

越往上，风越大，汗水一出就被风吹走。手掌接住一滴，竟沾染了彩虹的芬芳和颜色。跑步软件一直开着，蓝牙耳机提示已跑了十公里，这是我平时运动量的两倍。担心彩虹消逝，从空中自由落体摔得粉身碎骨，我只好原路返回。

刚一落地，彩虹果然匿去。惊喜之余，一阵雨落在身上。手往脸上一抹，臭不可闻。在空中洒下的沾满彩虹芬芳和颜色的汗珠，悉数变为臭汗淋到身上。

挡　道

一条狗挡着我跑步的道路。我往左边跑，它挡在左边；我往右边跑，它挡在右边。我作势踢它，它龇牙咧嘴准备反击。

好狗不挡道，挡道非好狗。我怒视着眼前的恶狗，却也不敢招惹它。片刻后，我转身往回跑。惹不起，总躲得起。

狗追了上来。

我发足狂奔，狗紧追不舍。一跑一追，相隔约一米的距离。我跑了五公里，它追了五公里。我不敢停下来，它也没有不再追的意思。

为摆脱这条恶狗，在一棵漂亮挺拔的银杏树前，我抬腿跑了上去。站在树顶往下看，狗守在树下，抬头狂吠。

看你能守多久，叫多久。我鄙视地看了恶狗一眼，找个舒适的枝丫坐了下来，悠闲地刷着手机，向公司领导发信息报备：被困树上，下有恶犬，返司时间不定，请领导知悉并体谅。

我渴了喝露水，饿了吃树叶。不知跟狗耗了多少天，狗还是没有离开的意思。手机早已没电，我在树上闲得无聊。狗不再叫唤，蹲了又起，起了又蹲，也似闲得发慌。

"狗兄，何苦呢？"我对狗说。这是我第一次对它说话。

"是啊，何苦呢？"狗回答说。它站起来，摇摇头，跑开了。

我下了树，继续已中断不知多少个日夜的跑步运动。跑着跑着，日晒雨淋的衣衫突然化成缕缕碎片，随风而逝。

"看，有人裸奔！"行人惊叫起来。

银杏大道

银杏大道是小城连接高速出入口的大道，长度十公里，两排银杏树笔直地站在两侧。银杏叶黄的季节，是跑步者的天堂。

一个微雨的黄昏，我小跑在银杏大道上。秋风吹来，有银杏叶飘落。

一枚银杏叶从我眼前蝴蝶一般翩跹而下，叶上的一滴水珠，映照出我的脸庞，转瞬即逝，跌入湿漉漉的地面。但打照面的那一瞬间，我分明看到，我的脸庞不断地变换着。先是头发灰白，胡子拉碴的模样。再是头发漆黑，满脸红润。再是头发蓬乱，满脸痘痘。再是头发稀黄，两颊肥嘟。再是闭着双目，睡在母亲的子宫里。

我知道，我倒着看到了自己的当下和过去的几个阶段。

很难解释一枚银杏叶的一滴水珠为何会有这样的魔力。银杏叶自树上落下，明年还会再生。我看到自己的前半生，前半生却不会重来。

骤雨疾来，无数落叶砸向地面。被浇成落汤鸡的我，在雨中机械地奔跑着。每一脚，都踩在一片或数片银杏叶上。叶上的水珠，被一个个踩碎。

一同碎掉的，是一个个从前的自己，以及秋雨中无处安放的未来。

天气渐寒，跑步者寥。我的脚步声淹没了雨声。

耳朵、嘴唇和宇宙

西小麦

耳　朵

他站在胡同口等人，两只耳朵健康，无异常。我从他身边走过，特别看了又看，已经分不出哪一只耳朵是假的了。印象里，他哭丧着脸，一侧的耳朵是向内卷的肉球，没有孔，这在我幼小的年龄段里足以造成一到两夜的噩梦，梦里的那只耳朵不知犯了什么错误，被单独丢在了某个地方。他的脸永远都是斜着的，因为耳朵的重量偏了，内卷的假孔看进去是一个无限扩大的宇宙，里面藏着所有秘密，他自己的，别人的，还有我的，你的。现在他站在路口，高大威猛，他不是他了，但他还是他。他不会认出我的，他是被关注的焦点，而我从来都是焦点以外的眼睛。他的高大威猛还是吓了我一跳，他不应该是一个孩子吗？六七岁而已，羞怯，胆小，用手微微捂住耳朵的位置，用另一只耳朵听一些嘲笑的声音。有时候我会庆幸他只有一只耳朵，因为他所听到的那些声音也只会是一半，一半不会过量，或许会令尖锐变得顿挫，刺耳变得温柔。他嘴角低垂，藏在宇宙之下，在慢慢长大。

的士来了，他弯腰才可以钻进去，他比我高得多，他坐在后座上用手简单打理了一下发型，立挺，油腻。的士开走了，司机不会知道他只有一只耳朵，人造假耳正服服帖帖地趴在他的脸侧，甚至和他约会的女人也不会知道。她靠近他的耳侧低语，他也会假装听懂点头，他的世界观已经变得高大威猛。孩子般的他只在我的脑子里了，孤独而又虚假地存在着。

你别这样看我。我怎么看你了。你的眼睛都贴到我的耳朵上了。别闹了，你哪里有耳朵？他哭得凶猛，一把推开我。我掉落进沙发里，不停地笑，笑声也随着坠落，像个沉重的铁球。我站起来，他还在原地哭，没人故意让他哭的，我甚至都没有碰到他，是他先碰我的。我只是动了动眼睛，他就受不了了，我的眼睛能做什么呢？那是十岁左右孩子的眼睛，春天还在里面，春天能有什么过错呢？我还在笑。

嘴　唇

我笑起来的时候嘴唇会疼，这不是一天两天了，再往前推一点儿，好像一直很疼，下嘴唇的左半边有一个硬的凸起，用舌头舔一下，像是舔到筷子、石头、指甲盖一样硬。原因记不起来了，很小的时候貌似用剪刀剪过。你这里是什么？有人问道。我会用手捂住。我不知道是什么，嘴唇上能有什么，我的牙齿会长到嘴唇上吗？那会是一块坚硬的牙齿吗？

盯着镜子，锋利的两片刀刃开合，嘴唇开始泛红，不够坚硬，它被我剪掉了，像是干裂的蜕皮，我几乎没有用力，根本没有用力，是它自己往下掉的。我蹲下来，看着地上泛白的硬块，这绝不可能是一颗牙齿，血滴落在地上。我收起剪刀，跑去告诉母亲，我的嘴唇跌破了。这像是发生过，不是我的想象。

几天后，它又回来了，白色凸起硬块长在嘴上。你这里是什么？我捂住嘴，是剪刀留下的疤，是跌破后的痕迹。到底是什么，是一只鸟的喙，是内心的恐惧和嘲弄，是宇宙的裂缝。

我开始对他的嘲笑感到自卑，那一定可以减轻我的痛苦，让我发现一只耳朵的作用竟然在一张奇怪的嘴巴上。我该伸出手，拉住他，告诉他你别怕，你看我的嘴唇，是不是也很奇怪，我们都是奇怪的人，也许是宇宙留下的特殊种子，你可以长出耳朵，我可以长出喙和翅膀，变成鸟，我可以带你飞。在天上，你不需要耳朵，你只要可以看见，可以看见就足够美好了。他一定会再次哭起来，握紧我的手，不用捂住耳朵，露出卷曲的肉球，说一些什么。我看见你的嘴唇了，那里是一颗牙齿吗？你真的会变成一只鸟，对吗？我们都会为彼此改变，就是说说而已，我们也不能做什么，我们没有能力，我们还太小。

等我们长大吧，一切都会好的，都是时间问题。这是大人说的，也是其他人说的。

宇　宙

的士从拐角处消失了，我站在石阶上，石阶很硬，我咬着嘴唇，嘴唇也很硬。我学到很多名词，唇炎，唇痣，唇腭裂，唇癌。我无法对号入座，这跟我貌似都没有关系。我中午吃了一盘韭菜水饺，吃和咽都没有问题，闭着嘴和张开嘴也都没有问题，笑起来会疼能算什么，被别人指着问几句又能算得上什么呢。我虽然不高大威猛，但是两条腿可以站立，还可以用两只耳朵听车开过的声音，鸟叫和风声。

宇宙太大了，我抬头看，天上有云，有画纸一样铺开的蓝。今天宇宙很安静，也许每天都很安静，一片嘴唇和一只耳朵都不会有什么太大的作用，何况他已经有两只耳朵了。我不知道，他还会不会在夜里哭，梦到自己的耳朵在地上爬，怎么都找不到他的身子，只能在地上迷路。我确实梦到过自己是一只鸟，喙用来啄石头，我不会疼，因为那里没有神经。我会啄给人看，告诉他们我这里是喙，这坚硬的喙是一只鸟应该有的，不多不少，没有超出基因的链条，每天做的事就是啄石头，发出砰砰的声音。醒来，枕头已经湿了，母亲做好早饭唤我，我咬住嘴唇，嚼几下粮食。没有异常，我也不会再用剪刀，尽量不再咧开嘴笑，疼痛太真，除此之外，我还可以嘲笑别人。

我像他一样自信，招手，的士停下，我弯腰进入后排，整理自己的头发，抿了抿嘴唇。司机从后视镜看我，他好像发现了我的嘴唇，我应该怎么解释，我是一只鸟，二十几年没有变成鸟的鸟，那太幼稚了，我自己都不再相信。他会不会也这样想过，也许他早就不想了，他实在是太高大威猛了。

　　他看上去很完美了，他认不出我，宇宙变大了，他忘记了嘲笑和戏弄。我也忘了，就是尽量不要大笑而已，这不难，向前走吧，拐过这个路口，就是宇宙了。

2023 年选系列封面绘图画家介绍

黄少鹏 中国油画学会学术委员会委员、广西美术家协会油画艺委会主任、漓江画派促进会副会长、国家一级美术师、硕士生导师。

《风平浪静》 黄少鹏　100 cm×150 cm　布面丙烯　2022 年

黄少鹏画作短评

　　如果说印象派的条件色体系关注的是物象的光色变化，少鹏在意的则是色彩的文化属性。这种属性是古迹在岁月浸润过程中残留下来的永恒色泽。少鹏崇尚魏碑的雄强古拙，这铸就了其艺术强悍的风貌，具有表现主义的性质，又因为书法运笔入画而兼有写意的蕴含。油画讲究画面的结构性和层次感，中国画则以骨法用笔见长。他汲取两者所长，兼具表现主义的强烈情感表达和中国传统写意画的文人内蕴，呈现出一种既粗犷又含蓄温润的个人风格。

——汪鹏飞（油画家）

图书在版编目（ＣＩＰ）数据

青春火车：2023 我们都爱短故事 / "我们都爱短故事"编辑小组选编；秦俑主编 .-- 桂林：漓江出版社，2024.1

ISBN 978-7-5407-9692-1

Ⅰ.①青… Ⅱ.①我…②秦… Ⅲ.①故事—作品集—中国—当代 Ⅳ.① I247.81

中国国家版本馆 CIP 数据核字（2023）第 244834 号

QINGCHUN HUOCHE：2023 WOMEN DOU AI DUAN GUSHI

青春火车：2023 我们都爱短故事
"我们都爱短故事"编辑小组　选编
秦俑　主编

出版人：刘迪才
责任编辑：谢青芸
助理编辑：叶露棋
书籍设计：石绍康
责任监印：张璐

出版发行：漓江出版社有限公司
社址：广西桂林市南环路 22 号　邮编：541002
发行电话：010-85891290　0773-2582200
邮购热线：0773-2582200
网址：www.lijiangbooks.com
微信公众号：lijiangpress
印制：香河县闻泰印刷包装有限公司
[河北省廊坊市香河县安平镇二街　邮编：065402]
开本：690mm×1000mm　1/16
印张：19　字数：267 千字
版次：2024 年 1 月第 1 版
印次：2024 年 1 月第 1 次印刷
书号：ISBN 978-7-5407-9692-1
定价：50.00 元